우리는 _____
_____ 이렇게
흘러가는 거야

우리는 이렇게 흘러가는 거야

초판 1쇄 인쇄일 2019년 10월 02일
초판 1쇄 발행일 2019년 10월 09일

지은이 박규현
펴낸이 양옥매
디자인 송다희 임흥순

펴낸곳 도서출판 책과나무
출판등록 제2012-000376
주소 서울특별시 마포구 방울내로 79 이노빌딩 302호
대표전화 02.372.1537 **팩스** 02.372.1538
이메일 booknamu2007@naver.com
홈페이지 www.booknamu.com
ISBN 979-11-5776-780-9 (03800)

이 도서의 국립중앙도서관 출판예정도서목록(CIP)은 서지정보유통지원시스템
홈페이지(http://seoji.nl.go.kr)와 국가자료종합목록시스템(http://www.nl.go.
kr/kolisnet)에서 이용하실 수 있습니다. (CIP제어번호: CIP2019038384)

우리는 이렇게 흘러가는 거야

박규현 소설집

책과나무

작가의 말

현재는 순간에 불과하다. 현재라고 의식하는 순간 우리의 일상은 과거가 되어버린다. 우리는 과거 속에서 살아가고 있다. 그러면서 보이지 않는 미래를 상상하면서 앞으로 나아간다. 미래는 희망 사항이다. 그래서 미래는 생각보다 화려하기 마련이다. 그건 아름다운 꿈이다. 꿈을 품고 과거에 몸을 담그고 있는 사람들. 꿈은 꿈에 불과하기 때문에 때로는 비참하고 우울할 수도 있다. 그러한 사람들이 나의 시선을 끈다. 나는 그러한 사람들의 손을 잡는다. 나는 그러한 사람들을 외면할 수 없다. 그렇다고 물질적인 도움을 줄 수도 없다. 그게 나의 한계이다. 나는 그러한 사람들의 삶을 내 방식대로 꾸밀 수 있을 뿐이다. 나는 소시민이니까.

푸른 강물이 유유히 흘러간다. 살랑살랑 부는 바람이 물 표면을 간질인다. 물오리 한 쌍이 출렁거리는 물결 위에 내려앉는다. 물결이 둥글게 파문을 일으키며 멀리 번진다. 빗줄기처럼 물 속으로 꽂히던 햇살이 너울거린다.

그러나 그러한 평화로운 풍경은 오래가지 못한다. 검은 구름이 몰려오고 강물 위엔 음산한 기운이 감돈다. 사위가 어둑해지면서 천둥이 치고 비바람이 몰려온다. 강물이 거칠게 출렁거린다. 누런 흙탕물이 굽이치며 흘러 내려온다. 양동이가 둥둥 떠내려온다. 돼지가 허푸거리며 둥둥 떠내려온다. 판자 조각도 보인다. 홍수는 분노의 손짓을 해대며 성깔이다.

그래왔다. 강물은 언제나 변덕이 심했다. 그러면서 어김없이 흘러갔다. 야속하게 때로는 평화롭게. 강가의 단층면에 켜켜이 쌓인 세월의 흔적이 숨어 있다. 나는 거기에서 어떤 단서를 찾을 수 있었다. 우리가 어떻게 흘러가는지를. 내가 찾은 단서에는 그들의 아픔과 상처가 있고 나의 피와 땀이 배어 있다. 내가 찾은 단서는 사소한 것일 수도 있다. 그렇지만 나는 계속 어떤 단서를 찾아야 한다. 나는 그것밖에 할 줄 모르므로. 살아 있는 동안 나에게 주어진 내가 만든 나의 소명이므로.

강물이 오순도순 속삭이며 흘러간다. 나는 나룻배를 타고 노를 저어 앞으로 나아간다. 강가 단층면의 어떤 편린을 낚기 위하여. 바람이 분다. 눈을 크게 떠야겠다. 노를 힘 있게 움켜잡고 앞으로 당긴다. 나룻배가 목적지를 향해 빠르게 물살을 가른다.

2019년 10월
안양 비산동에서

차
례

작가의 말 ··· 004

멍 ··· 008

세렝게티 국립공원 ······································· 079

밤의 끈 ·· 115

진테제를 위하여 ··· 142

꿈의 회로 ·· 167

삼촌의 선물 ·· 191

길 잃은 양 ··· 215

돛단배 ··· 238

고모의 저녁 ·· 261

오블라디 오블라다 ······································· 288

꿈의 나라 ·· 323

멍

미나리골 한가운데 서서 좌우를 둘러보면 온통 푸른 산들이 병풍처럼 펼쳐져 있다. 무심코 고개를 들면 펑 뚫린 하늘이 쩍 입을 벌리고 다가온다. 옹기종기 머리를 맞댄 초가집들은 조개껍질을 엎어 놓은 형상이다.

구장 장봉팔은 장죽을 뻑뻑 빨아대며 마을 고샅을 돌며 이 집 저 집을 기웃거린다. 그는 수시로 마을을 돌며 동태를 살핀다. 마을 모정에는 히노마루노하다(일장기)가 펄럭이고 있다. 갑자기 천둥소리가 들리더니 비행기가 마을 상공에 나타나자 놀던 아이들이 땅바닥에 납작 엎드린다.

"B29 폭격기야, 엎드려!"

이렇게 외치는 아이도 있다. 하지만 구장 장봉팔은 빳빳이 서서 장죽만 뻑뻑 빨아대고 있다.

"그리여 역시 겁쟁이 조무래기 녀석들이랑게."

비행기가 사라지자 아이들이 옷을 툭툭 털고 일어난다. 박박 깎은 머리가 짓물러 있는 녀석, 바지는 헤어져 너덜거리는 녀석, 줄줄 흐르는 콧물을 혀끝으로 빨아먹는 녀석 등 아이들의 몰골이

우리는 이렇게 흘러가는 거야

꾀죄죄하다.

"야, 저승사자다! 도망치자!"

누군가 이렇게 외치자 아이들이 떼 지어 마을 골목으로 사라진다.

"저러런 저런 쥑일 놈들을!"

구장 장봉팔은 장죽을 흔들어대며 성깔이다. 어른들은 물론이고 아이들까지도 장봉팔을 무서워한다. 그의 눈에 거슬리면 징용이나 징병, 위안부 등에 차출되어 일제의 가련한 희생물이 되어야 하기 때문이다.

장봉팔은 쌍정양반 김대영의 집 사립문 앞에서 걸음을 멈추더니 고개를 쑥 들이밀어 안을 살핀다. 마당에는 닭들이 모이를 쪼고 있을 뿐 적막하다. 댓돌에 낯선 신발이 있지는 않는지 살핀다. 발견되지 않자 그는 장죽을 사립문에 탁탁 털고는 휘적휘적 걸음을 옮긴다. 그에게는 쌍정양반 김대영의 식구들이 눈엣가시이다. 그의 장남 김태곤이 독립단에 소속되어 만주로 망명을 가있다. 장봉팔은 그의 식구들을 덴노헤이까(천황 폐하)에게 비수를 들이댈 수 있는 위험한 인물들로 여겨오고 있다. 경찰서 야마다 형사는 그에게 말했었다.

"철저히 감시해야 하오. 24시 눈을 떼면 안 된단 말이요. 악질분자 김태곤이 언제 나타날지 모르오. 나타났다는 정보가 입수되면 바로 연락하시오. 알았소?"

"하이!"

"구장 어른, 워디를 고렇게 급허게 가시요잉?"

나뭇짐을 지고 산에서 내려오던 김영곤과 맞닥뜨린다. 김영곤은 구장 장봉팔의 눈엣가시인 김태곤의 동생이다.

"영곤이구만. 어서 가소. 태곤이 형한테서는 연락이 없남?"

"고렇구만이라우."

장봉팔은 나뭇짐을 지고 불안스레 걷는 김영곤의 뒷모습을 흘 깃 쳐다본다. 그러고는 회심의 미소를 짓는다.

"영곤아 이놈아. 니는 이자 편헌 밥을 다 먹었쓴게 고렇게 알고 있거라잉. 니는 신체가 건장혀서 근로보국대로 가야 헌단 말이시. 대 일본 제국의 영광을 위하여 그리구 덴노헤이까(천황 폐하)를 위하여 기꺼이 한 몸을 바쳐야 헌단 말이시."

장봉팔은 걸어가면서 혼자 중얼거린다.

구장 장봉팔이 마을을 한 바퀴 돌고 집으로 들어서자 갑부 전남길네 머슴 오기철이 안면에 줄줄 흐르는 땀을 손등으로 연신 훔쳐대며 그의 앞에 다가온다.

"자네가 워쩐 일로 내 집에 와 있는감?"

"저기 쌀을 한 가마니 가져왔구만이라우. 주인어른이 보내셨어라우. 출출허실 때 밥이나 해 드시라구 허든디요."

갑부 전남길네 머슴 오기철이 손으로 가리킨 헛간 앞 지게 위에는 쌀이 한 가마니 올려져 있다.

"고마운 일이구만. 잘 먹겠다고 전혀소. 알아들었는감?"

"알겠구만이라우. 그렇게 전해드리겠서라우."

오기철은 지게 위에 있는 쌀을 가슴에 안아 헛간 구석에 내려놓고는 줄줄 흐르는 땀을 연신 손등으로 훔치며 대문을 나선다.

오기철은 힘이 장사다. 고봉밥을 게 눈 감추듯 먹어치우고 양푼에 가득한 술을 단숨에 비워버리는 대식가로 소문이 마을에 자자하다. 또한 억세게 일을 잘해서 상머슴 노릇을 톡톡히 하고 있다.

"전남길 어른의 마음 씀씀이는 알아주어야 헌당게."

장봉팔의 쭉 찢어진 입에 해사한 웃음이 걸려 있다. 마을 갑부 전남길은 가끔 귀한 음식이나 곡식을 구장 장봉팔에게 보내 환심을 산다. 친일파 장봉팔의 후원자라고나 할까. 그래서 전남길의 아들 전필영이나 딸 전필자는 정신대나 징용·징병을 피해 일본으로 유학을 가 있는 상태다.

"당신, 열 살 먹은 용수가 병이 들어 끙끙 앓고 있는디 고걸 알기나 허요? 쌀이 많아 배가 부르면 뭐 헌다요. 동네 사람들헌티 손가락질을 받으며 사는 것도 이자 지긋지긋허요. 후딱 구장 고 딴 것 집어 치우시오잉."

장봉팔의 부인 태인댁의 하소연이다.

"당신 오늘따라 왜 그런디야?"

장봉팔은 부인 태인댁의 심사가 편치 않아 보여 걱정이다.

"당신 아들 용수가 방에서 머리를 싸매고 끙끙 앓아누워 있당게요."

"그럼 후딱 의원을 불러야제."

장봉팔은 팔을 당차게 휘저으며 안방으로 재바르게 걸어 들어가더니 용수가 덮고 있는 이불을 들추고는 손으로 이마를 짚어본다.

"열은 없는디 그라냐. 용수야, 애비다. 워떻게 아프냐잉? 얼른 말해보거라잉. 애비의 마음이 까맣게 타고 있응게 후딱 일어나야쓰겄다."

그때 갑자기 열 살짜리 용수가 발로 이불을 걷어차더니 벌떡 일어나 앉아 장봉팔을 노려본다.

"아부지, 당장 구장 노릇을 때려치우시오잉. 애들이 왜놈 앞잡이 새끼라면서 함께 놀아주지 않는당게요. 씹허럴 놈이라면서 손가락질을 하며 놀린당게요. 여그 미나리골이 싫어요. 다른 곳으로 이사 가요. 내 말 알아들었어라우?"

용수가 눈꼬리를 훔치고 있다.

"저런? 으떤 조무래기 새끼들이 널 놀린다고 혔냐?"

장봉팔은 용수의 눈가를 손으로 닦아준다.

"마을 애들 모두 다 놀린당게요. 아부지는 왜 왜놈들 앞잡이를 혀서 인기가 고렇콤 없대라우?"

"용수야, 왜놈들, 왜놈들 허면 안 된다잉. 애비는 코오코쿠신

우리는 이렇게 흘러가는 거야

민(황국신민)으로서 덴노헤이까(천황 폐하)를 위해 몸을 바치기로 이미 각오를 혔응게 고렇게 알고 있거라잉. 앞으로 대 일본 제국이 세계를 제패할 것인게 두고 보거라잉. 입술을 깨물며 조금만 참으면 되니께 고렇게 알고 있거라잉.”

“내는 싫당게요. 하루하루가 지긋지긋허당게요.”

“애비가 너를 놀리는 조무래기 새끼들을 요절낼 테니까 걱정 말고 있거라잉.”

“이자는 아부지 말을 안 믿는당게요. 접때도 그러고 그 접때도 그러더니 애들이 오히려 더 놀린당게요.”

간신히 아들 용수를 달래어 놓고 방을 나오는 장봉팔은 묘안이 떠오르지 않아 뒷머리를 긁적인다. 그는 마루에 걸터앉더니 장죽에 불을 붙여 사정없이 뻑뻑 빨아댄다.

*

푹푹 찌는 듯한 더위가 기승을 부린다. 한 달째 비가 오지 않아 미나리골 갈치배미 논바닥이 쩍쩍 갈라져 있다.

“워쩐대요, 다 굶어죽게 생겼어라우.”

미나리골 주민들의 마음도 바싹바싹 타고 있다.

“오늘도 비가 오기는 글렀구만잉. 하늘도 무심허시지. 하늘도 무지허게 인정머리가 없당게요. 공출을 바치게 허려면 비가 어서 와서 풍년이 들어야 헐 텐디 말이여."

마을 고샅을 빠져나오는 장봉팔의 목덜미에 땀이 줄줄 흘러내린다. 장봉팔은 손수건으로 연신 목덜미의 땀을 훔친다. 그의 모시 적삼이 등에 척 들러붙어 있다. 양팔을 앞뒤로 절도 있게 휘저으며 빠르게 걷는다. 그의 검정고무신 속이 미끈거린다.

장봉팔이 경찰서 건물 안으로 들어서자 더운 열기를 찢는 비명소리가 지하 쪽에서 들린다. 그에게는 그 소리가 낯설지 않다. 그는 일주일에 한 번 정도 경찰서에 들르는데 그때마다 지하 쪽에서 비명소리가 들려왔다. 경찰서 지하에 들어갔다가 나오면 대부분 반병신이 된다. 목욕리댁 큰아들과 철산댁네 작은아들이 독립단의 누명을 쓰고 경찰서 지하에 들어갔다가 나오더니 반편이가 되어버린 일을 그는 잘 알고 있다.

"그리여 말을 듣지 않고 삐딱하게 행동허문 혼을 내주어야 헌당게."

계단을 올라 문을 열고 안으로 들어선다. 사무실 공기가 한여름인데도 서늘하게 느껴진다. 장봉팔이 쭈뼛거리다 야마다 형사 앞으로 다가간다. 야마다가 서류철을 뒤적이다가 먼저 아는 체를 한다.

"장봉팔 구장, 어서 오시오."

장봉팔은 꾸벅 고개를 숙이고는 야마다가 권하는 의자에 앉는다.

우리는 이렇게 흘러가는 거야

"미나리골에 별일 있소?"

"그건 아니구만이요."

"별일 있으면 신속하게 신고해야 하오."

"하이!"

"특히 김태곤네 집을 잘 살펴보시오. 덴노헤이까를 모독하는 행위는 용서할 수 없소."

"하이!"

"지금처럼 미나리골의 동태를 파악해서 정기적으로 경찰서에 보고하는 일을 망각하면 안 됩무다. 명심하시오."

"하이!"

"김태곤의 동생 김영곤이도 위험인물인데 잘 감시해야 하오. 알았소?"

"하이!"

"위험한 조센징들은 미리 싹을 잘라버려야 하오. 과감하게 징용을 보내 덴노헤이까를 위해 헌신할 수 있도록 해야 할 것이요."

"하이! 형사님, 오늘은 미나리골의 갑부 전남길 어른이 점심 대접을 헌다고 허는디 가시지요. 쪼깨 시장허실 텐디요."

장봉팔의 말투가 고분고분하다.

"그래요? 좋지요."

야마다 형사의 대답은 흔쾌하다.

*

　미나리골을 담당하고 있는 야마다 형사는 툭 하면 마을에 나타나 허리에 찬 닛본도(일본도–명성황후를 시해한 칼)를 휘두르며 사람들을 공포에 떨게 한다.

　"코오코쿠신민(皇國臣民)으로서 위치를 망각한 조센징들은 가차 없이 엄벌에 처할 것이오. 명심하시오."

　야마다의 말소리는 높고 단호하다. 마을 사람들은 고개를 끄덕거리며 다소곳하다. 그럴 때면 마을 사람들은 잔뜩 주눅이 들어 참새가슴이 된다. 특히 조무래기들은 아낙들의 치마폭 속에 몸을 숨기고는 달달 떨며 눈만 빠끔히 내놓고 밖을 응시한다. 그들은 울다가도 순사가 온다고 하면 뚝 울음을 그친다.

　야마다가 장봉팔과 나란히 서서 전남길네 집으로 향하자 옆구리에 찬 닛본도가 철럭거리며 쇳소리를 낸다.

　마당으로 들어서자 전남길과 운전댁이 뛰어나와 반갑게 맞이한다. 그들은 구십 도로 고개 숙여 인사한다.

　"어서 오시지요. 반갑구만이라우."

　"옹색한 저희 집을 찾아주셔서 영광이랑게요. 진작 모시고 싶었어라우."

　"반갑소. 집이 대궐 같소."

　야마다 형사의 굳은 표정이다.

"천황 폐하의 덕이지라우."

"그런데 저 조센징은 누구지요? 나를 적대시하는 표정이 역력한데요. 인사도 없고. 조금 기분이 나쁩네다."

야마다 형사의 예리한 지적이다.

"신경 쓰실 것 없당게요. 자는 우리 집 머슴이어라우. 배운 게 없어서 그러니 무시허도 된당게요. 기철아, 후딱 와서 인사드려야지. 야마다 형사님이시다잉."

운전댁이 손을 까분다. 그때야 오기철은 어기적어기적 다가오더니 무표정한 얼굴로 꾸벅 고개만 숙인다. 그때 야마다는 먼 산을 쳐다본다.

안방에는 오달지게 한 상이 차려져 있다. 씨암탉이 대접 위에 벌렁 누워 있고 진달래술이 벌겋게 저 혼자 붉다.

"형사님, 차린 것은 없지만 실컷 드시지오잉. 먼저 한잔 올리겠습니다요."

전남길이 무릎을 꿇고 야마다의 술잔에 술을 따른다. 찰찰찰, 명징한 소리가 더운 열기로 후끈거리는 방 안을 노크한다. 형사를 대접하는 것이 전남길에게는 처음이 아니다. 장봉팔과 운전댁도 차례로 야마다에게 술을 따른다. 잔을 주고받으며 술기운이 얼큰하게 올라오자 말들이 많아진다.

"우리가 요렇콤 풍요로운 식탁에서 배부르게 먹을 수 있는 게 다 덴노헤이까 덕분이랑게요. 덴노헤이까 만세! 덴노헤이까 만세!"

전남길이 밥을 먹다 말고 앉은 자세로 갑자기 만세를 외친다. 그의 외침은 문턱을 넘고 담장을 넘어 마을 고샅으로 날아간다.

"덴노헤이까 만세! 덴노헤이까 만세!"

장봉팔도 질 수 없다는 듯 만세를 외친다.

'이 양반들이 벌써 취했나.'

작은방에 쪼그리고 앉아 있던 운전댁이 화들짝 놀란다.

"꼴 좋구만이라우. 배알도 없당게라우. 친일파 새깽이들은 싹 쓸어버려야 허는디 말이여."

외양간에서 소에게 여물을 주는 머슴 오기철의 심사가 잔뜩 뒤틀려 있다.

"갑자기 무신 만세 소리대여. 미쳤남."

담장 밖 고샅을 지나가던 조무래기들의 귀에도 거슬리기는 마찬가지이다.

*

근래 비 오는 날이 잦았다. 먹구름이 끼고 바람이 불면 억수로 비가 내려 개울이 범람했다. 그런 날은 꼭 천둥과 번개가 동반되다 벼락도 쳐 사람들의 혼을 깡그리 빼앗아 가곤 하였다.

"아니 무신 비가 요렇코롬 온대여. 징허구먼. 요런 것이 안 좋

　　　　　　　　　　우리는 이렇게 흘러가는 거야

은 징조인디 말이여. 벼락 맞아 죽은 사람이 워디 한둘이남. 하늘도 무심허시지. 워찌 혀서 죄 없는 사람만 잡아가냐 그 말이여. 하늘도 알고 땅도 아는 저그 저 거랑말코 같은 놈들은 워찌 안 잡아가냐 그 말이여."

김영곤의 어머니 쌍정댁의 하소연이다.

"큰아 태곤아 니가 객지에 가서 고생이 많겠다. 꼭 죽지 말고 살아서 돌아와야 혀. 알겠지야?"

쌍정댁은 만주 독립단에 소속되어 있는 장남 태곤이를 생각할 때마다 눈물이 앞을 가린다. 쌍정댁은 댓돌에 앉아 주룩주룩 내리는 빗줄기를 하염없이 바라보며 치맛자락으로 연신 눈가를 찍어낸다. 그때 빗속에서 우산을 쓴 사내 하나가 사립문을 밀고 마당 안으로 들어선다. 쌍정댁은 장남 태곤이의 생각에 깊이 빠져 있다 사내가 그녀 가까이 다가오는 것도 알아채지 못한다.

"쌍정댁, 나 장봉팔이요."

인기척에 그녀가 움찔 놀란다. 벌떡 일어나며 가슴 위에 손을 얹더니 깊게 숨을 토해낸다.

"휴우, 놀랬구만이라우. 구장 어른이 워쩐 일로 저희 집을?"

"소식을 하나 가지고 왔어. 너무 놀래지는 말어."

"무신 소식인디요?"

"쌍정댁, 이것 받으라구. 천황 폐하가 작은아 영곤이를 부르고 있단 말이시."

쌍정댁은 구장 장봉팔이 건네주는 종이 한 장을 받아든다. 종이 위에는 까만 글씨들이 깨알처럼 흩어져 있다. 까막눈인 쌍정댁은 종이를 받아들고 어리둥절한 표정이다.

"이게 뭐시다요?"

"쌍정댁, 너무 놀라지 말어. 지금은 태평양 전쟁으로 남들도 다 겪는 고생이니께 말이여. 영곤이에게 징용 영장이 나왔다니께. 산외면에서 9명이 대상인디 그 속에 영곤이가 들어간 것이라구."

"구장 어른, 시방 뭐시라고 혔어라우? 영곤이에게 징용 영장이 나왔다고 혔었라우?"

"고렇다니께. 영곤이는 코오코쿠신민(황국신민)으로서 반드시 큰일을 해내고 말 것이라구."

"오매 나 죽네, 나 죽어."

쌍정댁은 징용 영장을 휙 빗속으로 던져버리더니 토방에 주저앉아 손으로 바닥을 치며 울기 시작한다.

"하나 남은 자식인디 고게 무신 소리다요. 고건 안 된다니께요. 이 지집을 잡아가란 말이라우. 하나 남은 내 아들은 절대루 안 된단 말이라우."

"쌍정댁, 이것은 천황 폐하의 징용 출두 명령서요. 워디다 함부로 버리고 고럽니까. 정신 차리시오잉."

장봉팔은 땅에 팽개쳐진 영장을 잽싸게 주워 옷에 쓱쓱 닦더니

우리는 이렇게 흘러가는 거야

마루 위에 놓고 빗속으로 성큼성큼 사라진다.

징용 영장은 잔잔한 수면처럼 평화롭던 쌍정댁네 집안에 날아든 청천벽력이었다. 밤상골댁네 영철이와 신배댁네 판술이가 징용에 끌려가 지금껏 소식이 없다. 영철이는 가와카미 탄광으로 끌려가 몰매를 맞고 죽었고 판술이는 만주로 끌려가 전투부대 교량 공사 중 죽었다는 소문만 무성하다. 실제로 확인된 것이 아니어서 믿을 수는 없지만 밤상골댁과 신배댁은 희망 반 절망 반으로 내 아들, 내 아들, 하며 실성한 사람처럼 행동한다. 북쪽 하늘만 쳐다보며 날이면 날마다 눈물로 세월을 보낸다. 쌍정댁은 밤상골댁과 신배댁을 통해 징용이란 것이 무엇인지를 잘 알고 있는 터여서 더욱 충격이 크다.

"봉팔이란 놈의 소행으로 우리 영곤이가 징용에 끌려가게 되었당게. 내가 이 새끼를 가만히 두지 않을 것이라구. 칵 쥑여뿌릴 것이랑게. 평소 요놈이 나를 쳐다볼 때도 째려보고 그러드라구. 괘씸한 녀석 같으니라구."

쌍정양반도 얼굴이 붉으락푸르락이다.

"여보, 참어야 써요. 장봉팔이 잘못 건드리면 우리 식구 모두 죽는단 말이라우."

울화가 치밀어 손이 부르르 떨리지만 쌍정댁은 참아야 한다고 충고한다. 남은 식구들의 안전을 위해서.

"어무니, 아부지, 너무 걱정 마시랑게요. 남들도 다 가는디 별일 있겠서라우. 잘 다녀올팅게 너무 상심허지 마시오잉."

영곤이 당사자는 태연하다. 하지만 속도 그러하겠는가. 갑자기 말이 줄고 얼굴에서 웃음이 사라진 영곤이의 태도가 전과 많이 다르다. 영곤이는 요즈음 먼 산을 자주 쳐다보며 작은 일에도 허둥거린다.

동네 모정에서 미나리골 근로보국대 출정식이 열리던 날 마을 사람들이 모두 모여 숨을 죽이고 지켜본다. 모정 처마에 붓글씨로 '근로보국대 출정식'이라고 씌어 있고 글씨 아래에는 당사자인 김영곤이 빳빳하게 굳은 자세로 서 있다. 아이들을 포함해서 동네 사람들이 굳은 표정으로 앉아 있다. 그 속에 앉아 있는 쌍정댁과 쌍정양반은 질금질금 눈물을 흘리며 복받치는 슬픔을 참아내고 있다. 대열 뒤에서 얼쩡거리는 야마다 형사의 닛본도(일본도)가 위압적이다. 야마다는 범법자를 대할 때 천황 폐하의 이름으로 사정없이 목을 베어버리는 악질 형사로 유명하다. 동네 아이들은 힐끗힐끗 야마다 형사의 닛본도를 훔쳐보며 잔뜩 겁먹은 표정이다. 기미가요(일본 국가-임의 치세는 천 대에 팔천 대에 작은 조약돌이 큰 바위가 되어 이끼가 낄 때까지)를 부르고, 천황 폐하에 대한 맹세가 끝나자 구장 장봉팔의 축사가 이어진다.

"…김영곤 군이 천황 폐하의 부름을 받고 늠름한 사나이로서 장도에 오르게 되었음을 알려드립니요. 영광스럽고 자랑스러운 일이 아닐 수 없당게요. 내 한 몸 바쳐 나라를 구허고져 하오니 장헌 일이 아니고 무엇이었습니까. 태평양 전쟁을 기필코 승리로 이끌어 대 일본 제국의 명성을 세계에 떨칠 것이랑게요. 우리…….”

장봉팔의 축사가 끝나자 야마다 형사가 외친다.

“박수들 치시오, 박수를! 뭣들 합네까?”

그러자 주민들은 아주 느리게 박수를 친다. 무표정한 얼굴로. 마지못해.

“다음은 만세 삼창이 있겠습니다.”

미나리골 대지주 전남길이 앞으로 나오더니 팔을 높이 들어올려 격앙된 목소리로 만세를 외친다.

“천황 폐하 만세! 천황 폐하 만세! 천황 폐하 만세!”

이것 역시 몇 사람을 빼고는 대부분 주민들의 동작은 소극적이다. 작은 소리로 중얼거리면서 팔이 슬그머니 올라갔다 맥없이 내려온다. 쌍정양반과 쌍정댁은 아예 박수를 치지 않고 눈물만 짜고 있다.

“뭣들 합네까! 밥을 굶었습네까? 묘신 고 테찌(병신 새끼들)! 조센징이노 기가쭈이!(너희들 정신 차려!)”

독기 오른 야마다 형사의 외침이 하늘을 찌른다.

모정 앞에는 소형 트럭이 준비되어 있다. 트럭이 부릉거리며 시동을 걸자 야마다 형사가 김영곤의 손을 잡고 함께 트럭 짐칸에 오른다. 야마다 형사가 움직일 때마다 허리에 찬 닛본도(일본도)가 위협적으로 찰랑거린다. 마을 사람들은 잔뜩 겁먹은 자세로 이 광경을 물끄러미 지켜본다. 하지만 쌍정댁은 다르다. 트럭 뒤를 움켜잡고 목놓아 울기 시작한다.

"못 간다, 못 가! 나를 죽이고 우리 영곤이를 데려가라!"

"오나 가 구르타!(계집이 미쳤나!)"

야마다가 소리치며 닛본도를 뽑아든다. 그러자 장봉팔이 다가가 거칠게 쌍정댁을 떼어놓는다.

"천황 폐하의 명령을 거부허면 군법으루 다스린다는 것을 명심 허시오잉!"

트럭이 부릉거리며 앞으로 나아간다. 쌍정댁이 흙바닥에 퍼질러 앉아 땅을 치며 통곡한다.

"우리 아들 영곤이를 내놓으라고!"

쌍정양반이 다가와 쌍정댁의 손을 잡고 달래보지만 소용이 없다. 모정 옆에 서 있는 아름드리 느티나무가 말없이 지켜보고 있다. 사방으로 뻗어 내린 잔가지들을 한들거리며. 까악까악. 까마귀 떼가 칙칙한 울음을 뿌리며 미나리골 상공을 가로지른다.

*

햇살이 불티처럼 쏟아진다. 느티나무 잎들이 후줄근하다. 느티나무에 붙은 매미들이 그악스럽게 울어댄다. 매미 울음소리는 한낮의 열기를 헤집는다.

"징허게 울어대는구만. 무신 불만이 고렇게 많대여. 귀가 먹먹 허다니까."

면서기 김달수가 느티나무를 올려다보며 신경질이다. 김달수는 장부를 들고 공출 물건을 기록하기에 바쁘다. 미나리골 사람들이 한 줄로 길게 서 있다. 손에 공출로 바칠 물건이나 곡식을 한 가지 이상 들고. 보리쌀 두 되는 필수다. 면서기 김달수가 장부에 기록하면 동행한 최태용은 곡식을 받아 자루에 붓고 물건은 가마니에 담는다. 야마다 형사가 닛본도를 차고 주위를 어슬렁거리며 반항하거나 비협조적인 인물은 가차 없이 공격할 태세다. 굶주림을 견디지 못해 허기진 배를 움켜잡고 공출 받은 곡식을 강탈해 가는 경우도 있다. 그때는 형사가 닛본도로 현장에서 목을 베어버린다. 그런 경우가 종종 있었다. 야마다 형사의 뱁새눈이 오늘은 휘둥그렇다. 본인들은 깎은 나무껍질을 먹고 풀뿌리를 삶아 먹으면서도 곡식을 갖다 바쳐야 한다. 닛본도가 무서워서. 개떡이라도 먹을 게 있으면 양호하다. 한 줄로 서 있는 마을 사람들의 다리가 시누대 같고 얼굴 광대뼈는 하나같이 툭 튀어나와 있다. 그게 햇빛을 받으면 유난히 반짝거린다. 거무튀튀한 얼굴들이다. 조무래기들은 옆에서 구경하다가 땅에 떨어지는 보리쌀이 있으면 잽싸게 시커먼 손으로 주워 먹는다.

쌍정댁 차례가 되자 면서기 김달수가 연신 고개를 갸웃거린다.

"숟가락 하나를 공출이라고 가져왔소? 보리쌀은 필수요."

"집에 보리쌀은 한 톨도 없당게요. 곡식이 없어 칡뿌리로 아침도 때웠어라우. 참말이랑게요."

"헛소리 집어치우시오. 그럼 강제로 수탈해가는 수밖에. 갑시다. 가서 집에 감추어두었는지 확인해보아야 할 것 아니요. 만약 집 안을 뒤져 보리쌀이 나오면 엄한 벌을 달게 받아야할 것이요. 각오하시오."

야마다 형사가 독 오른 눈초리로 쌍정댁을 쏘아본다. 야마다 형사의 닦달에 못 이겨 쌍정댁이 앞장을 선다.

"조센징에게는 칼맛을 보여주어야 한다니까."

닛본도를 손에 들고 뒤따르는 야마다가 씩씩거리며 성깔이다. 앞장서 가는 쌍정댁의 발걸음이 자꾸만 허둥거린다.

집 안으로 들어서자 쌍정양반이 다가와 야마다 형사에게 넙죽 절을 올린다.

"형사님이 워쩐 일루 누추한 저희 집을……."

"비키시오. 조센징은 맨날 죽는 소리요. 공출에 보리쌀 두 되는 필수요."

"형사님, 진짜랑게요. 곡식은 한 톨도 없당게요. 없어서 못 내놓았어라우."

"조센징, 간사하게 굴지 마시오. 이 칼 한 방이면 목이 댕강 떨어져 나간단 말이요."

우리는 이렇게 흘러가는 거야

야마다 형사가 칼집에서 쑥 칼을 뽑아든다.

"내가 이 칼로 직접 확인해 보겠소."

야마다는 마당 곳곳을 칼로 푹푹 찔러본다. 우물 둘레와 뒤뜰을 포함해서 의심이 가는 부엌 바닥까지 칼로 푹푹 찌른다. 과거 그렇게 해 땅 속에 감추어둔 곡식을 수탈해간 적이 있어 야마다 형사에게는 낯선 일이 아니다. 쌍정댁은 마당에 퍼질러 앉아 눈물을 쥐어짜고 있다. 그녀의 억장이 무너져 내린다. 장남 김태곤은 만주로 망명 가서 죽었는지 살았는지 알 수 없고 차남 김영곤은 징용 출두명령서를 받고 끌려가 소식이 감감하여 속을 태우고 있던 터에 이런 치욕까지 당했으니.

"내 팔자가 워찌 이런대라우. 지발 이녁을 죽여주시오잉. 못 살겠구만이라우. 시상이 원망스럽당게요. 다 빼앗아 가면 뭘 먹고 살라구 이런당가요. 너무 헌당게요. 야속허당게요."

쌍정댁의 눈물을 보고 구경나온 마을 사람들이 덩달아 눈가를 훔친다.

"이 간나 안 보이는 곳으로 끌고 가시오, 어서!"

집 안 곳곳을 칼로 찔러보다 지친 야마다 형사가 이마 위에 비오듯 흐르는 땀을 훔치며 호통이다.

"하이!"

쇠꼬챙이를 들고 야마다 형사의 뒤를 따라다니며 마당 곳곳을 쿡쿡 찔러보던 구장 장봉팔이 구십 도로 고개 숙인다.

아름드리 느티나무가 미나리골 모정에 짙은 그림자를 드리우
고 있다. 매미 울음소리가 느티나무를 쥐흔들어댄다. 마을 어른
들이 모정에 누워 한낮 볕볕 열기를 식히고 있다. 우뚝 솟은 게
양대 끝에서는 히노마루노하다(일장기)가 바람에 펄럭거린다. 위
뜸에서 들려오는 장닭 울음소리가 고즈넉한 마을 공간에 사선을
긋는다. 떠들썩한 소리가 들리더니 마을 조무래기들이 모정에
나타난다.

"해방이래, 해방! 코쟁이가 땅딸이를 이겼대!"

"그게 뭔 말이당가?"

"아이 고것도 모른단 말이여?"

"만세! 대한 독립 만세!"

아이들이 만세를 외치는 소리에 모정 위에서 잠을 자던 어른들
이 벌떡 일어난다.

"니들 워디서 고런 소리를 들었남?"

"라디오에서 나왔다고 혔당게요. 일본 천황이 라디오에서 항
복을 혔다는디요. 쌍정양반이 알려주었단 말이라우."

"그리여? 워매 쥐구멍에도 볕들 날이 있다고 허던디 고게 고렇
게 되었구만잉."

"해방이 되었당게요. 시방 뭣들 허시는교."

라디오 방송을 듣고 헐레벌떡 달려온 전남길네 머슴 오기철이 껑충껑충 뛰며 좋아한다. 조무래기 녀석들의 말을 듣고 혹시 장난일지 모른다고 의구심을 갖고 있던 어른들이 오기철의 말을 듣고 사실로 확신한다. 모정에 누워 있던 마을 어른들이 땅으로 내려오더니 서로 얼싸안는다. 일부는 대한 독립 만세를 외친다. 잠깐 사이 조무래기에서부터 할아버지, 할머니까지 마을 사람들 대다수가 소문을 듣고 느티나무 밑에 모여든다. 누가 시켜서가 아니고 벅찬 감격의 기쁨을 서로 나누기 위해서.

"대한 독립 만세!"

쌍정양반이 태극기를 들고 나와 목이 터져라 만세를 외치자 마을 사람 모두가 따라 외친다. 벅찬 기쁨의 파도가 마을 모정에 넘실거린다. 쌍정댁을 비롯한 마을 아낙들이 엉엉 울며 치마깃으로 눈물을 찍어낸다. 조무래기 녀석들도 덩달아 울기 시작한다.

"여러분, 이제 우리의 날이 왔어라우! 왜놈들은 물러갈 것이랑게요. 저기 펄럭거리는 일장기를 먼저 내려야 헌당게요!"

젊은 오기철의 패기 있는 목소리가 하늘을 찧는다.

"암헌, 그래야재. 당연히 내려야 허지."

오기철의 아버지 신촌양반이 맞장구를 쳐준다. 그러자 마을 사람들이 옳소, 옳소, 라고 외친다. 오기철이 게양대로 다가가더니 줄을 당겨 일장기를 내리기 시작한다. 펄럭거리던 일장기가 내려오자 마을 사람들이 박수를 치며 기뻐한다. 어느새 게양대 앞으로 모여든 마을 사람들이 땅으로 내려온 깃발을 보자 이를 갈며 분노한다.

"왜놈들을 찢어 쥑여야 헌당게."

"뭔 소리여. 갈아 마셔야 허지! 우리가 얼매나 고통을 당혔냐 구! 생각허면 치가 떨려!"

마을 사람들이 손으로 잡고 일장기를 짝짝 찢어발기기 시작 한다.

"쥑여! 쥑여야 헌당게!"

게거품을 물고 박박 이를 간다. 금세 일장기는 산산조각이 난 다. 그래도 화가 풀리지 않자 마을 사람들은 찢어진 조각을 발로 잘근잘근 밟더니 뒷굽으로 박박 짓이기기 시작한다.

"여러분, 여기 태극기를 가져왔구만이라우. 만주에 가 있는 우 리 태곤이(독립단 소속)가 장판 밑에 감추어 둔 것이랑게요. 갸가 반드시 독립이 되는 그날이 올 것이라고 혔당게요."

쌍정양반이 태극기를 높이 들어 흔들며 외친다.

"그리여 잘 헌 것이여! 어서 게양대에 태극기를 게양해야지 뭐 허는감?"

오기철의 아버지 신촌양반이 서두른다. 쌍정양반이 게양대로 다가가더니 줄에 매어 태극기를 올리기 시작한다. 태극기가 8월 의 열기를 헤치고 조금씩 높이 올라가자 마을 사람들이 박수를 치며 환호한다. 계속 대한 독립 만세만을 외치는 사람도 있다.

우리는 이렇게 흘러가는 거야

덮어쓰기 당한 매미 울음소리가 숨을 죽이고 있다. 태극기가 높이 솟구쳐 펄럭거리자 마을 사람들이 어깨동무를 하고 아리랑을 부르기 시작한다.

"아리랑 아리랑 아라리요. 아리랑 고개로……."

"여러분, 때가 왔당게요. 친일파 왜놈의 앞잡이 장봉팔을 처단혀야 헌당게요."

아리랑이 끝나자 쌍정양반이 붉으락푸르락한 얼굴로 외친다. 마을 사람들이 웅성거리기 시작한다. 장봉팔이 보이지 않는다는 둥, 고놈을 잡아서 혼내 주어야 한다는 둥.

"호랑이를 잡으려면 호랑이 굴로 가야 헌당게요. 장봉팔이 집으로 갑시다요!"

오기철이 몽둥이를 하나 들고 흔들며 설친다.

"저를 따라오랑게요!"

오기철이 앞장을 서자 마을 사람들이 골목으로 떼 지어 우우 몰려간다. 뒤에서 마을 조무래기들도 시시덕거리며 따라간다. 그 속에 장봉팔의 아들 장용수는 보이지 않는다.

장봉팔네 대문 앞에 마을 사람들이 모여 있다. 저마다 몽둥이 하나씩을 들고.

"장봉팔은 나와 참회허시요!"

오기철이 대문을 흔들며 안에다 대고 외친다. 안에서는 아무 반응이 없다. 그러자 화가 난 마을 사람들이 강제로 대문을 열고 마당 안으로 들어선다.

"장봉팔은 후딱 나와 반성허시오."

그래도 방문은 굳게 닫혀 있고 반응이 없다. 마당에서 모이를 쪼아대던 닭들은 겁먹은 모습으로 담장 밑에 웅크리고 있고 컹컹 짖어대던 검둥이는 마루 밑으로 들어가 잔뜩 꼬리를 사리고 있다.

"아까 용수랑, 용수 아버지랑, 용수 어머니랑, 보따리 하나씩을 들고 아래뜸으로 갔는디요. 지가 눈으로 똑똑히 보았당게요. 용수가 그러는디 외갓집에 다녀온다고 허든디요."

뒤에서 구경하던 조무래기 하나가 흐르는 콧물을 혀끝으로 핥아먹으면서도 말씨는 또랑또랑하다.

"우리가 한 발 늦었구만이라우. 자 모두 나갑시다잉. 이걸로 혼내주어야 허는디 쥐새끼처럼 빠져 나갔네라우. 에이 염병헐!"

머슴 오기철이 몽둥이를 팽개치며 씨부렁거린다. 왜놈의 앞잡이 장봉팔을 놓친 분한 마음에 마을 사람들이 몽둥이를 마루 밑에 있는 검둥이에게 마구 던진다. 그러자 검둥이가 깨갱거리며 마루 밑에서 나와 절룩절룩 뒷담 쪽으로 사라진다. 허탕을 치고 장봉팔의 집에서 나온 마을 사람들이 분이 풀리지 않는지 길가의 돌멩이를 주워 장봉팔네 집 마당으로 마구 던진다. 돌멩이는 포물선을 그리며 담장을 넘어 휙휙 날아간다. 우물가 장독대에서 퍽, 퍽, 둔탁한 소리가 들린다.

우리는 이렇게 흘러가는 거야

칼바람이 옷깃을 파고든다. 모정 벌거벗은 느티나무가 바람을 태우고 윙윙 벌떼 울음소리를 낸다. 바람에 쏠리는 낙엽들이 바르르 몸을 떤다. 미나리골 사람들이 모정 근처에는 얼씬도 하지 않는다. 대신 쌍정양반네 담장 양지에 모여 서서 이야기를 나눈다. 아침을 먹고 햇살이 두툼해지면 담배 한 대 입에 물고 약속이나 한 듯이 마을 사내들이 모여든다.

그날도 쏟아지는 겨울 햇살을 한아름씩 안고 담장 앞에 모여 어정거린다.

"우리는 신탁통치를 받아들이면 안 된당게요. 나는 신탁을 반대헌당게요. 그 이유가 뭐냐 허면 우리가 미국의 지배를 받아야 하기 때문이랑게요. 일본의 속국에서 벗어나자마자 미국의 지배를 받는다면 고런 불행이 워디 있겠습니까."

쌍정양반이 이마에 주름을 모으며 언성을 높인다.

"지는 생각이 조금 다르구만이라우. 미국, 영국, 소련 간부들이 모스크바에 모여 토의를 혔다구 들었당게요. 북쪽은 소련군이 주둔하여 관리허구 남쪽은 미군이 들어와 군정을 실시허기로 도장을 꽉 찍었다구 혔어라우. 우리가 남의 도움으로 해방을 맞이혔으므로 어쩔 수 없당게요. 신탁은 지금 처지에서 순리랑게요. 소련과 미국의 도움 없이 우리나라가 독립국가로 발전허기

어려워라우.”

　오기철은 입에서 침을 튀겨가며 장광설을 늘어놓는다.

　“자네의 생각이 짧구만. 우리나라 임시정부 주요 인사들이 적극적으루 신탁을 반대허구 있는디 고걸 알고나 있는감?”

　전남길이 긴 장죽을 손에 들고 오기철을 빤히 쳐다보며 상대를 깔아뭉갠다.

　“주인어른, 머슴이라구 함부로 무시허면 곤란허지라우. 지도들은 게 있당게요. 고걸 모르는 사람이 워디 있어라우. 임시정부 인사들은 미국과 소련이 들어오면 자신들의 입지가 좁아지니까 그럴 거라고 허든디요.”

　오기철은 자신을 무시하는 언행으로 인해 가슴에서 욱하고 치밀어 오르는 것이 있었지만 주인어른이라는 것 때문에 주먹에 힘을 주며 참아낸다.

　“그렇게 말허문 애국지사들을 욕허는 격이 된다구. 그건 아니여. 우리가 또다시 외세에 밀려 질질 끌려다니문 해방이 무신 의미가 있는감. 우리는 자주 독립국가를 건설혀야 헌다 이 말이네. 이번 기회를 놓치문 긴 세월 동안 우리가 외세에 의해 또 고통을 당혀야 헌다 이 말이여. 내 말을 알겠는감?”

　운전양반 전남길은 또박또박 점잖게 말한다.

　“내 생각에는 너무 이상적으루 보문 안 된다구 보네. 이상과 현실은 많이 다르단 말이시. 임시정부 인사들이 나라를 맡으문 많이 시끄러울 것이네. 현실은 시방 소련군과 미군이 북쪽과 남쪽에 진주한 상태이기 때문에 이들의 도움을 받아 하루빨리 나라의 안정을 기해야 된다구 보네. 신탁은 현실적으루 최선의 방법일세."

오기철의 아버지 신촌양반은 아들의 편을 들고 나온다. 담장양지 쪽 사내들의 이야기는 신탁과 반탁으로 옥신각신이다.

그 시각 동네 도랑 빨래터에 나온 아낙들은 돌팍에 빨래를 놓고 신탁–반탁, 신탁–반탁, 신탁–반탁이라고 중얼거리며 방망이를 두드려댄다. 왼손으로 때릴 때 신탁이면 오른손으로 때릴 때는 반탁이다. 여러 명이 적극적으로 가세하여 신탁–반탁을 외치자 빨래터는 소란스럽다.

"신탁–반탁, 신탁–반탁……."

"잠시 중단허자구!"

쌍정댁이 손을 들어 외치자 요란하게 들리던 방망이 소리가 일시에 멈춘다.

"신탁은 뭐고 반탁은 뭐여? 알고나 있어야 헐 것 아니겄어?"

"그것도 모르남. 신탁은 미국에게 쪼깨 도와 달라 이거고 반탁은 미국 물러가라, 우리 문제는 우리가 스스로 해결허겠다 이거지."

"아 신촌댁은 아는 것도 많구만. 고런 것 알아서 뭐 허남. 우리 아낙들은 빨래나 열심히 허면 되지."

"그리여 우리 아낙들이 떠든다고 되는 것은 아니여. 빨래나 허자구."

빨래 방망이 소리에 맞추어 신탁-반탁을 외치는 소리가 빨래터 주변 정적을 흔들어댄다. 그 소리는 개울을 타고 언덕을 넘어 마을 위뜸까지 명징하게 들린다.

흐르는 콧물을 손등으로 쓱쓱 훔쳐대며 동네 모정에서 팽이를 치던 조무래기 녀석들이 그걸 흉내낸다. 잠시 팽이 치는 것을 멈추고 머리에 쓴 벙거지를 잡고 벗었다 썼다 하며 신탁-반탁, 한다. 어떤 녀석은 팽이채를 잡고 팽이를 치며 신탁-반탁, 한다. 또한 팔을 위 아래로 내두르며 신탁-반탁, 하기도 한다. 어떤 녀석은 신탁, 신탁, 신탁만을 연속 외친다. 그리고 어떤 녀석은 반탁, 반탁, 반탁만을 계속 외치기도 한다. 느티나무 가지에는 겨울 찬바람이 걸려 우잉우잉 울어댄다. 느티나무 가지에서 내려온 겨울 찬바람은 꼬리에 꼬리를 물고 연일 마을 고샅을 돌아 소낭골 쪽으로 달린다. 찬바람 등에 올라탄 신탁-반탁이 겨우내 마을을 휘젓고 다닌다.

*

수염이 덥수룩하고 안면이 검게 그을린 초췌한 얼굴의 김태곤이 손에 보따리를 하나 들고 마당으로 들어선다. 부엌에서 개떡

우리는 이렇게 흘러가는 거야

을 찌던 쌍정댁이 이걸 목격한다.

"아니 이게 누구다냐잉?"

쌍정댁이 부엌에서 뛰어나와 태곤이를 얼싸안는다.

"니가 안 죽고 살아돌아왔구나. 내 아들 장허다 장혀!"

"제가 죽기는 왜 죽어라우? 그동안 집안에 별일 없었지라우?"

어머니도 아들도 눈가의 물기를 찍어내느라 정신이 없다.

"니 동생 영곤이가 징용에 끌려가 지금껏 소식이 없는디 요걸 워찌 혀야 헌다냐."

"왜놈들이 나쁜 놈들이랑게요. 고건 차차 이야기허지라우. 아버지는 워디 갔어라우?"

"산에 나무하러 가셨어야."

그때 아버지가 솔가지를 등에 지고 사립을 들어선다. 집으로 들어선 아버지 쌍정양반이 먼저 장남 태곤이를 발견하고는 등짐을 마당에 아무렇게나 부려버린다. 그러고는 태곤이에게 다가가 끌어안는다.

"지가 김태곤인디요."

"그리여 니가 안 죽고 살아돌아왔구나잉. 고생 많았당게."

"아버지도 일제 밑에서 고생하셨어라우. 이제 새로운 시상이 돌아왔당게요."

김태곤이는 마루 위로 올라가 어머니, 아버지 앞에 큰절을 올린다.

"그리여 장허다, 그리고 자랑스럽다야."

쌍정양반과 쌍정댁은 절을 하고 일어나는 태곤이의 등을 토닥거려 준다. 부부의 쭉 찢어진 입가에는 오랜만에 밝은 미소가 걸려 있다. 그러나 그러한 미소도 오래가지 못한다.

"우리 영곤이는 워찌 소식이 없당가. 갸가 후딱 돌아와야 헐 튼디 말이여."

부엌으로 향하는 쌍정댁의 발걸음이 허둥거린다.

"태곤이가 만주에서 돌아왔다고 혀서 왔어라우. 벌써 마을에 소문이 쫙 퍼졌어라우."

마을 사람들이 소식을 듣고 속속 쌍정댁네 집으로 모여든다. 애국투사가 돌아왔다면서 마치 자기 아들이 돌아온 양 기뻐한다. 주먹밥, 계란, 개떡, 보리밥 등을 손에 들고 와 태곤이에게 주라 한다. 마을 조무래기 녀석들도 찾아와 웅성웅성 떠들어댄다.

"거인 태곤이 형이 돌아왔대."

"뭘 타고 왔을까?"

"고거야 달구지 타고 왔겠지."

"웃기는 소리 말어야. 뱀처럼 길쭉한 기차를 타고 왔어야."

"태곤이 형아가 왜놈들을 물리쳐서 우리나라가 해방이 되었다고 허든디."

"그리여 고건 사실이지. 태곤이 형아는 칼싸움을 잘 헌다고 혔다니까."

"근디 운전양반네(전남길) 전필영 형아랑, 전필자 누나가 동경으로 유학 갔다 돌아왔다는디 고게 사실이남?"

"그리여 고것도 사실이여. 그건 말도 꺼내지 말어라야. 부끄러워야."

"워찌 부끄럽다냐?"

"왜놈들허고 속닥속닥혀서 유학 갔다 온 게 부끄러운 일이제. 챙피해야."

"그리서 친일파라고 허남?"

"고렇제. 근디 말이여, 다른 사람들은 멀리 갔다가 다 돌아오는디 워찌 김영곤 형아는 시방까지 소식이 없는 것이여?"

"우리 아부지가 그러는디 틀림없이 죽었다고 허드라고."

"고건 사실이 아니지. 소문일 뿐이여."

*

오기철과 김태곤은 어려서부터 함께 자란 친한 친구 사이다. 유년 시절 뜨거운 여름이면 마을 내에서 벌거벗고 함께 수영을 하기도 했고 눈 내리는 겨울이면 못방산에 올라 토끼 사냥을 하기도 했다. 늘 두 사람의 우정은 돈독했다. 그러나 성장하면서 서로 가는 길이 달라 조금씩 틈이 생기기 시작했다. 두 사람은 마주 앉으면 서로 언쟁을 벌이기도 한다.

멍

오기철이 귀향을 축하해 주기 위해 김태곤네 집을 찾았다.

"태곤아, 몸은 괜찮아? 엄청 말랐어야."

"그리여? 워낙 못 먹어서 그럴 거여. 걱정혀 주어서 고맙다. 망명 가 있는 사람이 잘 먹을 수는 없었지. 굶기를 밥 먹듯이 혔어."

"고생혔다야. 이자 해방이 되었으니 잘 먹을 수 있을 거여."

"고렇게 되어야 허겄지. 나도 그걸 간절히 바래."

"그런데 태곤아, 우리가 잘 살려문 신탁이 필요허다고 본다. 북쪽은 소련이, 그리고 남쪽은 미국이 도와주면 쉽게 안정을 찾을 수 있을 거여. 시방 나라가 좌익이네, 우익이네, 신탁이네, 반탁이네, 허문서 시끄럽단 말이여."

"기철아, 고것은 니가 잘못 생각허고 있어야. 우리가 일제 밑에서 을마나 고생을 혔냐. 이제 우리 스스로 우리 문제를 해결혀 나가야 헌다고 본다. 그리야 미래가 있는 것이여. 나는 신탁을 반대헌다. 임시정부 김구 주석도 신탁을 반대허구 있단 말이시. 신탁은 북쪽 공산당과 연계된 좌익들이 주장허는 것으로 알고 있는디 절대 고건 안 되는 것이여. 우리나라가 공산당 손아귀 속에 들어갈 수는 없다 그 말이여."

"듣고 보니까 쪼깨 기분이 나쁘다. 좌익도 국민의 편에 서서 일허고 있는디 워찌 나쁘게 보냐 그 말이여. 나 간다. 너허고는 근본부터 생각이 달라."

오기철은 벌떡 일어나더니 씩씩거리며 문을 박차고 나간다. 김

우리는 이렇게 흘러가는 거야

태곤은 오기철을 붙잡지 않는다.

"성격이 변했네. 불알 안 깐 수돼지구먼."

오기철이 집으로 들어서자 주인어른인 전남길이 한마디 한다.

"머슴이 밥 먹고 일을 혀야지 어디를 뽈뽈 밤마실 가냐구. 새끼도 꼬아야 허구, 헐 일이 솔찬히 있는디 말이여."

"죄송허구만이라우."

"죄송허면 다냐. 니가 새경으로 쌀을 을매나 받는지 아냐구. 아 그 값을 혀야지."

"김태곤이가 돌아왔다구 혀서 잠깐 인사차 다녀왔구만이라우."

"그리여 거기까지는 그럴 수 있다구 치자구. 말이 나온 김에 한마디 더 혀보자구. 니가 정치가냐? 일은 안 허구 신탁이네 뭐네 허문서 설치고 다니냐 그 말이여. 쥐뿔도 모르면서 신탁 운운 허냐 그 말이여. 우리나라는 반탁이 되어야 헌다구. 그렇게 혀야 우리 민족에게 장래가 있는 것이여. 강대국에게 우리나라가 먹히지 않으려문 반탁으로 가여 헌다구. 그런데 너는 북쪽 공산당의 편을 들어 신탁을 주장허문서 돌아다녔지. 그게 솔찬히 기분 나쁘다구."

"고건 주인어른의 생각이 짧구만이라우. 지금 북쪽에는 소련군이, 남쪽에는 미군이 주둔해 있는 상태인데 반탁을 주장헌다구 혀서 고게 되겠습니까. 현실적으로 보문 신탁으로 가야 허구 고렇게 될 것이구만이라우. 두고 보시문 알 것이랑게요."

"긍게 니가 나보고 생각이 짧다고 혔냐. 쌀밥 먹이면서 새경 주어 거두니까 고렇게 나와야 허겄냐. 이 거랑말코 같은 녀석아. 어서 썩 나가버려. 너 같은 것은 필요 없단 말이여."

"말 다 혔지라우. 지도 그만두어야겠당게요. 드러워서 어디. 퉤! 어디 두고 보자구."

오기철은 전남길의 면전에 침을 뱉더니 흘깃흘깃 쏘아보며 대문 쪽으로 휘적휘적 걸어 나간다.

"저런 벼락 맞아 죽을 놈이 있나. 어디다가 침을 뱉고 지랄이야. 니가 수준이 고 정도니까 머슴살이나 허고 살지. 거지발싸개 같은 놈을 내가 당장 요절내 버려야 분이 풀리겄는디 말이여. 아이구 가슴이야."

전남길은 주먹으로 가슴을 짓찧는다.

*

혼란기 해방 공간에서 건국준비위원회, 건국치안대, 인민위원회가 경쟁적으로 세 불리기 작업에 몰두했다. 젊은이들은 어느 한쪽으로 활동해주기를 권유받았지만 최종 결정은 자신이 했다. 김태곤은 산외면 치안대장에 추대되어 문란한 질서를 바로 잡는 데 열중했고 오기철은 인민위원회에 소속되어 모두가 똑같이 잘 사는 나라를 만들자면서 인공기를 흔들고 다녔다.

"대장님, 장봉팔이 잠시 미나리골 집에 들렀다는 정보를 입수했당게요."

대원 하나가 김태곤의 귀에 대고 속삭인다. 김태곤이 장봉팔의 친일 행각에 대해 몹시 언짢게 생각하고 있을 때다.

"그리여?"

그 소식을 기다리고 있던 김태곤의 눈이 휘둥그레진다.

"그런 사람은 잡아들여서 버르장머리를 고쳐주어야 헌당게. 자, 출동허자고."

김태곤이 자전거에 올라 한밤의 어둠을 헤친다. 총을 멘 5명의 대원들이 자전거를 타고 그 뒤를 따른다.

대원들이 마을에 들어서자 개들이 컹컹 어둠을 찢는다. 자전거는 모정 느티나무 밑에 세워두고 허리를 구부린 자세로 소리를 죽여 조심조심 장봉팔네 집으로 접근한다. 그러자 개 짖는 소리가 썰물처럼 마을을 빠져나간다. 장봉팔 집을 포위한 대원들이 웅크린 자세로 안쪽을 향해 총부리를 겨누고 안의 동정을 살핀다. 숨을 죽인 대원들의 거센 심장 박동이 가슴을 흔든다. 뜰은 고즈넉하고 어둠만이 도둑고양이처럼 마당에 웅크리고 있다. 방에서는 불빛 한 점 새어나오지 않는다. 김태곤이 손을 까딱한다. 그러자 그걸 신호로 대원들이 신속하게 담장을 뛰어넘는다. 대원들은 민첩하게 장봉팔네 본채를 사방에서 포위한다. 총을 겨눈 꾸부정한 자세로.

"장봉팔은 얼른 나와라. 너는 포위되어 있다."

김태곤이 안방 쪽에 대고 소리친다. 그래도 안에서는 아무 반응이 없다.

"샅샅이 뒤져!"

김태곤의 명령이 떨어지자 순간 안방문, 부엌문, 헛간문이 활짝 열리면서 총부리를 겨눈 채 안으로 뛰어든다. 그러고는 어둠을 쿡쿡 찔러본다.

"쥐새끼처럼 빠져나간 것 같은디요."

"그리여? 그럼 안 되지."

나중에는 미리 준비한 횃불을 밝혀 안방, 작은방, 부엌, 헛간 등을 샅샅이 뒤진다.

"집이 텅텅 비어 있는디요. 짐을 챙겨 아주 멀리 달아난 게 틀림없당게요."

"괜한 헛발질이었구만. 그만 철수허자구. 똥개에게 물린 기분이구만, 퉤!"

김태곤은 찍 침을 내뱉으며 신경질적이다. 치안대원들이 저벅저벅 농구화 소리를 앞세우고 장봉팔네 마당을 빠져나간다.

"태곤이 자네가 워쩐 일로 야밤에 출동했는가?"

마을 골목을 나오다 오기철을 만난다. 둘 사이는 친구 사이이지만 근래 허물없이 가깝게 지내지는 못한다. 김태곤이 민족을 중시한다면 오기철은 평등을 내세워 서로의 생각에 갭이 있다.

우리는 이렇게 흘러가는 거야

김태곤이 논리적이라면 오기철은 충동적으로 우기는 성격이다.

"마을에 장봉팔이 나타났다고 혀서 말이여."

"나타나면 혼내주어야 헌다고. 저승사자 땜시 고생한 사람이 얼마나 많냐구."

"그건 나도 동감이여."

*

아카시아 꽃이 활짝 피어 못방산이 향기로 가득하다. 목덜미에 비로도처럼 부드럽게 감기는 못방산 바람이 미나리골을 휘감고 뱅뱅 맴을 돈다. 마을도 향기로 가득하다. 몸에 잔뜩 꿀을 장착한 벌들이 때를 만나 미나리골 상공을 여덟 팔 자로 비행한다.

농촌에서는 쌀을 구경하기 힘든 춘궁기이다. 초근목피로 연명하는 사람들이 대부분이다. 그러한 시기에 쌀이 한 가마니라면 눈이 번쩍 뜨인다. 오기철이 나가고 새로 들어온 전남길네 머슴 황충길이 쌀 한 가마니를 지게에 지고 땀을 뻘뻘 흘리며 사립 안으로 들어선다. 황충길은 토방 앞에 지게를 내려놓고 작대기로 받친다. 그러고는 이마 위에 흐르는 땀을 손등으로 쓱 훔친다. 헉헉 거칠게 숨을 토해내면서. 동쪽으로 길게 누운 지게 그림자를 밟고 서서.

"아니 이게 뭐시대여?"

부엌에서 나온 쌍정댁이 쌀가마니를 요리조리 쳐다보며 의아해한다.

"안녕하셨어라우? 운전양반(전남길) 어른이 보내셨구만이라우. 밥이나 해 드시라구 쌀을 쪼끔 보내셨당게요."

"고맙기는 헌디 무신 이유인지 알고나 받아야 헐 것이란 말이여."

쌍정댁은 개떡만 먹다가 쌀가마니를 보자 입에 단침이 고인다.

"이유는 없구 그냥 밥 해 드시라구 혔당게요."

"쌍정양반, 얼른 이리 와 보시오잉!"

쌍정댁이 소리를 치자 뒤란에서 땅을 파던 쌍정양반이 뭣 땜시 그런대여, 하면서 걸어 나온다.

"운전양반이 우리 먹으라구 쌀을 한 가마니 보내셨당게요."

"그럼 고맙게 받아야지."

"안녕하셨어라우?"

황충길은 쌍정양반에게 정중하게 고개 숙여 예의를 갖춘다.

"자네구만. 운전양반에게 고맙다구 전허소."

"꼭 그렇게 허겠습니다. 그럼 지는 가보겠구만이라우."

황충길은 쌀가마니를 들어 마루 위에 내려놓고는 빈 지게를 지고 사립 쪽으로 향한다. 그때 황충길은 외출했다가 들어오는 김태곤과 맞닥뜨린다.

"자네가 워찌 우리 집을?"

"주인어른이 밥이나 해 드시라구 쌀을 한 가마니 보내셨당게 요. 마루에 내려놓고 막 나가는 중이었구만요."

김태곤은 잠시 고개를 갸웃거리며 참, 참을 연발한다.

"자네 다시 들어오소."

김태곤은 황충길의 손을 잡고 안쪽으로 끈다.

"쌀을 다시 지게에 지고 가서 운전양반에 돌려주소. 허기진 것 으로 봐서는 쌀을 받고 싶지만 고것은 아닌 것 같네. 후딱 지고 가소. 쌀은 받을 수 없다구 전허소."

김태곤은 다급하게 독촉한다.

"운전양반의 성의도 생각혀야지 거절만 헌다고 상책은 아닌 것 같다야."

"태곤아, 니 아부지 말이 맞는 것 같다야. 주는 사람의 성의도 생각혀야지."

쌍정양반이나 쌍정댁은 야윈 태곤이에게 하얀 쌀밥을 지어 먹 이고 싶은 심정이 굴뚝같다.

"지가 나중에 말씀 드릴게요. 이런 것 받으문 큰일 난당게요. 어서 지게에 지고 돌아가소."

김태곤은 황충길과 함께 끙끙대며 쌀가마니를 들어 지게 위에 올려놓는다.

"고맙기는 허지만 받을 수 없다고 잘 전허소."

"알겄구만이라우."

황충길이 된 힘을 쏟으며 쌀가마니를 등에 지고 몸을 일으킨다. 황충길이 사립 그림자를 밟고 휘청휘청 빠져나간다. 그가 시야에서 사라지자 김태곤이 몸을 돌이킨다.

　"태곤아, 운전양반이 우리를 생각혀서 쌀을 보냈는디 돌려보내서 마음이 찜찜허다."

　"어무니, 고런 것은 걱정 안 혀도 된당게요. 아무리 배가 고파도 그렇지 워떻게 친일파의 쌀을 받아먹나요. 독립단에서 활동헌 사람이 고런 쌀을 받아 먹으문 사람들이 손가락질을 헌당게요. 절대루 받으문 안 되어라우."

　"니 말을 듣고 보니깨 쪼깨 이해가 가기는 헌다야."

*

　지날재 너머에서 총성이 들렸다. 총소리는 콩 볶는 소리 같기도 하고 북 치는 소리 같기도 했다. 탕 탕 탕 타당 타다다당! 밖에서 놀던 개들이 마루 밑으로 허둥지둥 기어들어가 잔뜩 꼬리를 사렸다. 밤이 되자 총소리와 함께 지날재 너머에서 반짝반짝 불꽃이 일었다. 불꽃놀이는 밤새 계속 되었다.

　"6월 25일 새벽 4시 인민군이 전차를 앞세우고 남침을 감행하였습니다. 대한민국 국군은 인민군에게 밀려 후퇴를 계속하고 있습니다. 3군 장병들은 누구를 막론하고 빨리 원대로 복귀하기 바랍니다. 국민 여러분은 동요하지 마시고 생업에 종사하기 바랍니다. 대한민국 국군은 무력 도발한 인민군을 반드시 격퇴하여…….”

라디오를 듣던 신촌댁이 마당으로 부리나케 나오다 오금이 저려 마루에 주저앉는다. 소리를 치고 싶은데 목을 치미는 기운이 입 안에서만 뱅그르르 돈다. 씩씩거리며 숨만 가쁘게 몰아쉰다. 그걸 부엌에서 나오는 오기철이 발견하고 기겁을 한다.

“엄니, 워쩐 일이요잉? 워디가 아픈 거여요?”

“기이이철아 아니랑게. 고게 아니랑게. 저어언쟁이랑게.”

신촌댁이 가슴을 쓸어내리며 말을 더듬거린다.

“북한군이 사자라면 남한군은 쫓기는 사슴이랑게.”

한참 후에야 신촌댁은 떨리는 가슴을 진정한다.

“우리는 워디로 피난을 가야 헌다냐. 이대로 있으면 다 죽을 텐디 말이여.”

“걱정 없어라우. 다 대책이 있어라우. 인민군이 우리를 굶주림에서 해방시켜 주기 위해 내려오고 있당게요. 환영혀야 헌당게요. 그대로 집에 콕 박혀 있으문 된당게요.”

그때 밖에서 일하다 들어온 신촌양반이 괭이를 들고 마루에 걸터앉는다.

“전쟁이 일어났어라우, 전쟁이! 잘못허문 우리 식구 다 죽을 틴디 워디로 피난을 가지라우?”

신촌댁이 신촌양반을 쳐다보며 답을 구하고자 한다.

"나는 이미 밖에서 들었어. 글씨 고민이구만. 다급허문 못방산 땅굴로 숨어야제."

신촌양반은 담배만 뻑뻑 빨아댄다.

"그럴 필요 없당게요. 왜 숨어요. 인민군은 우리를 해방시켜주기 위혀서 내려오는디요. 인공기를 들고 환영혀야지요. 고렇게 알고 계시랑게요. 저만 믿고 있으문 되니께 걱정은 딱 붙들어 매시랑게요."

빙긋빙긋 웃으며 말하는 오기철은 묘한 처방을 가지고 있는 듯 여유롭다.

미나리골 골목에는 냉기가 감돈다. 조무래기 녀석들도 얼굴을 내밀지 않는다. 담장 너머로 머리를 디밀고 밖을 응시하다 낯선 사람이 나타나면 인민군이다, 하면서 잽싸게 모습을 감춘다. 어른들도 마찬가지이다. 마을에 연일 총소리가 들리고부터 바깥출입을 자제한다. 표정은 딱딱하게 굳어 있고 말수가 눈에 띄게 줄어 서로를 쳐다보고도 고개만 끄덕이는 정도이다. 마을엔 팽팽하게 당겨진 기타줄 같은 긴장감이 감돈다.

"워찌혀야 헌대여. 전쟁인디 말이여. 워디로 숨어야 허느냐고. 잘못허문 다 죽는당게."

탕 탕! 아낙들이 귀에 대고 속닥거리다가도 총소리에 움찔움찔 놀란다.

인민군이 탱크를 앞세우고 붉은 기를 흔들며 미나리골 앞 신작로를 지나간다. 탱크와 인민군들의 머리에는 잎 푸른 나뭇가지가 꽂혀 있다. 검게 그을린 인민군들의 얼굴에서 무거운 피로감이 물씬 묻어났으나 두 눈만은 구슬처럼 빛났다.

미나리골 사람들이 길 양 쪽으로 서서 인공기를 열렬히 흔들며 환영한다.

"인민군 만세! 인민군 만세!"

이렇게 외치는 조무래기들도 있다. 계란, 감자, 부침개, 개떡 등을 가지고 나와 지나가는 인민군들에게 나누어주는 아낙들도 있다.

"고맙습네다, 고맙습네다. 남반구 동무들, 이 은혜 잊지 않갔시오. 꼭 통일을 이루어 민족 해방을 성취하구 말갔시오."

인민군들의 말투는 이런 식이다.

"동무들, 더 세게 깃발을 흔들어야 헙니다잉. 더 세게 말이욧!"

팔에 붉은 완장을 찬 오기철의 기세가 등등하다. 헐레벌떡 이리 뛰고 저리 뛰는 오기철의 숨이 가쁘다.

"조선민주주의 인민공화국 만세! 조선민주주의 인민공화국 만세!"

숨을 몰아쉬면서도 오기철의 목소리는 하늘을 찌른다. 탱크의 행렬이 지나가는 길에는 뿌연 먼지가 인다. 먼지는 바람을 타고 독수리 날갯짓을 하다 하늘 높이 뿔뿔이 사라진다.

그 시각 김태곤 가족은 등에 보따리 하나씩을 메고 산길을 오른다. 산외면 치안대장 김태곤은 뉴스를 통해 인민군이 정읍에 입성하여 읍내를 접수했다는 소식을 듣고 피난길에 올랐던 것이다. 산길을 오르자 헉헉 숨이 차오른다. 목덜미에 더운 열기가 뻗쳐 땀이 비 오듯 흐른다. 푸른 옷으로 갈아입은 산에서 풀꽃 내음이 코를 찌른다. 다급하게 오르며 가슴을 졸이는 김태곤 가족들의 불안한 마음과 달리 산새들은 평화롭게 산 속의 정적을 노크한다. 이따금 산 너머에서 지축을 흔드는 포성이 들린다. 그럴 때마다 쌍정댁이 움찔움찔 놀란다.

"태곤아, 워찌 혀야 헌다냐. 니 동생 영곤이가 징용에 끌려가 지금껏 소식이 없는디 남은 식구마저 다 죽는 것인지 모르겠다잉."

"엄니, 너무 걱정허지 마시오잉. 지도 가슴이 답답허당게요. 마을에 남아 있으문 빨갱이들이 우리 식구 다 죽인당게요. 피신 혀야 헌당게요. 조금만 참으시오잉. 길이 있을 것이랑게요."

김태곤으로서도 어머니를 안심시켜 드릴 수 있는 묘안이 떠오르지 않았던 것이다.

"이 고개만 넘으면 정읍을 벗어난 지점이어서 안전한 곳인게 당신 걱정 끊으라구. 조금만 참고 가자구."

앞서 가는 쌍정양반은 땀을 뻘뻘 흘리면서도 어서 따라오라며

우리는 이렇게 흘러가는 거야

손짓을 해댄다. 어떻게 해서든 식구들을 살려야 한다는 일념이 쌍정양반보다 저만큼 앞서 가고 있다.

"태곤이가 치안대장을 혀서 빨갱이들이 시상을 장악하문 우리 식구들은 일차 처형 대상이라구."

쌍정댁은 쌍정양반의 말이 무슨 뜻인지 잘 알고 있다.

"태곤아, 앞으로는 독립단이니, 치안대니, 또 무엇이니, 하는 그런 것들 허문 안 된다. 조용히 살아야 허는 것이여. 그렇게 혀야 목숨을 부지헐 수 있는 것이여."

"알았당게요."

태곤의 태도는 고분고분하다. 말은 그렇게 부드럽게 하지만 심사는 어수선하다. 거칠고 변화무쌍한 세상이 원망스럽다. 만주까지 가서 죽을 고생을 하며 나라를 위해 목숨을 걸고 뛰었는데 세상이 그에게 또 시련을 안겨 그 앞길에 가시밭을 깔아놓는다. 태곤은 휘청휘청 걸어가면서 살 속까지 파고드는 아픔을 느낀다. 이 피난길이 일 년이 될지, 이 년이 될지 알 수가 없으니 꽉 막힌 도로처럼 답답하여 한숨만 나온다.

'일제로부터 겨우 조국을 찾아왔는데 빨갱이들한테 또 조국을 맡겨야 한다니.'

북한 빨갱이들이 갑자기 남침하여 남쪽으로 내려오면서 이렇게 쉽게 조국 강토를 접수할 줄 몰랐다. 허푸거리며 걷는 태곤의 뒤통수가 한 대 얻어맞은 것처럼 얼얼하다. 해방 후 건준이니,

치안대니, 인민위원회니 하면서 남한이 갈피를 잡지 못하고 국론 분열로 갈팡질팡하고 있다 강한 펀치를 허용한 꼴이다. 펀치를 맞고 정신이 몽롱한 상태에서 휘청거리는 꼴이니 제대로 한번 저항이나 해볼 수 있겠는가. 총부리를 겨누고 남으로 진격하는 북한 탱크들에게 쫓기는 태곤의 발걸음이 허방을 밟고 자꾸만 허청거린다. 그렇게 걷다 뒤에서 탕, 하고 들려오는 한 발의 총성에 태곤은 소스라치게 놀란다.

"태곤아, 서둘러야 쓰겄다. 인민군들이 바로 뒤에서 쫓아오고 있는 게 분명혀."

"엄니, 걱정 말랑게요. 엄니나 후딱 따라오랑게요."

"가기는 가고 있는디 워찌 이렇콤 팍팍헌지 모르겄다잉. 그리여 싸게싸게 가자꾸나. 고것만이 살길인게 말이여. 근디 쪼께 힘이 드는지 니 아부지가 자꾸 주저앉고 그런다잉."

"나는 걱정 놓으랑게. 그래도 사내란 말이여. 늙었지만 그래도 근력으루 버텨온 내가 아닌감."

쌍정양반이 등짐을 추스르더니 갑자기 발걸음을 서두른다.

*

미나리골 모정 기둥과 기둥 사이에 긴 현수막이 걸려 있다.
'조선민주주의 인민공화국 만세!'

우리는 이렇게 흘러가는 거야

고딕체 붉은 글씨의 현수막이 바람에 펄럭거린다. 현수막 오른쪽에는 김일성 초상화가 그려져 있다. 미나리골 사람들이 낯을 들고 현수막 앞에 모여 갑자기 변한 새로운 세상에 어리둥절하다. 불만이 있어도 겉으로 내색을 하지 못하고 안으로 끙끙 보챈다. 오기철과 그의 사촌동생 오기남은 다르다. 물고기가 물을 만난 듯 팔에 붉은 완장을 차고 설친다. 걸을 때는 팔을 당차게 휘두르고 목은 깁스를 한 것처럼 빳빳하다. 그들의 옆구리에는 권총이 걸려 있고 손에는 죽창이 들려 있다. 인민위원회 리당 비서 오기남이 죽창을 흔들며 외친다.

"동무들, 조용히 허시오잉. 무신 불만이라도 있소?"

그래도 사람들이 웅성웅성 떠들자 오기남은 옆구리에서 권총을 뽑아 하늘을 향하여 탕, 하고 한 발을 발사한다. 그 소리는 순간 미나리골 너덜경을 흔들어댄다. 그 바람에 떠들던 사람들이 화들짝 놀라며 몸을 바르르 떤다. 잔뜩 겁먹은 모습들이다.

"동무들 정신 차리시오잉. 잘못허문 죽을 수가 있소. 시방은 전쟁 중이라는 것을 명심허시오잉. 전투 식량도 구해야 허므로 오늘은 전남길 동무가 당에 헌납한 밭으로 보리를 베러 갈 것이요. 공동 생산, 공동 분배는 당의 기본 이념이라는 것을 자각허구 노동 작업에 적극적으로 참여허시오. 자 그럼 출발헙시다잉."

오기남이 앞장서 전남길네 밭이 있는 소낭골 쪽으로 향한다.

마을 사람들이 낫을 들고 터덜터덜 그 뒤를 따른다. 초근목피로 연명하는 마을 사람들의 얼굴이 하얀 광목처럼 창백하다.

마을 사람들 속에 끼어 작업장으로 향하는 전남길은 잔뜩 불만스러운 표정이다. 땡감 씹은 표정으로 걸으면서 작게 중얼거린다.

"내는 땅을 헌납헌 적이 없는디 헌납혔다고 그러는지 모르겠구만. 참으로 무서운 시상이랑게. 강탈이지 무신 헌납이여. 새로운 시상이 돌아왔다고 허는디 뭐가 새롭다는 것이여. 애도 어른도 동무 동무 험서 논과 밭을 모조리 빼앗아 가서 워떻게 허겠다는 것인지 모르겠당게. 폭폭허고 원통혀서 못 살겠구만. 애시당초 제 명에 살기는 틀려버렸당게."

"전남길 동무, 워찌 뒤처져 군시렁군시렁 헌다요. 불만 있으문 말해보시오잉."

리당 비서 오기남의 지적에 전남길이 움찔한다.

*

미나리골 아낙들이 도랑가에 쪼그리고 앉아 빨래를 하다 수군거린다. 누가 남 말을 엿듣지나 않을까 주위를 살펴가며. 졸졸거리는 물속으로 한낮의 장닭 울음소리가 풍덩 빠진다. 돌팍 위의 빨래를 방망이로 토닥토닥 두드린다. 아낙들이 손으로 피아노

우리는 이렇게 흘러가는 거야

건반을 두드린다. 물새들이 탕, 하는 한 발의 총성에 푸드덕 날아오른다. 깜짝 놀라기는 아낙들도 마찬가지이다. 탕, 타당! 아낙들이 몸을 부르르 떤다.

"열병할 놈의 시상이여! 일본 놈들이 물러가자 쪼깨 살아볼까 혔는디 인민군이 쳐들어올 줄을 누가 알았냐구. 그나저나 입 조심들을 혀야 쓰것어. 오기철의 눈에 거슬리면 바로 죽음이니께 말이여. 운전양반네 상머슴 오기철이 붉은 완장을 차고 사람 목심을 좌지우지허니 말이여. 참말로 시상이 요지경이랑게."

"긍게 정확히 말허면 오기철의 직함이 뭐여?"

"산외면에서는 최고로 높다고 허드라구. 아마 그게 면당 인민위원장이라고 혔지. 아니 저게 누구여? 오기철 아니여? 호랭이도 제 말 허면 나타난다고 허든디 고게 딱 맞아버렸구만."

붉은 완장을 찬 오기철이 눈을 부릅뜨고 도랑가로 오고 있다. 절도 있게 팔을 흔들며 걷는 그의 걸음걸이는 패기로 넘친다. 옆구리에는 권총을 차고 있고 손에는 죽창을 들고 있다.

"동무들, 후딱 모정으로 모이시오잉. 회의가 있당게요."

오기철은 죽창을 땅에 대고 콕콕 찍어대며 말한다. 뾰족한 죽창 끝에서는 섬뜩한 살기가 묻어난다. 빨래를 하던 아낙들이 겁에 질린 모습으로 벌떡 일어난다. 아낙들은 공산당이 인민재판을 하여 무고한 농민을 죽창으로 마구 찔러 살해한다는 소식을 들었던 터다.

"위원장 동무 잘 알았구만이요. 후딱 갈 것이랑게요."

아낙들이 고분고분한 태도로 나오자 오기철은 오던 길을 돌아 모정 쪽으로 걸음을 옮긴다. 오기철이 도랑에서 멀어져 가자 아낙들은 다시 수군거린다.

"사람 팔자 시간문제라구 허든디 이제야 알겠구만잉. 시상이 워찌 이렇콤 변덕을 부리는지 통 갈피를 잡을 수 없당게. 장봉팔네 가족이 밤 봇짐을 싸서 미나리골을 떠난 지가 언제여. 아 엊그제가 아니냐구. 근디 또 김태곤네 가족이 밤 봇짐을 쌌으니 말이여. 징헌 놈의 시상이구만."

그때 지날재 너머에서 타당, 총성이 울린다.

"아이고 어머니!"

아낙들이 소스라치게 놀라 일어나더니 하던 빨래를 내던지고 모정 쪽으로 발걸음을 서두른다.

"회의가 있다고 혔지."

한 손으로 몸뻬 허리끈을 움켜잡고 반대편 팔을 앞뒤로 당차게 휘젓는다.

마을 모정 느티나무 밑에 동네 사람들이 이미 도착해 모여 앉아 있다. 맨땅에 앉아 있는 사람, 납작한 돌팍 위에 앉아 있는 사람, 종이 위에 앉아 있는 사람, 각양각색이다. 느티나무 푸른 그늘이 물결처럼 출렁거리며 시원한 바람을 안긴다. 조무래기들도 어른들 곁 맨땅에 퍼질러 앉아 있다. 손과 발과 입을 가

우리는 이렇게 흘러가는 거야

만히 두지 않는다. 종알종알 떠드는 소리가 찍찍거리는 새 새끼 같다.

"동무들 좋게 말할 때 조용히 허시오잉, 조용히!"

소총을 이깨에 멘 내무서원이 뒤에서 서성거리다 한마디 던진다. 그러자 금세 분위기가 썰렁하게 냉각되어 팽팽한 긴장감이 감돈다. 지날재 너머에서 탕, 탕, 하는 총소리가 연속적으로 들린다.

"지금부터 미나리골 인민 각성 촉구대회를 개최허겄습니다잉. 먼저 오기철 위원장 동무의 말씀을 듣겄습니다잉. 박수로 환영해주시랑게요. 박수!"

"동무, 동무는 반동이요? 워찌 박수를 고렇콤 성의 없이 치느냐 그 말이요."

내무서원의 거친 말소리가 으르렁거리는 하이에나 같다. 그러자 갑자기 박수 소리가 커진다. 붉은 완장을 찬 오기철이 앞으로 나오자 리당 비서 오기남이 이렇게 외친다.

"조선민주주의 인민공화국 만세! 조선민주주의 인민공화국 만세!"

그러자 마지못해 동네 사람들도 따라 외친다.

"오기철 위원장 동무 만세! 오기철 위원장 동무 만세!"

이 부분에 와서 마을 사람들의 외침이 갑자기 죽는다.

"동무들, 뭣들 허는 것이요 시방. 사상이 의심스럽습네다."

리당 비서 오기남이 이마에 주름을 모으며 일침을 놓는다. 마을 사람들이 쭈뼛거리며 굳은 표정을 짓는다.

"자, 동무들 표정을 풀으시오잉. 참말로 살기 좋은 시상이 돌아왔당게요. 고걸 명심허시오잉. 그 모든 것이 조선민주주의 인민공화국 인민군이 앞장서 이룩한 민족 해방 덕분이랑게요. 똑같이 잘살고 똑같이 행복헌 시상이 왔당게요. 무상 몰수, 무상 분배 원칙에 입각혀서 토지를 똑같이 나누어 줄 것인게 고렇게 알고 있으시오."

이 대목에서 마을 주민들이 수군수군 웅성거린다.

"조용히 허시오, 조용히!"

"탕!"

오기철이 신경질적으로 악을 쓰며 외치더니 갑자기 권총을 꺼내 허공에 발사한다. 그러자 일시에 분위기가 냉각되어 공포감이 엄습한다. 주민들이 벌린 입을 다물지 못하고 겁먹은 모습으로 잔뜩 주눅이 들어 있다.

"갖고 있는 토지는 자주적으루 조선민주주의 인민공화국의 영광을 위해서 흔쾌히 모두 내놓아 헐 것이요. 고렇지 않구 비협조적으루 나오는 반동은 이 죽창이 용서치 않을 것이요. 노동자, 농민이 주인인 시상이 돌아왔당게요. 모든 토지와 건물은 당에 귀속되니 고렇게 알구 적극 협조혀야 헐……."

우리는 이렇게 흘러가는 거야

꿀 먹은 벙어리가 되어버렸다. 새로운 세상이 되자 사람들이. 실로 꿰맨 듯 입을 굳게 닫고 서로 눈치만 살핀다. 당에 비협조적인 비판적 인사는 바로 인민재판을 받고 처형 대상이 되기 때문이다. 이웃끼리 서로 감시하여 이상 유무를 수시로 리당 비서에게 보고한다. 리당 비서 오기남은 마을 상황을 보고 받는 즉시 면당 인민위원장인 사촌 형 오기철에게 보고한다. 오기철은 보고를 받으면 신속하게 즉결처분한다.

"반동 세력을 과감허게 처단혀야 민족의 대 과업을 성취시킬 수 있을 것이요."

서슬이 시퍼런 오기철과 오기남을 보면 마을 사람들은 뒷걸음질을 친다. 마을의 조무래기 녀석들까지도 오기철과 오기남이 나타나면 안녕하셨어라우, 하고 넙죽 인사를 올리고는 냅다 달아나기 시작한다. 위험한 폭발물을 발견하기라도 한 것처럼 겁먹은 표정으로 도망가기 시작한다. 오기철과 오기남이 들고 다니는 죽창 끝에는 벌건 핏자국이 묻어 있어 보기만 해도 섬뜩하다. 붉은 완장을 찬 오기철과 오기남은 뱀대가리처럼 고개를 들고 설친다.

"경애허는 김일성 주석의 교시를 받들어 반동 세력은 엄단헐 것잉게 각성들 허시오."

불독이 짖는 것처럼 카랑카랑한 목소리는 위압적이다.

오기철의 막내 동생 열 살짜리 오삼용은 전과 행동이 많이 다르다. 전쟁이 터지기 전만 해도 오삼용은 조무래기 녀석들한테 얻어맞고 눈물을 질질 짜는 약골이었다. 오기철이 죽창을 들고 설치면서부터 오삼용의 기가 살아나기 시작했다.

"야 너희들 까불면 우리 형헌테 죽을 수가 있어."

조무래기 녀석들한테 던지는 오삼용의 협박성 엄포다. 그러면 아이들은 대꾸가 없이 사자 앞의 꼬리 내린 개꼴이 되어 슬금슬금 피한다.

이른 아침 학교에 갈 때 마을 느티나무 밑에 모여 집단 등교한다. 그때 오삼용은 맨 앞에 서서 인공기를 들고 조무래기 녀석들을 인도한다. 그는 걸어가가도 이따금 고개를 뒤로 돌려 아이들의 동태를 살핀다. 줄을 벗어나 장난을 치는 아이가 눈에 띄면 오삼용은 가던 진로를 바꾸어 가까이 다가가서는 깃대로 사정없이 어깨를 가격한다. 그러면 아이들은 퍽, 하는 소리가 나는 것과 동시에 진저리를 치며 고통스런 표정을 짓는다. 절대 징징거리며 눈물은 보이지 않는다. 만약 징징거리며 밖으로 울음소리를 표출하면 제2, 제3의 깃대가 날아가기 때문이다.

수업이 끝나고 집으로 돌아갈 때도 조무래기들은 오삼용의 수중에서 벗어나지 못한다. 오삼용은 조금이라도 심사가 뒤틀리면 억지를 부리며 폭력을 일삼는다.

우리는 이렇게 흘러가는 거야

"너 누가 내 앞에 가라고 그랬어, 엎드려! 이 촌간나새끼! 너 우리 형아가 누군지 알어?"

오삼용은 엎드려 있는 조무래기들의 정강이를 발로 걷어찬다. 그러면 조무래기들은 다리를 움켜잡고 픽픽 나뒹군다.

*

하늘에 회색 구름이 낮게 내려와 있다. 후덥지근한 날씨다. 개들이 혀를 길게 빼물고 헉헉거리며 어슬렁어슬렁 걷는다. 성큼 다가온 여름이 미나리골 일대를 장악하고 뜨거운 날숨을 토해낸다. 인민재판을 위해 느티나무 밑에 모인 미나리골 사람들의 어두운 표정만큼이나 음울한 날씨이다. 동네 사람들은 딱딱하게 굳은 표정으로 말이 없다. 새끼로 손이 묶인 운전양반 전남길이 고개를 떨군 채 사람들 앞에 서 있다. 전남길 뒤에는 법 집행관들이 죽창을 이따금 흔들어대며 위협적인 자세로 서 있다. 명령을 내리면 즉시 사형 집행을 할 것만 같은 강압적인 자세로. 동네 사람들 속에 앉아 있던 운전댁이 앞으로 걸어 나오더니 오기철의 팔을 붙잡고 북받치는 감정을 쏟아놓는다.

"오기철 위원장 동무, 우리 운전양반이 무신 죄가 있다구 그러시오잉. 쪼깨 살려주시오잉. 같은 집에서 한솥밥을 먹은 정으로 봐서라도 우리 운전양반의 목심만은 살려주어야 쓰겄당게요. 지발 이렇콤 싹싹 빌팅게 살려주시오잉."

운전댁이 붉은 완장을 찬 오기철 위원장 동무 앞에 무릎을 꿇고 앉아 두 손을 모아 싹싹 빌며 눈물을 짠다.

"운전댁 동무, 시방 뭐 허자는 것이요. 사사로운 감정보다 당의 업무가 우선이란 것을 모르시오. 썩 물러나시오. 뭣들 헙니까! 이 아낙을 멀리 격리시키시오."

오기철의 말이 떨어지자마자 총을 든 내무서원이 운전댁의 팔을 잡고 개처럼 질질 끌고 가더니 마을 골목으로 사라진다. 운전댁은 질질 끌려가면서도 살려주시랑게요, 살려주시랑게요, 오살육시혈 놈들아, 하면서 발악을 해댄다. 이 광경을 본 마을 사람들이 안타까운 표정으로 눈시울을 훔친다. 그러면서 불만스러운 표정으로 웅성웅성 떠들어댄다.

"동무들, 시방 제 정신들이요. 시상이 확 바뀌었당게요. 정신 차리랑게요."

"탕!"

오기철은 옆구리에서 권총을 뽑아 허공에 한 발을 발사한다. 찬물을 끼얹은 듯 일시에 분위기가 반전되어 서늘한 공포가 엄습한다. 겁에 질린 동네 사람들이 막대기처럼 뻣뻣하게 앉아 있다. 순간 느티나무 밑에는 무서운 적막이 살포된다.

"악덕 지주 전남길 동무는 부르주아 계급으로 그동안 대다수 농민의 피를 빨아먹고 퉁퉁허게 살이 찐 사람이랑게요. 또한 우

우리는 이렇게 흘러가는 거야

리가 추진허는 무상 몰수, 무상 분배, 균등 배분 원칙에 반기를 들구 비협조적으루 나온 반동이요. 이런 사람은 과감하게 처단해야 합네다. 내 말이 맞다면 박수를 치시오, 박수를!"

동네 사람들이 무표정한 얼굴로 마지못해 기계적으로 박수를 친다.

"동무들, 이렇코롬 비협조적으루 나올 거지요."

오기철이 볼멘 음성으로 깨갱거리는 수캐처럼 울부짖는다. 그러자 누군가 옳소, 하고 외친다. 이어서 마을 사람들이 옳소, 옳소, 하고 따라 외치더니 격렬하게 박수를 친다.

"고맙소, 고맙당게요. 여러분들은 진정헌 프롤레타리아 계급이요. 그걸 명심허시오잉. 우리 공산당은 전남길의 많은 토지를 몰수하여 여러분에게 똑같이 나누어 줄 것이오. 이제부터 가난헌 사람이 없이 누구나 배를 긁으며 살 수 있게 되었당게요. 여러분이 지금까지 가난허게 산 것은 악덕 지주 전남길이 토지를 독점하여 배를 불렸기 때문이요. 반동 전남길 동무를 처단헙시다!"

오기철의 말을 받아 내무서원 하나가 처단헙시다, 라고 외친다. 이어서 누군가 처단헙시다, 라고 따라 외치자 이번에는 많은 마을 사람들이 입을 모아 처단헙시다, 라고 외친다.

"그럼 위원장 동무 오기철은 여러분들의 뜻에 따라 임무를 수행허겠습네다. 시방 당장 처단허겠습네다. 내가 탕, 허고 총을 발사허면 즉각 죽창으루 급소를 가격허시오."

오기철이 권총을 뽑아 하늘 높이 치켜들더니 탕, 하고 발사한다. 그러자 동네 사람들이 눈을 감고 신음을 토해낸다. 구름이 낀 어두운 하늘에서 빗방울이 듣기 시작한다. 마을 아낙들의 움켜쥔 손아귀가 흥건한 땀으로 젖어 있다.

*

아침저녁으로 제법 선선한 바람이 불기 시작하면서 밤이면 창호지문 밖에서 귀뚜라미 소리가 들렸다. 논과 밭과 산에는 누런 가을빛이 완연하다. 지날재 너머에서 연일 요란한 총소리가 들리더니 며칠째 오기철 위원장 동무의 모습이 보이지 않는다. 매일 미나리골에 들랑거리던 내무서원의 모습도 보이지 않는다. 동네 아낙들은 도랑가에서 빨래를 빨며 수군거린다.

"맥아더 장군이 공산당의 목을 졸랐다는구먼."

"그기 무신 소리대여. 또이또이 말해보랑게."

"긍게 쉽게 말허문 유엔군이 인천상륙작전인가 무언가를 실시혀서 인민군의 허리를 차단하여 목을 조였다는 것이라구."

"긍게 유엔군이 사자라면 인민군은 토끼구먼."

"고렇제 바로 그거여."

북진을 거듭하던 대한민국 국군이 미나리골 앞 신작로를 통과

우리는 이렇게 흘러가는 거야

하던 날이다. 미나리골 사람들이 몰려 나와 태극기를 흔들며 환영한다. 북진하는 탱크의 행렬과 군인들의 발걸음에는 활기로 가득하다. 누군가 태극기를 흔들며 '전우야 잘 자라'를 부르기 시작하자 마을 사람들 모두가 입을 모아 노래를 따라 부르기 시작한다.

"…/ 낙동강아 잘 있거라 우리는 전진한다 / 원한이야 피에 맺힌 적군을 무찌르고서 / 꽃잎처럼 떨어져간 전우야 잘 자라 / 우거진 수풀을 헤치면서 앞으로 앞으로 / 추풍령아 잘 있거라 우리는 돌진한다 / 달빛어린 고개에서 마지막 나누어 먹던 / 화랑담배 연기 속에 사라진 전우야 /……."

아낙들은 바구니에 옥수수, 감자, 감, 주먹밥, 개떡 등을 담아와 북진하는 군인들에게 나누어 준다. 검게 그을린 군인들은 피골이 상접한 얼굴로 음식을 받아 게걸스럽게 먹으며 걷는다. 낙동강까지 퇴각했다가 북진하는 군인들의 몰골에서는 절절한 고통이 뚝뚝 묻어나온다.

"대한민국 국군 만세!"

전남길 운전양반의 아들 전필영과 딸 전필자 남매가 약속이나 한 듯이 입을 모아 만세를 외친다. 그러자 마을 사람들도 태극기를 들고 대한민국 국군 만세를 외친다. 답례로 군인들은 이동하며 손을 흔들어댄다. 나긋나긋해진 9월의 햇볕이 밝게 웃는 군인들의 얼굴에 황금가루를 뿌려댄다.

그 무렵 떵떵거리던 신촌양반(오기철의 아버지)과 신촌댁(오기철의 어머니)이 밤 봇짐을 싸서 마을을 떠나갔다. 아들 오기철을 따라 북으로 갔다는 말과 깊은 산으로 숨었다는 말이 있었다. 오기철 가족의 정확한 행선지는 오리무중이다.

대신 선선한 가을바람에 실려 마을엔 김태곤네 가족들이 돌아왔다.

"여러분 반갑구만이요."

돌아온 김태곤은 마을 사람들을 만날 때마다 싱글벙글 웃으며 인사한다. 표정이 밝기는 쌍정양반(김태곤의 아버지)과 쌍정댁(김태곤의 어머니)도 마찬가지이다.

"고생들 혔지. 이자 시상이 원래의 자리를 찾은 거여. 반갑구만이라우."

"시상이 바로 돌아왔는디 워째 우리 둘째 영곤이만 소식이 없대라우."

쌍정댁은 밝게 웃다가도 징용에 끌려가 소식이 없는 둘째 영곤이가 생각나면 침울한 표정으로 한숨을 내쉬곤 한다.

*

아낙들이 삼삼오오 모여 앉아 있는 느티나무 밑으로 설렁설렁 가을바람이 지나간다. 나뭇가지들이 서걱거리며 몸을 비빈다.

우리는 이렇게 흘러가는 거야

산외면장 송장수가 찾아온다고 하여 마을 사람들이 쓸쓸한 느티나무 밑에 모여들기 시작한 것이다. 먼저 도착한 아낙들이 푸념을 늘어놓는다.

"참말로 못 살겄구만. 워찌 이렇콤 시상이 달팍달팍 손바닥을 뒤집는데여."

"긍게 말이여. 지긋지긋헌 시대의 상징 일장기가 내려지고 이자 살겄구나 험서 태극기를 흔들며 숨을 돌리는 참인디 아 천둥이 치고 벼락이 침서 빨갱이들이 너울너울 춤을 추었지. 나는 그때 다 살았구나 혔어. 앞이 깜깜하더구만. 붉은 시상이 무섭더구만. 인민재판을 혀서 양민을 대창으로 푹푹 찌르는 것을 보고 기겁을 혔다니까."

"그런 말 말어. 생각만 허도 소름이 돋으니까. 물고기가 물을 만난 듯 꼬리를 치더니 고것도 잠시더라구. 붉은 물결이 썰물처럼 맥없이 빠져 나갈 줄을 누가 알았겄어. 말들 조심혀. 앞으로 시상도 으떻게 변헐 줄 모르니께."

"고건 맞는 말이여."

그때 잘가닥거리며 자전거 두 대가 느티나무 밑에 나타나더니 신사 두 사람이 내린다. 그들은 자전거를 모정 기둥에 세우고 주민들 앞으로 나선다.

"기다리시게 혀서 미안허구만요. 지는 산외면사무소 총무계장 장돈구라고 헙니다. 아직 이장 자리가 공석이어서 이렇게 지가

면장님을 모시고 나오게 되었당게요."

장돈구는 허리를 굽혀 구십 도로 주민들에게 인사를 올린다.

"그럼 다음에는 송장수 면장님을 소개혀 올리겠습니다."

"송장수라고 헙니다. 잘 부탁헙니다."

면장 송장수가 꾸벅 인사한다.

"공산주의 세계에서 짧은 기간이지만 고생들 혔습니다. 이자 고생을 다 혔습니다. 미국이 우리를 적극 돕고 있어 곧 전쟁은 종식될 것인게 너무 걱정들 허시지 마세요. 남은 과제는 빨갱이들을 색출혀서 주민 여러분들이 편안허게 살 수 있도록 허는 것입니다. 경찰서에서 곧 빨치산 토벌 작전을 개시헐 것인데 그때 수상한 자는 즉시 신고를 혀주어야 헙니다."

"질문이 하나 있구만이요. 무상 몰수해 간 토지는 언제 돌려주나요?"

전남길의 아들 전필영이 손을 들고 묻는다.

"즉시 돌려 드리는 겁니다. 무상 몰수, 무상 분배는 없었던 일로 허는 겁니다."

그러자 주민들이 박수를 치며 환호한다.

"겨울이 가고 봄이 오면 바로 자신들의 논밭에 작물을 재배헐 수 있당게요. 그리구 지들이 올 때 자전거 뒤에 강냉이 가루를 두 포대 싣고 왔구만요. 미국이 원조 물품으로 보내온 것이랑게요. 나누어 드릴 터이니 죽을 쑤어서 드세요."

우리는 이렇게 흘러가는 거야

모정 기둥에 기대어 놓은 자전거 짐받이 위에는 노란 강냉이 포대가 햇빛을 받아 반짝거린다. 굶기를 밥 먹듯이 하는 주민들로서는 노란 강냉이 포대에 자꾸만 시선이 가는 것을 어쩌지 못한다. 강냉이 포대를 슬쩍슬쩍 훔쳐보다 침을 꿀꺽 삼키는 사내도 있다.

*

깊어가는 가을 아침 제법 선선한 공기가 상큼하게 살갗에 와 닿는다. 졸졸 흐르는 도랑물에 손을 담그면 금세 서늘한 냉기가 감지된다. 느티나무 밑에 모여 앉아 있는 미나리골 사람들 중에는 어깨 위에서 하늘거리는 서늘한 그늘이 싫어 오싹 몸을 웅크리고 있는 사람도 있다. 권총을 차고 서 있는 정읍경찰서 산외지서장 탁중권의 어깨 위에서도 서늘한 그늘이 하늘거린다.

"공산당 정권에 부역헌 빨갱이들을 색출하여 엄단허는 길이 우리 모두의 살 길이요. 저는 이 마을에 빨갱이가 있다는 신고를 받고 급허게 달려왔소. 오기철의 사촌 동생 오기남 씨와 그의 아버지, 어머니는 앞으로 나오시오."

멈칫거리며 나오지 않자 지서장 탁중권은 허공에 권총 한 방을 탕, 발사한다. 총소리에 마을 사람들이 몸을 바르르 떤다. 잔뜩 겁에 질린 얼굴들이다.

"후딱 나오시오!"

지서장 탁중권이 호통을 친다. 오기남과 그의 아버지, 어머니가 앞으로 어슬렁어슬렁 걸어 나온다. 그들은 걸어 나와 좌중 앞에 고개를 떨구고 있다.

"오기철 씨를 도와 공산당에 부역했다는 것이 사실이지요?"

지서장 탁중권은 가까이 다가가 손끝으로 오기남의 턱을 들고 눈을 빤히 쳐다보며 묻는다. 오기남은 대답 대신 고개를 끄덕거린다.

"고것은 어디까지나 강요에 밀려 그리 된 것이니 선처해 주시오잉. 우리 기남이는 억지로 끌려다녔을 뿐이랑게요. 목심만 살려주시오잉."

논산양반(오기남의 아버지)은 말이 없고 논산댁(오기남의 어머니)이 지서장 탁중권 앞에 손을 싹싹 빌며 용서를 구한다.

"구차한 변명은 그만 허시오. 앞으로 산에 숨은 빨갱이들이 내려와 도움을 요청할지 모르오. 절대 도와주면 안 된단 말이요. 부역헌 자는 처단할 것이요. 명심허시오."

지서장 탁중권의 단호한 말씨는 겨울 냉기처럼 쌀쌀맞다.

탁중권 일행은 오기남 가족을 트럭 짐칸에 싣고 지서로 향한다. 논산댁이 살려달라고 징징거리지만 경찰들은 대꾸도 없이 먼 산만 쳐다본다.

우리는 이렇게 흘러가는 거야

날씨가 쌀쌀해지면서 자고 일어나면 대지에 하얀 서리가 덕지 덕지 앉아 있다. 미나리골 사람들은 자고 일어나면 하나씩의 소식을 갖고 햇볕이 잘 드는 양지에 모여 두런두런 이야기를 나눈다. 심각한 표정으로. 조금은 겁먹은 표정으로. 약간은 누가 들을까 조심스러운 표정으로.

"어젯밤 쌍정댁네 황소를 누가 끌어갔다는구만 그리여. 그런데 황소의 발자국을 따라가보니까 못방산으루 연결되더라는 거야."

"고것뿐이 아니여. 메칠 전에는 순창댁네 돼지가 없어졌다구 혔어. 밤에만 고것도 쥐도 새도 모르게 훔쳐간다는 게야. 그게 누구의 소행인지 금방 알 수 있지."

"고럼 그것 모르는 사람이 어디 있나. 짐작은 가지만 쉬쉬하고 있는 거지."

"경찰서는 뭐 허고 있는지 몰라."

"아 그거야 쿨쿨 낮잠을 자고 있겠지."

"뭐라고? 그럼 안 되지. 이 잡듯이 샅샅이 뒤져 빨갱이를 깨깟허게 잡아들여야 헌다구."

"고건 맞는 이야그여. 어디 불안혀서 살겄어. 그제 아침에 일어나 부엌으로 가보니까 밥솥에 남겨 논 밥이 감쪽같이 없어졌더라구. 물론 찬장 속에 있는 반찬들도 그릇째 없어졌구. 보복이 두려워 신고도 못허고 끙끙 앓기만 혔다니까."

"메칠 전에는 호롱불을 끄고 누워서 자는 척허고 있는디 발자국 소리가 저벅저벅 닭장으로 가더니 푸드덕거리는 소리가 들리더라구. 그러더니 금세 조용해지더라구. 밤손님이 온 것은 분명헌디 몸이 딱딱허게 굳어 꼼짝헐 수 없더라니까. 무섭더라구. 밤손님은 죽창과 총을 가지고 있을 것 같았어. 누워 있는디도 손바닥에 흥건허게 땀이 나더라구. 그리여 다 가져가라. 사람에게 해코지만 안 혀도 다행이지. 이렇게 생각험서 조마조마허게 가슴을 졸이며 뜬눈으로 밤을 보냈다니까. 참으로 지긋지긋헌 밤이었어. 아침에 일어나 밖으로 나오니까 머리가 띵 허면서 미나리골이 빙글 맴을 돌더구만. 비틀거리면서 먼저 닭장으로 가보니까 예상대로 닭장 문이 활짝 열려 있고 닭장 속은 텅 비어 있더구만. 한 마리도 아니고 싹 쓸어가 버렸더라니까. 너무 어이가 없었어. 개새끼들. 못방산을 쳐다보며 욕을 해도 분이 풀리지 않더구만."

*

미나리골에 농밀한 어스름이 내려 굴속처럼 깜깜하다. 뻥 뚫려 있는 하늘에서는 별들이 반짝거린다. 깊은 밤 저벅저벅 걷는 군화발 소리가 밤의 정적을 노크한다. 개들이 컹컹 짖어 서늘한 밤

우리는 이렇게 흘러가는 거야

공기를 흔들어댄다. 탕, 탕! 두 발의 총성이 어둠을 갈기갈기 찢는다. 마을 사람들이 자다가 자리에서 벌떡 일어난다. 불길한 총소리에 청신경을 곤두세운다. 똑똑, 사립문을 두드리는 소리.

"비상이요. 모정으로 모이시오."

작게 속삭이는 소리.

눈을 비비며 마을 사람들이 모정에 모여 어둠 속에 어둠으로 서 있다.

"나 오기철 동무요. 나 죽지 않았당게요."

모여 서 있는 마을 사람들 둘레에는 소총을 멘 어둠들이 서 있다. 마을 사람들이 오들오들 떠는 것은 서늘해진 밤 날씨 탓만은 아니다.

"낮에 지서장이 마을에 다녀갔다는 이야기를 들었소. 죄 없는 선량헌 사촌 동생과 나의 작은아버지, 작은어머니를 연행해 갔다고 들었소. 용서치 않을 것이요. 우리 북반구 인민군은 머지 않아 다시 찾아와 여러분들을 굶주림으로부터 해방시켜 줄 것이요. 조금만 참구 기다리시오."

그때 요란한 소리가 나더니 어둠 속에 또 다른 어둠이 나타난다.

"위원장 동무, 반동 김태곤 동무와 그의 애비, 에미를 연행해 왔습네다."

"동무들, 수고혔소. 산으루 데리구 가서 처단헙시다잉."

처단하자는 말에 쌍정댁이 징징 눈물을 짜며 하소연한다.

"오기철 위원장 동무, 우리 아들 김태곤이는 아무 죄가 없당게요. 목심만 살려주시오잉."

쌍정댁의 울부짖음이 어둠 속으로 애달프게 울려 퍼진다.

"헛소리 그만 허랑게요. 김태곤은 멀리 도주혔다가 돌아온 악질 반동이요. 용서헐 수 없소. 여러분들, 앞으루 대한민국에 협조허는 자는 즉결처분헐 것인게 고렇게 알구 있으시오잉. 못방산에 우리가 있다는 것을 명심허시랑게요. 자, 그럼 식량을 좀 구해서 반동 김태곤 동무 일행을 끌고 산으루 올라갑시다. 시간이 없소. 서둘러야 헐 것이요."

쌍정댁의 울부짖는 소리가 마을 사람들의 애간장을 저민다. 저벅거리는 군화발 소리와 쌍정댁의 울부짖음이 조금씩 멀어져 간다.

*

지서로 끌려간 오기철의 사촌 동생 오기남과 그의 아버지(논산양반), 어머니(논산댁)가 며칠째 마을에 돌아오지 않고 있다.

"빨갱이를 소탕헌다는 명분으로 총살시켰다고 허더랑게. 무서운 시상이여. 순간 발을 잘못 들여놓으면 그냥 죽는 시상이라구."

"무서운 시상이기는 허지만 죽이지는 않혔다고 허든디. 부역헌 죄로 감옥에 있다고 혔어."

우리는 이렇게 흘러가는 거야

"무신 말들을 고렇게 혀. 지서에서 주의를 받고 나와 멀리 피신을 갔다고 허든디."

이러쿵저러쿵 마을에는 말들이 많다. 그뿐이 아니다. 김태곤 가족 일행이 산으로 끌려간 사건에 대해서도 말들이 분분하다.

"산으로 올라가다가 쌍정댁이 계속 징징거리자 죽창으로 가족 3명을 살해하여 계곡에 그냥 버렸다고 허든디. 시체가 썩어 쉬파리가 와글거리는 것을 목격헌 사람이 있다든디."

"아니여 믿을 만한 사람에 의하면 오기철이 친구인 김태곤을 죽이지는 않고 살려주었다고 허드라구. 김태곤과 그의 아버지(쌍정양반), 어머니(쌍정댁)가 다시 피신을 갔다고 허든디. 나라가 안정되문 돌아온다고 혔대야."

확실한 것은 김태곤 가족과 오기남 가족이 미나리골에 살고 있지 않고 행방이 묘연하다는 점이다. 한번 끌려가면 돌아오지 않고 말들만 무성하다. 그러니 미나리골 사람들은 마음이 뒤숭숭하고 불안하여 하루하루를 근심으로 보낸다. 낮에는 빨갱이들에게 부역했다고 경찰들이 총을 들고 찾아와 끌어가고 밤에는 산에서 빨갱이들이 총을 들고 내려와 경찰들에게 협조했다고 사정없이 연행해 간다. 그러면서 빨갱이들은 식량까지 약탈해 간다. 낮이나 밤이나 마을 사람들은 동네북처럼 이리 맞고 저리 맞아 심신이 멍투성이다. 하 수상한 계절을 원망하며 미나리골 사람들은 깊은 한숨으로 가슴에 응어리진 울분을 삭힌다. 또한 비참한

운명의 장난을 저주하며.

단풍이 벌겋게 물들어가던 계절 정읍경찰서 소속 소대급 경찰들이 소총을 들고 마을에 나타난다. 산외지서장 탁중권이 말한다.

"그동안 빨갱이 때문에 고생들 많이 혔습니다. 오늘 일제히 빨갱이들을 소탕헐 것인게 고렇게 알고 있으세요. 못방산에서 총소리가 나도 너무 놀라지 마세요."

그들은 마을 사람들을 모아놓고 안심을 시키더니 마을 뒤 못방산으로 향한다. 못방산 정상에 올라가면 산외면 일대가 손바닥처럼 훤히 보인다. 그 계곡 또한 첩첩하다.

탕, 탕, 타당! 못방산 쪽에서 종일 총소리가 들린다. 계속적으로 또는 간헐적으로. 마을 사람들은 밖에도 나오지 못하고 방 안에 박혀 안절부절못한다. 탕, 하고 총소리가 들리면 두근거리는 가슴을 움켜잡고. 못방산 일대가 빨갛게 핏빛으로 물들어 있다. 완연한 가을이다.

세렌게티 국립공원

영문고등학교 정문 앞 느티나무 그림자가 동쪽으로 길게 누워 있다. 4시가 되어 수업 끝을 알리는 음악 소리가 들리자 학생들이 교사 출입구 밖으로 떼 지어 몰려나온다. 잠잠하던 교정이 학생들의 함성으로 요란해지기 시작한다. 가방을 등에 멘 학생들이 서로 경주를 하듯 교문 쪽으로 앞 다투어 뛰어나온다. 1등으로 뛰어나온 사자(최승덕의 별명)가 가방을 느티나무 밑에 팽개치듯 거칠게 내려놓는다. 목이 머리만큼 굵은 사자는 몸집이 통통하다. 언뜻 보면 가마니 통을 연상시킨다. 하이에나(강칠곤의 별명)와 치타(지창섭의 별명)가 뒤이어 뛰어나오더니 사자처럼 거칠게 가방을 느티나무 밑에 내려놓는다. 하이에나는 키가 작아 왜소해 보이지만 까무잡잡한 얼굴에서 무서운 독기가 뚝뚝 묻어나온다. 치타는 호리호리한 몸매로 경중경중 걷는 걸음의 보폭이 보통 사람보다 큰 편이다. 재규어와 표범도 뒤이어 걸어 나온다. 금세 교문 주위가 학생들로 소란스럽다. 교문 앞에는 문구점, 약국, 만두집, 분식집이 있는데 그들 가게들이 학생들로 슬슬 활기를 찾기 시작한다.

하이에나, 치타, 표범, 재규어가 사자 둘레를 맴돌며 어정거린다. 그들은 언제나 수업이 끝나면 정문 앞 느티나무 밑에 모여 함께 귀가한다. 그들은 약속이라도 한 것처럼 그렇게 단체로 귀가한다. 모여서 함께 만두를 사 먹기도 하고 PC방에 들러 온라인 게임을 즐기기도 한다. 그럴 때마다 그들은 그들 외에 다른 친구를 대동한다는 점이 좀 특이하다.

그날도 그들은 정문 앞 느티나무 밑에 서서 귀가하는 학생들을 유심히 눈여겨 본다. 하늘을 빙빙 돌며 낚아채 갈 사냥감을 노려보는 독수리의 눈매로. 반짝반짝 빛나던 하이에나의 눈이 어느 순간 한곳을 응시한다.

"자 가자고. 따라와."

하이에나가 앞장을 선다. 그러자 사자, 표범, 재규어, 치타가 따라 나선다.

"야, 만두 먹고 가."

하이에나의 목소리가 나긋나긋하다.

"나보고 그러는 거야?"

앞으로 가던 누가 몸을 뒤로 돌린다. 누는 치타, 사자, 하이에나를 보자 금세 사태를 파악하고 고분고분해진다. 영문고등학교 학생들은 사자, 치타, 하이에나, 표범, 재규어를 한눈에 알아본다. 그만큼 유명하다.

"응."

"그러자고."

누가 먼저 앞장 서 만두집으로 들어간다. 그 뒤를 하이에나, 사자, 치타, 표범, 재규어가 따라 들어간다.

"만두 주세요. 빵도 좀 주시고. 만두는 왕만두로 1인당 2개씩 주세요. 빵도 1인당 2개씩 주시고요."

주문은 하이에나가 한다. 누는 말이 없다.

"너 배고프지?"

하이에나가 누에게 말을 건다.

"조금."

누는 모기 소리만 한 목소리로 대답한다. 잔뜩 겁먹은 모습이다.

"네가 기운이 없어 보이기에 내가 부른 거야. 너를 위해서 말이야."

하이에나가 누의 표정을 살핀다.

"내가 빵값을 낼 수도 있어. 실컷 먹어."

하이에나가 누의 어깨를 다독거려 준다.

"걱정 마. 내가 낼게."

누가 씩 웃으며 대꾸한다. 누는 이럴 때 어떻게 해야 한다는 매뉴얼을 알고 있다. 친구들한테 귀가 닳도록 들었기 때문이다.

"너는 의리 있는 친구야. 어려운 일이 있으면 이야기해. 우리들이 도와줄게."

사자는 사실상 영문고등학교 학생들을 평정한 주먹의 1인자이다.

"알았어."

누는 쉽게 말귀를 알아듣고 고개를 까닥거린다.

음식이 나오자 갑자기 말이 없어지고 젓가락들이 분주하게 움직인다. 사자, 하이에나, 치타가 앉아 있는 것을 보고 가게 안으로 들어왔다가 그냥 나가는 친구들도 있다.

"야, 오늘 사육사(학생부장)가 잔뜩 겁주더라. 사고 치면 바로 정학이라고. 정학 다음에는 퇴학이고."

"야 무서울 것 없어. 비위 상하면 사육사고 뭐고 확 쓸어버리자고."

하이에나가 독 오른 표정으로 눈을 부릅뜨고 말한다.

"인생은 성적순이 아니야. 우리에게도 인권이 있다고 툭 하면 퇴학, 퇴학 하는데 매우 거슬리더라니까. 성질나면 확 뒤집어엎어 버릴 거라고."

언성을 높이는 치타의 입에서 음식물이 튀어나온다.

"얘들아, 자중해. 지킬 것은 지켜야지. 그래야 우리가 큰소리 칠 수 있는 거야."

사자는 점잖게 말한다. 그러자 하이에나와 치타가 말을 접고 먹는 데 치중한다. 만두집 대형 솥에서는 김이 모락모락 솟아올라 지나가는 행인의 입에서 군침을 돌게 한다. 먹음직스럽게 구워낸 빵과 만두가 진열장 속에서 지나가는 행인들을 유혹한다.

우리는 이렇게 흘러가는 거야

음식을 먹고 이를 쑤시며 모두 자리에서 일어서자 누가 빠르게 계산대로 가 오늘 먹은 것을 계산한다.

"잘 먹었다."

사자가 한마디 하고 가게 밖으로 나온다. 그러자 하이에나와 치타, 표범, 재규어도 덩달아 잘 먹었다고 인사하고는 마치 경호원처럼 사자 곁에 바싹 붙어 근접해서 동행한다. 누가 계산을 끝내고 가게 밖으로 나오자 하이에나가 가던 걸음 멈추고 고개를 뒤로 돌려 누를 응시한다.

"야, 만두 먹었으면 소화시켜야지. 저기 녹색에서 잠깐만 놀다 가자."

하이에나가 PC방을 가리킨다.

"그것도 좋은 생각이구먼."

치타가 맞장구를 친다. 표범, 재규어도 고개를 끄덕거린다. 사자만 아무 반응이 없다. 누가 자꾸만 사자의 눈치를 살핀다.

"나는 신경 쓰지 마. 하이에나와 치타의 생각이 곧 내 생각이니까. 그리고 하이에나와 치타의 행동이 내 행동이고. 그래 좋아. 가자고."

그때야 누가 알아들었다는 듯 따라나선다. PC방으로 향하는 발걸음들이 가볍다. 하지만 누의 걸음걸이는 도살장으로 끌려가는 소처럼 터덜터덜 맥이 없다.

PC방으로 들어간 친구들은 각자 한 사람씩 컴퓨터 앞에 앉아 게임 속으로 빠져든다. 무협지를 좋아하는 사람이라면 사조영웅전, 신조협려, 의천도룡기, 영웅문 등은 꼭 거치는 코스이다. 사자는 평소 영웅문 온라인을 즐긴다. 삐웅삐웅 치릭치릭 요란한 소리들이 지하 PC방 실내를 흔들어댄다. 다들 화장실 가는 것조차도 잊고 화면 속으로 빠져든다. 일어서거나 고개를 들고 기웃거리는 친구는 찾아볼 수 없다. 칼을 들고 전투를 하는 주인공을 따라가다 보면 가상의 적과 싸우고 있는 사람은 바로 자신이라는 것을 깨닫게 된다. 게임이 풀리지 않을 때는 씩씩거리며 화를 내기도 한다. 때로는 욕을 해대며 죄 없는 키보드만 거칠게 두드려댄다. 그러다 보면 시간은 빠르게 지나간다. 잠깐인 것 같은데 실제는 몇 시간이 흘러간 적도 있다.

누는 게임을 하다 벌떡 일어난다. 지루하고 답답한 것으로는 금방이라도 자리를 박차고 밖으로 나가 집으로 가고 싶다. 그렇지만 그것을 실행에 옮기지는 못한다. 사자들이 두렵기 때문이다. 울며 겨자 먹기 식으로 어금니를 물고 지루하고 답답함을 참아내기로 한다. 비그르르 무너지듯 자리에 앉아 웹서핑을 즐긴다. 하지만 관심이 없는 분야여서 그런지 들여다보아도 흥미가 일지 않는다. 누는 금세 싫증을 느낀다. 누는 모니터 앞에 엎드려 눈을 감고 잠을 청한다. 피곤함이 몰려와 몸이 천근 무게로 가라앉는다.

얼마나 잤을까. 누군가 어깨를 툭 치는 바람에 누는 고개를 든다.

우리는 이렇게 흘러가는 거야

"가자구."

하이에나다.

"몇 시야?"

얼떨떨한 표정으로 누가 사방을 뚤레뚤레 응시한다. 사자, 치타, 표범, 재규어도 누를 내려다보고 있다.

"많이 놀았어. 8시 조금 지났구만."

"그래 가자고."

누가 사태를 파악하고는 벌떡 자리에서 일어난다. 누는 눈치가 빠르다. 사자들 앞으로 나서서 계산대로 가더니 계산을 끝낸다.

"누, 고맙다. 네 우정 잊지 않을게."

사자가 누의 어깨를 다독거려 준다. 순간 누는 소름이 돋는 무서운 공포를 느낀다. 평소 교내에서 악명 높은 사자가 아니던가. 최대한 빨리 사자로부터 멀리 떨어지고 싶다. 빠르게 걸어 PC방 밖으로 나온다. 밖은 네온사인 불빛들이 명멸하고 있다. 누는 친구들과 가볍게 인사를 끝내고 집으로 발걸음을 옮긴다. 갑자기 몸이 날아갈 듯 가볍게 느껴진다. 구금되었다가 풀려난 듯한 느낌이다. 억압과 공포로부터 벗어나 자유를 찾은 해방감이라고 할까. 누는 사람들이 모여 서성거리는 마을버스 정류장으로 가서 집으로 가는 5-1번 버스를 기다린다. 뒷목이 뻐근하고 가슴이 답답하다. 어머니에게는 마을 공부방에서 공부를 하고 있다고 거짓 문자를 보냈다. 거짓말을 했다는 것이 찝찝하고 타의에 의해 질질 끌려 다니며 시간을 보낸 자신이 한심하다. 공부해야 할 시간에 타의에 의해 게임을 했다는 것이 억울하고 분하다. 누는 버스가 도착하자 제일 먼저 승차한다. 버스 안 가운데 의자에 앉아 팔을 엇걸어 팔짱을 끼고 차창 밖 먼 곳을 응시한다. 시내 저녁 불빛들이 숨 가쁘게 반짝거리고 있다.

'어서 가서 밀린 공부를 소화해 내야지. 그게 힘을 기를 수 있는 최선의 방법일 테니까. 집에 도착하면 어머니는 수고했다면서 정갈하게 준비한 저녁 반찬을 내놓으며 많이 먹으라고 내 어깨를 두드려 주시겠지. 그럼 나는 제법 의기양양한 태도로 숟갈질을 하겠지. 조금은 씁쓸한 자괴감을 느끼면서.'

다음 날 귀가 시간 비가 주룩주룩 내리고 있다. 비는 종일 쉬지 않고 쏟아져 교문 앞 배수구에서 물이 철철 흘러내리고 있다. 학생들이 펑퍼짐한 가방을 등에 메고 교문을 빼곡하게 빠져나온다. 사자, 치타, 하이에나, 표범, 재규어도 예외는 아니다. 사자는 우산도 없이 걸어 나온다. 그런 사자에게 하이에나가 바싹 붙어 우산을 받쳐 준다. 주인을 호위하는 경호원처럼. 사자의 오른쪽에는 하이에나, 왼쪽에는 치타가 붙어 있고 그 뒤에는 표범과 재규어가 따라오고 있다.

"야, 너 이리 와."

하이에나가 톰슨가젤을 불러 세운다.

우리는 이렇게 흘러가는 거야

"저요? 저 아니지요?"

톰슨가젤은 걸어가다 주춤 걸음을 세우더니 그냥 지나쳐가려고 한다.

"너 맞아. 이리 와 봐."

하이에나는 톰슨가젤을 정확히 지적한다. 그때야 멈칫멈칫 걸어가던 톰슨가젤이 우뚝 걸음을 세운다. 그러자 친구들이 다가가 톰슨가젤을 에워싼다.

"톰슨가젤, 라면 먹고 가자. 내가 낼게."

하이에나가 분식집을 가리킨다.

'네가 낸다고?'

톰슨가젤은 알고 있다. 말은 이렇게 하지만 정작 계산을 해야 할 때는 뒤로 빠져 딴청을 피운다는 사실을. 그렇게 소문이 나 있고 톰슨가젤도 당해 본 경험이 있다.

"내가 낸다니까."

"그래 가자구."

톰슨가젤은 하이에나의 뒤를 따라간다. 그 뒤를 사자, 표범, 치타, 재규어가 따라간다. 분식집은 사람들로 북적거린다. 영문고등학교 학생들도 몇 명 눈에 띈다. 그들은 사자 친구들을 보자 벌떡 일어나 "안녕하세요?"라고 인사한다. 사자와 하이에나가 씩 웃으며 손을 흔들어 답례한다.

"뭘 드실 거예요?"

메뉴판을 든 종업원이 엽차를 올리며 묻는다.

"라면으로 주세요."

사자의 말에 모두 고개를 끄덕거린다.

"저는 곱빼기로 주세요. 그 정도는 먹어야 기별이 좀 오거든요."

재규어가 통통한 배를 토닥거리며 말한다.

"곱빼기 하나, 보통 5개 가져오면 되겠네요."

종업원이 정확하게 개수를 확인하여 준다.

"그렇게 얼른 가져 오세요."

하이에나가 마무리를 짓는다.

"톰슨가젤, 어려운 일 있으면 이야기해."

하이에나가 옆에 앉아 있는 톰슨가젤의 어깨를 툭 치며 말한다.

"그런 것 없어."

톰슨가젤은 기어들어가는 목소리로 잔뜩 주눅이 들어 있다.

"그럼 다행이구. 앞으로 어려운 일 생기면 우리가 해결해 줄게."

"알았어."

식당 안은 구수한 냄새로 가득하다. 웅성웅성 떠드는 말소리가 실내 공간을 쥐흔들어댄다.

라면이 나오자 친구들은 한 그릇씩 붙들고 후후 불며 젓가락질을 하기 시작한다. 시간이 조금 지나자 이마와 목덜미에서 땀이 방울져 흐른다.

"왕방울 그 새끼 말이야. 공부 좀 한다고 거들먹거리더라구.

다리를 작신 분질러 놓아 버릴까."

"그것 가지고 안 되지. 대갈통을 까부수어 버려야지. 그 새끼 한 방이면 지옥으로 보낼 수 있어."

"야 너희들 참아. 조금 더 지켜보고 처리하자구."

사자가 점잖게 나오자 친구들은 쭈뼛쭈뼛 눈치를 살피며 격한 언사를 자제한다. 톰슨가젤은 거친 말소리만 듣고도 가슴이 조마조마해진다. 이 친구들 비위에 거슬리면 언제든지 당할 수 있다고 생각하자 더럭 겁이 난다. 그렇지만 외형적으로 대범하게 보여야 한다고 생각하고 주먹을 그러쥐며 활짝 웃어본다.

"야, 너희들 많이 먹어. 계산은 내가 깔끔하게 할 테니까."

톰슨가젤의 말투는 제법 의기양양하다.

"너 돈 많니?"

치타가 이마의 땀을 쓱 훔치며 말한다.

"그렇진 않아. 라면 값은 낼 수 있다는 이야기이지."

친구들이 분식집에서 나온 시각은 6시가 조금 지나서이다. 그들은 정문 쪽에서 안양역 방향으로 걸음을 옮겨놓는다.

톰슨가젤은 집으로 돌아가고 싶었지만, 선뜻 "나 먼저 갈게." 라고 말하지 못한다. 목줄에 매어 질질 끌려다니는 개처럼 톰슨 가젤은 터덜터덜 발걸음을 옮긴다.

"애들아, 노래방 한번 가자구."

하이에나다.

"그것 좋지."

치타가 동의하고 나온다.

"너는 어때?"

사자가 톰슨가젤에게 묻는다.

"좋아."

톰슨가젤은 짧게 대답한다.

"일 있으면 가고."

"아니야, 없어."

톰슨가젤은 밝은 표정으로 명쾌하게 대답한다. 톰슨가젤은 알고 있다. 일 있으면 가라는 것은 진짜 속뜻이 아님을. 학원 수업도 있고 학원 숙제도 해야 되기 때문에 마음은 조급하지만 겉으로는 아무렇지도 않은 것처럼 태연한 표정을 지어야 살아남는다는 것을 톰슨가젤은 잘 알고 있다. 톰슨가젤은 아까 라면 먹을 때 부모님과 학원 선생님께 갑자기 급체를 해서 오늘은 학원에 갈 수 없음을 메시지로 통보한 바 있다.

"구일(톰슨가젤)아, 괜찮아? 약 먹어야지. 병원에 가게 빨리 오거라. 잘못하면 죽을 수도 있어."

"엄마, 너무 걱정 마. 가스활명수 먹었어. 도서관에서 잠시 쉬는 중이야."

"머리도 아프고 그럴 텐데. 그런 소소한 약으론 안 된다. 빨리 와. 병원에 가게."

우리는 이렇게 흘러가는 거야

"엄마, 많이 좋아졌어. 너무 신경 쓰지 마. 내가 어디 한두 살 먹었나. 내 일은 내가 알아서 한다니까."

"야 톰슨가젤, 무슨 내용이기에 그렇게 폰에 빠져 있지?"

하이에나가 못마땅한 표정이다.

"별 것 아니야. 잠깐 긴급한 일이 생겨서."

"어쩔래?"

치타가 턱으로 노래방 간판을 가리킨다.

"들어가자구."

말은 그렇게 하면서도 톰슨가젤은 멈칫거리며 살살 뒷걸음질을 친다. 들어가야 된다는 것을 알면서도 수험생이 노래방을 들락거린다는 것이 용납되지 않았던 것이다.

"도망가면 배신자여. 공부도 쉬엄쉬엄 해야 되는 것이라구. 어서 들어가자구."

표범이 맨 앞장 서 성큼성큼 계단을 올라가기 시작한다. 하이에나, 치타, 재규어, 사자가 그 뒤를 따른다. 마지못해 톰슨가젤도 친구들 무리에 끼어 계단을 오르기 시작한다. 한 계단씩 올라갈 때마다 조금씩 가까이 노래방 노랫가락이 확연하게 다가온다.

25호실. 1시간 예약. 음료수 6개 주문. 주문을 받은 종업원이 선곡집을 갖다 놓고 나간다.

"그럼 저부터 한 곡 뽑겠습니다."

사자가 먼저 마이크를 잡더니 싸이의 '연예인'을 부르기 시작한다. 치타와 하이에나가 탬버린을 들고 흔들며 흥을 돋운다. 곧이어 주문한 음료수가 나오고 서비스로 팝콘이 들어온다. 그러자 재규어가 책가방 속에서 소주 2병을 꺼내 탁자에 놓는다.

"역시 너는 최고야!"

표범이 재규어의 어깨를 탁탁 두드려 준다. 재규어는 종이컵 6개에 소주를 따라놓는다. 사자의 노래가 끝나자 하이에나가 앙코르라고 외치며 호들갑을 떤다. 점수는 90점이다.

"한잔씩 하자고. 자, 잔을 들어!"

재규어가 잔을 높이 들고 외친다. 종이컵을 들고 부딪친다.

"톰슨가젤의 무궁한 발전을 기원하며 건배!"

재규어의 외침이 실내 공간을 흔들어댄다. 그러자 친구들은 건배라고 외치더니 술을 단숨에 비운다. 톰슨가젤은 술을 입에 붓더니 재채기를 해댄다. 톰슨가젤로서는 쓴 소주를 처음 마셔본 것이다.

"왜 그러니?"

하이에나가 놀란 눈으로 톰슨가젤을 응시한다.

"아무것도 아니야. 사레 들렸어."

톰슨가젤은 손등으로 쓱쓱 눈두덩을 훔치며 애처 태연한 표정을 짓는다. 마시고 싶지 않은 소주를 반 강제로 마시고 보니 불쾌하고 짜증이 나는 것이 사실이었지만 일체 내색을 하지 않는다. 그런 내색을 하면 친구들에게 보복을 당할 수도 있기 때문이다. 톰슨가젤은 탬버린을 들고 흔들며 즐거운 척 보조를 맞춘다. 즐겁지 않은데 즐거운 척 보조를 맞추는 것도 쉽지는 않은 일이다. 팔과 목이 뻐근하고 지루하며 답답하게 느껴졌다. 수험생이 공부를 해야 되는데 노래방에 와서 소주를 마시고 있다니. 그것도 타의에 의해 반 강제로. 톰슨가젤은 저절로 한숨이 나오는 것을 꾹꾹 눌러 참는다.

"야, 술이 떨어졌다."

사자가 빈 컵을 탁자에 탁탁 때려댄다.

"조금만 기다려."

하이에나가 사자의 귀에 바싹 대고 말한다. 그러자 사자가 오른손 엄지를 들어 보이며 씩 웃는다. 하이에나는 탬버린을 들고 흔드는 톰슨가젤을 쿡쿡 찌르더니 따라오라며 손짓을 하고는 노래방 밖으로 문을 열고 나간다. 톰슨가젤이 재빠르게 그 뒤를 따라나선다. 하이에나는 노래방 건물 밖으로 나온다. 바싹 뒤따라온 톰슨가젤에게 하이에나는 귓속말로 말한다.

"야 술이 떨어졌다고 대장님이 호통치신다. 너 말이야, 저기 슈퍼에 가서 소주 다섯 병만 사서 안 보이게 검은 봉지에 담아 와. 알았지?"

"알았어."

톰슨가젤은 군말 없이 고개를 끄덕거린다. 만약 거절하면 어떤 폭력이 날아올지 모른다. 그 상황이 두렵고 겁이 나는 것이다.

톰슨가젤은 하이에나 손끝이 가리켰던 쪽으로 뛰기 시작한다.

"쓸 만한 놈이여!"

하이에나는 뛰는 톰슨가젤의 뒤에 대고 씩, 웃고는 노래판이 벌어지고 있는 노래방으로 발걸음을 옮기기 시작한다.

'강제로 술심부름까지 해야 한다니. 이런 폭력이 어디 있는가. 주먹이 무서워 항의 한번 못하고.'

분한 마음에 목구멍에서 주먹만 한 것이 치밀고 올라온다.

"씨팔! 개새끼들! 죽여 버려? 아니야, 참아야 해."

톰슨가젤은 고개를 살래살래 흔든다.

'기분은 나쁘지만 조용히 넘어가면 별 것 아니야. 그런데 이 새끼들한테 전에도 당한 적이 있었잖아. 수법이 똑같구만. 한번 더 참아보자구. 내가 살려면 조용히 넘어가는 수밖에. 똥이 무서워서 피하나? 더러워서 피하지.'

톰슨가젤은 검은 봉지에 소주 다섯 병과 쥐포 다섯 개를 사서 들고 슈퍼를 나온다.

"아니 저게 누구야. 구일(톰슨가젤)이 아니야? 쟤가 슈퍼에서 뭘 사 갖고 나오지?"

여자는 잽싸게 슈퍼로 뛰어들어간다.

"아저씨, 방금 검은 봉지를 들고 나간 학생 뭘 사갔어요?"

"소주와 쥐포를 사 갔는데요."

"알았어요. 고마워요."

여자는 슈퍼에서 빠르게 뛰어나와 저만큼 앞서 걷는 톰슨가젤을 발견한다.

'쟤가 소주를 마셔? 저 녀석이 이 에미를 속이고 무슨 짓을 하는 거야?'

여자로서는 대 충격이다.

'구일이가 저렇게 어긋나 있다니.'

뒤통수를 한 대 얻어맞은 기분이다. 믿고 있던 도끼에 발등 찍힌 기분이다.

'체했다고 하던데 똘방똘방 잘 걸어가네. 쟤가 어디로 가는 거야?'

"구일아?"

이렇게 소리쳐 부르려다 그만둔다.

'쟤 행동이 좀 수상하단 말이야. 가방은 어디다 버리고 검정 비닐만 들고 가지? 그래 따라가 보자구.'

여자는 뒤꿈치를 들고 살금살금 톰슨가젤을 미행한다. 톰슨가젤이 3층 건물로 들어서더니 계단을 오르기 시작한다. 여자는 승용차나 건물 등에 몸을 숨기며 살금살금 다가가 3층 건물로 따라 들어간다. 여자도 자세를 낮추고 계단을 오르기 시작한다.

'아니 쟤가 노래방으로 들어가잖아. 미쳤나. 공부는 안 하고. 수험생이 노래방이라니. 아니야. 노래방 안까지 들어갈 필요는 없어. 미성년자지만 그래도 고등학생인데 자존심을 생각해 주어

야지. 쥐를 쫓을 때도 쥐구멍을 보고 쫓으라고 했어. 밖에서 기다리자구.'

여자는 가던 걸음을 돌이켜 다시 계단을 내려오기 시작한다. 건너편 건물 옆에 숨어 구일이가 노래방에서 나올 때까지 노래방 건물 현관을 응시하고 있을 생각이다.

"구일아, 고마워. 수고했어. 그런 의미에서 한잔 해야지."

하이에나가 톰슨가젤의 어깨를 탁탁 때려주고는 검은 봉지 속에서 소주를 꺼내 탁자 위에 올려놓는다. 그러고는 여섯 개의 종이컵에 소주를 따라놓는다. 노래가 끝나자 여섯 명 모두에게 잔을 건네고는 건배를 제의한다.

"자, 영문고의 왕 사자의 배부른 사냥을 위하여, 원샷! 원샷!"

모두 일제히 잔을 비운다.

"고맙다!"

사자가 제일 먼저 잔을 비우고는 빈 컵을 높이 들어 보이며 외친다. 톰슨가젤이 얼굴을 찌푸리며 잔을 탁자에 내려놓는다. 노래는 계속 이어지고 술잔도 계속 주고받는다. 시간이 지나면서 조금씩 얼굴이 벌겋게 충혈되기 시작한다. 마이크를 잡고 노래를 부르는 열기가 점점 뜨거워진다. 표범과 치타가 탬버린을 흔들며 방방 뛰어댄다. 천장에서 나오는 에어컨 냉기도 뜨거운 열기를 식혀 주지는 못한다.

서비스로 준 시간까지 모두 소모하고 나자 기기에서 노래방을

우리는 이렇게 흘러가는 거야

찾아 주셔서 고맙다는 멘트가 나온다.

"자, 이제 가야지. 잘 놀았다. 모두 톰슨가젤의 덕분이야. 박수!"

사자가 큰소리로 외친다. 그러자 친구들이 힘차게 손뼉을 친다.

'나보고 노래방비를 내라는 뜻이겠지.'

톰슨가젤은 금방 알아듣는다.

"걱정 마. 노래방비는 내가 낼게. 가자구."

톰슨가젤이 먼저 룸에서 나와 계산대로 간다.

'오늘도 당했군.'

무모하게 시간을 보냈다고 생각하자 불쾌하고 기분이 찝찝하다. 친구들이 톰슨가젤의 뒤를 따라 룸에서 나온다.

밖에서 서성이던 여자가 갑자기 움직임을 멈추고 눈을 크게 뜬다.

'쟤가 구일이(톰슨가젤) 아니야? 실컷 놀다 이제야 나오는구만. 어디서 많이 본 듯한 친구들과 떼 지어 나오네. 그러니까 쟤들과 지금까지 노래방에서 노래를 부르며 소주를 마셨다는 이야기구만. 학생이 공부는 안 하고 노래방을 출입하는 것도 이해할 수 없는데 술까지 마셔?'

여자는 구일이네가 가까이 다가오자 자세를 낮추어 주차된 자동차 뒤에 몸을 숨긴다. 그러고는 눈을 부릅뜨고 구일이네의 움직임을 예의 주시한다.

'아니야. 이럴 것이 아니라 쫓아가서 멱살을 잡고 혼내 주어야 될 것 같은데. 지금까지 나를 속이고 저렇게 방탕하게 놀았다는 이야기잖아. 어쩐지 성적이 좀 떨어졌다 했더니. 아니야. 조금만 참자고. 모른 척하고 동태를 좀 살펴보자고.'

구일(톰슨가젤)이 사자들과 헤어져 정류장 쪽으로 걷는다. 거리에는 네온사인 불빛들이 깜박거리기 시작한다. 여자는 구일이 이동한 정류장 쪽으로 빠르게 걷는다. 정류장에는 많은 사람들이 북적거린다.

'구일이가 어디로 갔지?'

어느 순간 구일이 시야에 들어오지 않는다. 낭패다 싶어 정류장으로 다가가 샅샅이 구일이를 찾아보았지만 행방이 묘연하다.

'어디로 튀었지?'

손목이라도 붙잡고 다짜고짜 자초지종을 따져야 했었는데 모두 수포로 돌아간 셈이다. 구일이를 놓치고 보니 버럭 울화가 목구멍에서 치밀어 오른다.

'내가 지금까지 믿고 있었던 구일이는 허상이었단 말인가?'

여자는 씩씩거리며 숨을 몰아쉰다.

"엄마가 충격을 받고 화를 내시니까 사실대로 이야기할게요. 저 엄마가 말하는 것처럼 망가지지 않았어요. 사자, 하이에나, 표범, 치타, 재규어와 어울려 노는 사이 아닙니다. 걔네가 노래

　　　　　　　　　　　우리는 이렇게 흘러가는 거야

방, 식당 등 손을 잡고 끌면 가야 돼요. 실실 웃으면서 말하지만 걔들의 요구에 응하지 않으면 바로 후회하게 되니까요. 걔들은 배가 고프면 뒷골목 음습한 곳에서 나옵니다. 신고요? 누가 그것 할 줄 몰라서 안 하나요."

"구일아, 이 일을 어쩐다냐! 원통하고 억울하고 분해서. 네가 왜 당하고 살아야 하느냐구."

"엄마, 너무 걱정하지 마세요. 다 그렇게 살아가요. 저는 괜찮다니까요. 물론 속은 상하지요. 그렇지만 어쩌겠어요."

여자가 이야기하다 돌아서 연신 눈가를 훔친다.

사자가 좌우를 살피다 먹잇감을 발견하자 잽싸게 뛰기 시작한다. 곁에 있던 하이에나도 덩달아 뛴다. 함께 서 있던 표범, 재규어, 치타가 고개를 끄덕거린다. 그러더니 그들도 먹잇감을 향해 뛰기 시작한다.

"야 얼룩말(강창선), 너 오늘 따라 외로워 보인다."

사자가 얼룩말에게 가까이 다가가더니 얼룩말의 손을 잡고는 악수를 청한다. 갑자기 나타난 친구들의 출현에 얼룩말이 위축된 자세를 취한다. 얼룩말은 뒷걸음질 치며 놀란 눈으로 "왜 그래, 왜 그래?" 한다.

"놀라지 마. 너 안 잡아먹어."

하이에나가 얼룩말의 손목을 움켜잡는다.

"무슨 일인데?"

얼룩말이 눈을 홉뜨고 묻는다.

"너 만나고 싶었어. 우리 영화 보러 가자."

친구들이 얼룩말을 둘러싸자 당황한 기색이다.

"무슨 영화?"

얼룩말은 어리벙벙한 표정이다.

"무슨 영화라니? 오랜만에 만났으니까 영화라도 한 편 같이 보자 이거지."

치타가 실실 웃으며 말을 건넨다. 친구들을 하나하나 눈여겨 바라보던 얼룩말이 그때야 상황을 깨달았는지 고분고분한 태도를 취한다.

"그래, 그러지 뭐."

"너 학원 가야 하는 것 아니니?"

"하루 때려치워야지. 어떻게 공부만 하니. 노는 날도 있어야지."

겉으로는 태연한 척 하지만 속도 그럴까? 말은 부드럽게 하지만 표정은 딱딱하게 굳어 있다.

"야 너희들 따라와."

사자가 앞장을 선다. 등에 가방을 멘 교복 차림의 학생들이 역전 백화점 건물로 들어선다. 친구들이 얼룩말 주위를 포위한 채. 얼룩말에게는 그것도 압박감으로 다가온다.

우리는 이렇게 흘러가는 거야

'너는 우리한테 걸렸어. 꼼짝 마. 튀면 알지?'

얼룩말은 그런 느낌으로부터 벗어날 수 없다.

'불쾌하다. 그렇지만 어쩌겠는가.'

힘으로 대적할 수 없는 상황에서 자포자기한 심정으로 얼룩말은 터덜터덜 걸음을 옮긴다.

8층 매표소는 사람들로 북적거린다.

"표를 끊어야지."

사자는 이 한마디를 던지고는 의자에 앉아 정면 광고 화면에 시선을 꽂는다. 그러자 하이에나가 얼룩말의 옆구리를 쿡 찌른다. 얼룩말은 눈치가 빠르다. 비위에 거슬리면 주먹으로부터 자유롭지 못하다는 것을 얼룩말은 잘 안다.

"내가 끊을게."

얼룩말은 지갑을 꺼내 들고 매표소 앞으로 간다.

"어벤져스2로 6장 주세요."

성질이 급한 얼룩말은 체크카드를 들고 데스크 앞으로 바싹 다가가 있다. 팝콘 3개, 음료수 6컵을 추가한다.

6명이 나란히 앉아 영화를 관람한다. 로버트 다우니 주니어, 크리스 헴스워스, 마크 러팔로, 크리스 에반스 등이 출연하는 액션 영화다. 얼룩말은 이런 액션물을 좋아한다. 참으로 오랜만에 영화관을 찾은 셈이다. 기분이 업 될 만도 하지만 오늘은 아니다. 그렇다고 우울한 표정으로 친구들을 대할 수도 없다. 만약 그렇게 한다면 뒤에 다가올 후환이 두려웠던 것이다.

어벤져스의 적 울트론의 등장으로 영화는 갈등 국면으로 치달아 긴박감을 자아낸다. 인류가 사라져야 평화로 갈 수 있다고 생각하는 울트론과의 전쟁이 시작된다. 사자들은 군말 없이 화면에 집중하고 있지만 얼룩말은 영화를 관람하다 꾸벅꾸벅 존다. 밤새 공부한다고 잠을 설쳐서 엄습하는 피로를 이겨내지 못한 것이다. 꾸벅꾸벅 졸다 사자가 옆구리를 콕 찌르는 바람에 번쩍 눈을 뜬다.

"졸지 마."

"내가 졸았나."

얼룩말은 쓱쓱 눈을 훔치며 잠을 털어내기 위해 안간힘을 쓴다.

밖으로 나오자 농밀한 어둠이 칙칙하게 내려와 있고 그 어둠 속에서 네온사인 불빛들이 눈을 부릅뜨고 있다.

"덕분에 영화 잘 보았다."

사자가 얼룩말의 어깨를 툭 친다.

"재미있게 보았어. 고마워."

재규어도 한마디 한다.

"그런데 영화가 너무 만화 같지 않니?"

하이에나는 불만스러운 표정이다.

"나도 동감이야."

치타도 만족스럽지 못한 눈치다.

우리는 이렇게 흘러가는 거야

"먼저 갈게."

얼룩말이 친구들을 쳐다보며 동의를 구한다.

"안 돼. 저녁 먹고 가야지."

하이에나가 제동을 건다.

"그래, 배고픈데 짜장이나 한 그릇씩 먹고 가자."

치타가 동조하고 나온다.

"얼룩말, 너 배 안 고파?"

사자가 얼룩말의 어깨 위에 손을 얹는다. 얼룩말은 사자의 그 행동이 불쾌하게 다가온다.

'네 마음대로 개인 행동하면 안 좋아. 어서 빨리 우리 곁을 떠나가고 싶겠지. 그렇다고 그렇게 내색을 할래?'

얼룩말은 어깨 위에 손을 얹은 사자의 속마음을 이렇게 읽는다.

"그래 짜장 먹고 가자구."

얼룩말은 표정을 바꾸어 밝게 웃는다.

극장 건물 밖으로 나오자 길 건너편에 '중화요리'라고 쓰인 간판이 보인다.

"저기 보인다. 가깝고 좋네."

사자가 자장집 간판을 가리킨다.

"그래 그리 가자구. 내가 낼 테니까."

얼룩말이 앞장을 선다. 그러자 친구들이 그 뒤를 따른다. 걸어가면서 하이에나가 얼룩말에게 묻는다.

"너 돈 있니?"

"있어. 걱정 마."

주머니에서 핸드폰이 부르르 진동한다. 얼룩말은 핸드폰을 꺼내 패턴을 그린다. 메시지가 3통 와 있다.

"학원에서 연락이 왔다. 너 학원에 가지 않았다면서. 무슨 이유 있니? 왜 연락이 없니. 무슨 일 있는 것 아니야? 답답하구나. 학원에라도 연락했어야지. 지금 어디니?"

얼룩말은 걸어가면서 답장을 쓰기 시작한다.

"엄마, 미안해. 갑자기 복통이 생겨서 학원에 못 갔어. 연락한다는 것이 깜박했어. 약 먹고 쉬었더니 지금은 괜찮아. 저녁 먹고 곧 갈게. 지금은 친구들이랑 같이 있어. 너무 걱정 마. 엄마를 실망시키는 자식은 되지 않을 테니까. 이 못난 아들을 믿고 있으면 틀림없을 거야."

얼룩말은 전송 버튼을 누른다.

"다 왔다. 어서 들어가자."

치타가 손목을 잡고 잡아당긴다.

"알았어. 들어가자구."

자장을 곱빼기로 여섯 그릇 시켜놓고 둥그런 탁자에 앉아 있다.

"야 얼룩말, 학교에서 어려운 일 있으면 이야기해. 누가 너를 괴롭히는 녀석은 없지?"

하이에나가 얼룩말을 걱정해 주는 척 묻는다.

"그건 바로 너희들이야."

이렇게 말하고 싶었지만 입 밖으로 꺼내지는 못한다. 대신 끙끙 앓기만 한다. 그러다가 짧게 대답한다.

"없어."

"야, 내일부터 학교에서 불우 이웃 돕기 성금을 걷는다고 하던데 우리도 동참하는 것이 좋을 것 같아. 학교에다 개인적으로 돈을 내는 것이 아니라 우리가 공동으로 이웃 돕기 성금을 자체적으로 걷어서 학교에 전달하면 어떨까? 내 생각이야."

사자가 무슨 속셈이라도 있다는 듯이 실실 웃으며 말한다.

"그것 좋은 생각이다. 그런데 어떻게 자체적으로 걷는다는 거지?"

"성금함을 만들어 들고 다니면서 돈을 걷자는 거지. 어느 정도 돈이 모아지면 학교에 전달하고."

"그것 좋은 생각이야."

하이에나는 눈치가 빠르다. 금방 말을 알아듣고 실실 웃는다. 누구도 반대하는 친구가 없다. 나중에는 치타도 알아들었다는 듯이 실실 웃으며 반기는 눈치다.

자장이 나오자 친구들은 게걸스럽게 먹기 시작한다. 하지만 얼룩말은 자장을 비비고는 몇 젓가락 먹지 못한다. 젓가락을 식탁에 놓고 고통스런 표정을 짓는다.

"왜 그래?"

하이에나가 놀란 표정으로 묻는다.

"체한 것 같은데. 속이 거북해."

얼룩말은 배를 움켜잡는다.

"그럼 그만 먹어. 안 먹는 게 좋아."

사자가 한마디 거들고 나선다.

얼룩말은 친구들이 입가에 꺼멓게 자장을 묻혀가며 맛깔스럽게 먹는 모습을 지켜보고 있다. 그러다가 용기를 내어 말을 꺼낸다.

"내가 계산을 하고 먼저 갈게. 속이 영 좋지 않다 야."

"그렇게 해. 오늘 고마웠다."

사자가 얼룩말의 어깨를 툭 치며 말한다.

"그래 먼저 가."

"잘 가."

다른 친구들도 동의를 표하고 나온다.

"먼저 가서 미안하다."

얼룩말이 자리에서 일어나 카운터로 향한다.

밖으로 나오자 어둠 속 저녁 공기가 상큼하게 다가온다. 조금이라도 빨리 녀석들과 떨어지기 위한 전략이 성공은 했지만 기분이 개운하지를 못하다. 적군에 포로로 붙잡혀 장기간 억류되었다가 풀려난 기분이라고 할까. 당했다는 생각에 분노가 순간 욱 가슴을 치밀고 올라온다. 얼룩말은 걸어가다 전봇대를 손바닥으로 사정없이 가격한다. 딱 소리가 나자 지나가던 사람들이 깜짝

우리는 이렇게 흘러가는 거야

놀라 눈을 크게 뜬다.

"씹팔, 개새끼들!"

얼룩말은 씩씩거리며 빠르게 걷기 시작한다. 연신 손목시계를 응시하면서.

라면 박스에 흰 종이를 붙인 뒤 구멍을 뚫어 불우 이웃 돕기 성금함을 만들었다. 하이에나가 성금함을 들고 서서 하교하는 학생들에게 성금을 내달라고 재촉한다. 사자, 치타, 표범, 재규어도 그 옆에 서서 바람을 넣는다.

"내 작은 정성이 불우한 이웃에게는 큰 힘이 됩니다. 너도 나도 참여하여 함께 하는 밝은 사회 이룩합시다."

도화지에 이런 글귀를 써서 들고 흔들며 바람을 넣는다. 하이에나는 성금함을 들고 하교하는 학생들 앞으로 가서 손끝으로 모금함 구멍을 콕콕 찌르는 시늉을 한다. 참여를 요구 받은 학생들은 대부분 거절하는 것 없이 흔쾌히 응한다. 서슴없이 푸른 지폐를 쑥쑥 집어넣는 학생도 많다. 금세 눈으로 성과가 느껴진다. 사자들이 모금함을 들고 서 있기만 해도 그냥 지나치지 못한다. 사자와 하이에나, 치타가 노려보는 듯한 시선으로 눈을 크게 뜨고만 있어도 학생들은 그 표정과 눈짓을 읽고 모금함 앞으로 모여든다. 사자들의 눈에 거슬리거나 눈밖에 나면 바로 다가오는 대가를 잘 알고 있기 때문이다. 시간이 조금 경과하자 학생들이 모금함 앞에 한 줄로 길게 꼬리를 물고 서 있다. 그러자 사자는 실실 웃으며 반기는 눈치다.

"나의 작은 성금이 어려운 친구에게는 큰 힘이 됩니다. 우리 모두 이웃 사랑 실천합시다."

재규어는 피켓을 들고 계속 외쳐대고 있다.

해가 서산을 넘어가자 하교하는 학생들이 눈에 띄게 줄었다.

"얘들아, 우리 그만 접자. 시간이 많이 지났어. 성과도 좋았고."

사자가 모금함을 탁탁 때리며 말한다.

"그래 그러자구. 오래 서 있었더니 다리가 아프구만."

하이에나가 연신 무릎을 주무른다.

"얘들아, 일단 화장실로 가서 출입문을 잠그고 총 얼마나 걷혔는지 정산해 보자구. 그런 다음 저녁이나 먹자구. 내 생각이 어때?"

사자가 큰소리로 외치며 말한다.

"그것 좋지."

반대하는 사람은 없다.

"얘들아, 오늘은 실컷 먹어. 수고했어. 이웃 돕기 성금이 많이 들어와서 다행이야. 오늘은 누, 톰슨가젤, 얼룩말 같은 그런 애들 필요 없다. 자금이 풍부하니까 말이야. 오늘 얼마 모금 되었냐구? 그건 비밀이야. 많이 들어왔어. 그렇게만 알고 있어. 무

우리는 이렇게 흘러가는 거야

조건 실컷 먹으면 되는 거야. 계산은 내가 할 테니까."

사자는 돈이 든 서류 봉투를 만지작거리며 제법 의기양양하게 말한다. 식당 안은 북적거리는 사람들의 열기로 가득하다.

"얼마 만이냐. 칼로 고기를 썰어본 게. 라면이나 떡볶이를 먹다가 고기를 씹으니까 살 것 같다야. 힘이 나는 것 같아. 오늘 같은 날 영양 보충을 하는 거야."

누구보다 재규어가 맛있게 먹고 있다.

"오늘 2차도 있어. 2차는 노래방이야."

"누가 낼 건데?"

"걱정 마. 다 내가 책임질 테니까."

사자가 돈 봉투를 들어 보인다.

"건배 한번 하자."

"그것 좋지."

하이에나가 친구들의 잔에 가득 맥주를 따른다.

"모두 잔을 들어. 오늘의 풍요와 내일의 꿈을 위하여, 건배!"

하이에나가 외치자 일제히 잔을 들어 부딪친다.

사자, 하이에나, 표범, 재규어, 치타, 5명의 학생들이 교무실을 찾아와 학생부장(별명이 사육사 또는 빼뿔러) 앞에 선다.

"너희들이 웬일이냐?"

사육사가 키보드를 두드리다 고개를 든다. 눈을 크게 뜬 의아

한 표정으로.

"이걸 먼저 받으십시오."

사자가 봉투 하나를 사육사 책상 위에 내려놓는다.

"무슨 봉투야?"

사육사는 인상부터 찌푸린다.

"저희 5명이 착한 일을 좀 하고자 모금함을 만들어 이웃 돕기 성금을 모금했습니다. 작은 돈이지만 받아주십시오."

"그래? 누가 하라고 그랬지?"

친구들을 향해 눈을 크게 치어 뜬다.

"학교에서 불우 이웃 돕기 성금을 걷는다고 하여 저희가 알아서 자율적으로 했습니다."

사육사는 이해할 수 없다는 표정으로 눈만 깜박거리며 말이 없다. 한참 생각에 잠기더니 무겁게 입을 연다.

"어떤 방식으로 걷었지? 강제성을 띠면 말썽 날 소지가 있단 말이야."

"교문 앞에서 지나가는 학생들을 대상으로 걷었는데요. 지극히 자율적으로 모금한 결과입니다."

"그래? 알았어."

그때야 사육사의 표정이 좀 누그러진다.

"총 얼마지?"

"여기 봉투에 적혀 있습니다."

사자가 흰 봉투를 가리킨다. 사육사는 봉투의 액수를 확인하더니 고개를 끄덕거린다.

"적은 돈이지만 수고들 했다. 내가 교장 선생님께 말씀 드리고 행정실에 납부할게. 잠깐, 하나만 이야기할 게 있다."

사육사는 일어서려다 다시 앉는다.

"다음부터는 이런 일이 있으면 나에게 허가를 받고 해야 한다. 말썽이 날 수도 있으니까 말이야."

"알았습니다."

친구들이 일제히 대답한다.

"그럼 가 봐."

친구들은 교무실을 나오며 꽈당 소리가 나게 문을 닫는다.

"별 걸 꼬치꼬치 물어보네. 재수 없게."

그날 저녁 사자들은 포구의 횟집에 앉아 바다의 비린내로 목을 축인다. 창밖 멀리 깜박거리는 집어등 불빛이 잠자는 검정 바다를 흔들어 깨우고 있다.

"애들아, 이번 주는 사냥 없어. 그렇게 알고 있어."

사자가 산 낙지를 초고추장에 찍어 입에 넣고 우물우물 씹는다.

"왜 없지?"

"알면서 묻니?"

"아, 그것 때문에!"

치타가 고개를 끄덕거린다.

"사냥을 하지 않으면 나는 발바닥이 간지럽단 말이야."

치타는 앉은 자세에서 손끝으로 발바닥을 긁는다.

"야, 뭐해? 어서 먹지 않고. 팍팍 먹어. 돈은 많으니까. 맥주도 한 잔씩 하자. 누가 물어보면 대학생이라고 하면 되거든."

사자는 주인을 불러 맥주도 주문한다.

다음 날 사자는 교무실 사육사로부터 호출을 받는다.

"선생님, 부르셨습니까?"

"그래. 특별한 일은 아니고 뭘 좀 물어볼 게 있다."

사육사는 모니터에서 시선을 떼고 사자를 바라본다.

"요즈음 친구나 후배들을 괴롭힌 일 없지?"

사육사는 사자의 표정을 유심히 살핀다. 동요되는 표정을 잡아내려는 형사처럼.

"없는데요."

사자는 고개를 도리질한다.

"학교에 이상한 소문이 나돌아서 말이야."

"무슨 소문인데요?"

"등·하교 때 혼자 다니면 괴물이 잡아간다는 소문이야. 혹시 못 들었니?"

"못 들었는데요. 학생들이 장난으로 한 말이겠지요. 지금이 조선시대도 아닌데요."

우리는 이렇게 흘러가는 거야

"그렇지? 좀 엉뚱한 이야기 같지? 코미디 같은 이야기지?"

"요즈음 괴물이 어디 있어요."

"그건 그래. 너를 부른 목적은 다른 데 있어. 칭찬해 주려고 부른 거야. 네가 요즈음 솔선해서 불우 이웃 돕기도 하고 말썽도 피우지 않으니까 고맙다. 지금처럼 착하게 살아야 돼. 명심해. 선생님은 속일 수 있지만 인생은 속일 수 없는 거야. 착하게 커야 미래가 있다는 것 명심해."

"알겠습니다."

"그럼 가 봐."

사육사는 사자의 팔을 가볍게 두드려 준다. 사자는 공손하게 인사를 드리고 몸을 돌이킨다.

월요일 실내 애국조회 시간이다. 영문고등학교 방송실 방송반 학생들이 분주하게 움직인다. 사회를 보는 교무부장이 마이크 앞에서 서류철을 뒤적거리고 교장 선생님이 의자에 앉아 대기하고 있다. 오늘은 선행상을 수여하는 날이어서 추천된 학생들이 뒤에 서서 순서를 기다리고 있다. 후텁지근한 열기가 증기처럼 날아와 안면을 덮친다. 교장 선생님은 손으로 부채를 만들어 연신 점잖게 부친다. 손수건으로 목덜미를 훔치는 학생도 있다. 사자, 하이에나, 표범, 재규어, 치타가 상을 받기 위해 시상 대기자 속에 끼어 쭈뼛거리며 서 있다.

"지금부터 월요일 애국조회를 시작하겠습니다. 먼저 국민의례가 있겠습니다. 교실에 있는 모든 학생과 교사들은 정면 국기를 향해 서 주시기 바랍니다."

국기에 대한 경례와 국기에 대한 맹세가 있고 바로 애국가를 부른다. 오늘은 애국가를 3절만 부른다. 각 교실에서는 준비된 영상과 음악이 흘러나오고 있을 것이다. 애국가가 끝나자 교무부장이 마이크를 움켜잡는다. 카메라가 교무부장을 정조준 하더니 곧바로 교장 선생님에게로 옮겨간다.

"오늘은 먼저 선행상을 시상하겠습니다. 호명하는 학생은 앞으로 나오세요."

교장 선생님이 상장을 들고 있고 호명 받은 학생이 한 걸음 앞으로 다가선다. 교장 선생님이 상장을 들고 글귀를 읽어 내려간다.

"위 학생은 평소 근면 성실하고 선행을 베풀어 타의 모범이 되므로 상장을 주어 칭찬합니다."

카메라가 더욱 가까이 다가와 이 장면을 클로즈업한다. 상장을 건넨 뒤 교장 선생님이 악수를 청한다. 사자, 치타, 하이에나, 표범, 재규어도 이런 식으로 상장을 받는다. 상장 수여가 끝나자 학생들이 방송실을 나와 교실로 향한다. 손에 하얀 종이 한 장씩을 들고. 그들의 얼굴에 빙긋 미소가 걸려 있다.

밤의 끈

그것은 식탁 밑에도 있었고 거실 TV 위에도 있었다. 그는 그것에 크게 신경을 쓰지 않았다. 그러나 그녀는 달랐다.

*

그는 일정한 직업이 없었다. 가끔 막노동을 하거나 일거리가 없으면 소주잔을 꺾기가 일쑤였다. 얼굴이 벌겋게 되면 사자로 돌변하곤 하였다. 그것은 사자의 등 위에도 있었다. 사자는 그녀를 공격했다.

"너어 그 사내를 만난다면서어. 내가 일을 나가면 그 녀석을 만나아 니롱내롱한다면서. 다아 알고 있다고오."

그는 혀 꼬부라진 소리로 말했다. 사내는 그녀가 일하는 식당의 사장이었다.

"당신 나를 의심하는 거야? 당신 미쳤구만. 그런 말도 안 되는 소리 하지 말라고."

그녀에게는 그의 말이 황당하게만 들렸다. 그녀의 행동과는 거리가 먼 엉뚱한 것을 꼬투리 삼아 시비를 걸기 때문이었다.

나는 알고 있었다. 그녀가 그런 여자가 아니라는 사실을. 그녀에게는 그런 여력도, 그런 배짱도 없었다. 그의 무능과 열등 의식에서 의심이 비롯되었음을. 사자는 이성을 잃고 그녀를 할 퀴었다.

"니이가 이제 거짓말까지이 해. 너어는 잡년이여!"

그는 주먹으로 그녀의 안면을 강타했다. 그녀가 고개를 숙이고 고통스러워하자 발로 그녀의 가슴을 걷어찼다. 그녀가 벌렁 나동그라지자 머리, 가슴, 복부를 닥치는 대로 발로 찼다. 입에 담지 못할 거친 욕설을 퍼부으며.

"아빠는 이제 사람도 아니야."

내가 울며 육탄으로 몸을 던져 그를 밀치고 그녀를 끌어안았다. 그때야 그가 구시렁거리며 뒤로 물러나더니 밖으로 나가버렸다. 그가 남기고 간 술 냄새가 코를 찔렀다. 신음을 토하는 그녀 옆에는 그것이 똬리를 틀고 앉아 있었다.

"엄마, 헤어져요. 지긋지긋하잖아요. 술만 먹으면 저러니 어디 살겠어요?"

"그래도 너희 애비 아니냐. 너희들 결혼이라도 시키고 헤어져야지."

그녀는 톰슨가젤이었다. 그렇게 공격을 받았는데도 불구하고 반격을 하지 않았으니. 다 우리들 때문이라고. 그래서 참아야 한다고. 톰슨가젤은 그렇게 당한 상처를 안고 끙끙 앓으며 살아왔다. 톰슨가젤은 절룩거리며 식당으로 일을 나가는 경우가 다반사였다.

*

나는 고3으로 야자를 하고 밤늦게 집에 돌아오는 경우가 많았다. 그런 날이면 거실에 화분, 체중계, 걸레통, 잡지, 신문지 등이 무질서하게 흩어져 있는 것을 보고 사자의 발광이 있었음을 짐작할 수 있었다. 그럴 때 톰슨가젤은 작은 방에서 아픈 가슴을 끌어안고 눈물 바람을 했다. 그때 그것은 방바닥에 엎드려 있었다. 톰슨가젤이 불쌍했다. 공격을 할 줄 모르는 톰슨가젤이 미웠다. 톰슨가젤의 어깨에서 가벼운 경련이 일었다. 어깨는 가랑잎처럼 떨렸다.

"엄마, 내일 당장 나가 살아요. 나 대학 포기할 거예요. 내가 돈 벌면 되잖아요."

"그건 안 된다. 너는 대학을 나와야 한다. 조금만 참자꾸나."

나는 톰슨가젤을 안고 흐느꼈다. 사자가 미웠다. 나는 씩씩거리며 문을 박차고 거실로 나왔다. 사자가 자고 있는 안방 문을 거칠게 열어젖혔다. 사자가 코를 골며 자고 있었다. 안방에서는 술 냄새가 후신경을 자극해왔다. 빌어먹을. 악마라고 거칠게 쏘

아붙이려 했었는데. 불끈 쥔 두 주먹을 바르르 떨며 문을 소리 나게 세차게 닫아버렸다.

"네가 단단히 화가 났구나."

재수 중인 오빠가 방에서 나왔다.

"엄마가 무슨 죄냐고."

"네 마음은 잘 안다. 나도 간신히 참았으니까."

오빠의 발 옆에 그것이 작게 옹송그리고 있었다.

*

늦은 밤 뒤척거리며 간신히 눈을 붙였다.

초원 지대였다. 굶주린 사자가 톰슨가젤을 향해 달려왔다. 톰슨가젤은 뛰었다. 살기 위해서. 방향을 구십 도로 꺾어 겨우 사자를 따돌렸다. 톰슨가젤은 무리 속으로 찾아들어가 안도의 숨을 쉬었다. 푸른 하늘을 한 번 응시했다. 살아있구나. 푸른 공기가 달디 달았다. 톰슨가젤 곁에 그것이 우두커니 지켜보고 있었다. 톰슨가젤은 푸른 풀을 뜯어 허기를 달랬다. 어느 순간 으스스한 공포가 엄습했다. 이번에는 날쌘 치타였다. 톰슨가젤이 도망치기 시작했다. 잡히면 죽음이었다. 안 돼! 안 돼! 도망쳐! 소리치다 눈을 떴다.

불길했다. 불쾌했다. 공격을 모르는 불쌍한 톰슨가젤. 평화와 넉넉한 여유와 인내와 사랑밖에 모르는 톰슨가젤. 다시 잠을 청했지만 자꾸만 목이 긴 톰슨가젤이 영상 속에서 어른거렸다.

"순오야, 일어나 학교 가야지."

그녀가 늦게 잠든 나를 흔들어 깨웠다.

나는 서둘러 대충 몸단장을 끝내고 학교로 가기 위해 대문을 나섰다. 머리가 무겁고 지끈거렸다. 우중충한 아침이었다.

*

밤에 야자를 하고 있는데 오빠한테서 다급한 전화가 걸려왔다.

"순오야, 빨리 와라."

"왜?"

"엄마가 많이 아파."

"어째서?"

"뻔하지."

사자는 잔인했다. 톰슨가젤에게 폭력을 가할 땐 제정신이 아니었다. 나는 알 수 있었다. 미루어 짐작할 수 있었다. 톰슨가젤이 당한 상처의 깊이를.

주섬주섬 가방을 싸는 책상 위에 그것이 있었다. 서둘러 교실을 나섰다. 밖엔 진한 어둠이 장막처럼 내려와 있었다. 어둠 속으로 내가 가야 할 희끄무레한 길이 꼬불꼬불 누워 있었다. 우리 집안 식구들이 가야 할 앞길이 어둠만큼이나 암울하게 내 앞에 펼쳐져 있었다. 불확실성과 불안을 대동한 적막이 어둠 저편에 도사리고 있었다. 나는 어둠 속으로 저벅저벅 걸음을 옮겼다. 불안했다. 밤길이 무서웠다. 그러나 나는 가야 했다. 그건 우리 식구들이 헤쳐가야 할 길이며 사람들이 살아가는 삶의 방식이므로. 어둠이여! 물러가다오. 그렇게 빌었다. 그러나 그건 공허한 소원이었다. 허공은 말이 없었다. 삶은 저 혼자 우두커니 돌아앉아 저만큼 떨어져 말이 없었다. 나는 헤엄치듯 어둠을 헤쳐 행길로 나왔다. 행길 가로수 밑에 그것이 있었다.

"순오야, 한림대 성심병원 응급실로 오거라. 급해서 119 타고 먼저 간다."

오빠가 보낸 메시지가 선명했다.

누워 신음하는 톰슨가젤이 택시 차창에 어른거렸다. 톰슨가젤은 일어나려다가 푹 고꾸라졌다. 주위의 동료 톰슨가젤들은 저만큼 달아나고 있었다. 동료 하나가 낙오되어 있다는 것도 모른 채. 사자가 달려왔다. 고꾸라져 있는 톰슨가젤을 물어뜯었다. 나는 질끈 눈을 감았다. 가슴이 떨렸다. 내가 물린 것처럼 어깨와 목이 욱신욱신 쑤셔오기 시작했다.

"엄마, 괜찮아?"

나는 침대에 누워 있는 어머니의 손을 잡았다.

"순오구나. 괜찮아."

우리는 이렇게 흘러가는 거야

어머니는 태연하게 말했다. 이제 이골이 났다는 듯. 어머니의 손목에는 링거주사가 연결되어 있었다. 침대 위 어머니의 머리맡에 그것이 있었다.

"뭐가 괜찮아. 이제 끝이야. 헤어져야 한다고."

"조금만 참자꾸나. 너는 공부나 열심히 하거라. 꼭 대학에 가야 한다. 이 에미가 죽기야 하겠냐."

"엄마가 허리를 다쳤어. 발길에 차인 모양이야."

오빠가 진단 결과를 알려주었다.

"사람도 아니야. 짐승이라고."

나는 치밀어 오르는 감정을 누르지 못하고 격한 반응을 보였다. 죄 없는 톰슨가젤은 시든 한 송이 꽃잎처럼 누워 있었다. 바람 불면 휙 날아가 버릴 것 같은 가냘픈 가랑잎처럼 누워 있었다. 주체할 수 없이 눈물이 줄줄 흘러내렸다. 나는 응급실 복도로 나왔다. 복도 긴 의자에 앉으려 하는데 웬 잡지 하나가 눈에 띄었다. 표지에는 사자 수십 마리가 떼를 지어 달리고 있었다. 앙큼한 것들! 사악한 것들! 나는 다짜고짜 잡지 표지를 잡고 쭉 찢었다. 수십 마리 사자들이 내 손아귀에 들어왔다. 나는 씩씩거리며 짝짝 찢어발기었다. 산산조각을 내었다. 육신이 갈기갈기 찢긴 사자들 곁에 그것이 있었다.

*

"여보, 미안해. 입이 열 개라도 할 말이 없구만. 내가 왜 그러는지 나도 모르겠어. 정말 미안해."

아버지가 어머니 앞에 머리를 숙였다. 어머니의 손을 잡고 다독거렸다.

"......."

어머니는 말이 없었다. 창 쪽으로 머리를 돌려 아버지를 외면했다. 아버지의 손을 거칠게 뿌리쳤다.

"나는 우리 오빠라는 게 창피해. 왜 툭하면 손찌검을 하느냐고."

병실을 찾아온 고모가 아버지를 질책했다.

"내가 나쁜 놈이지. 내가 미쳤다니까."

아버지는 회한의 눈물을 훔쳤다. 사자는 늘 그랬다. 사과하면 그때뿐이었다. 사과할 때는 한 마리 양이었다가 다음날 돌아서면 사자였다. 그것도 사악한 사자였다. 동족 식구를 물어뜯는 미친 사자였다.

"나가세요. 보기 싫다구요."

내가 소리쳤다. 옆에 몽둥이가 있다면 내리치고 싶은 심정이었다.

"언니가 무슨 죄냐고. 앞으로는 절대 그러지 마. 폭력을 쓰는 것은 짐승이 할 짓이라고. 새끼들 보기에도 민망하잖아."

고모의 채찍은 따가웠다.

"모든 게 내 탓이야. 내가 어서 죽어야 할 텐데. 미안하구나."

사자는 내 앞에서 사라지지 않았다. 미웠다. 주먹만 한 것이 목구멍에서 치밀고 올라왔다. 사자와 나 사이에 그것이 웅크리고 있었다. 가슴이 터질 듯 아팠다. 나는 사자를 피해 병실 복도로 나왔다. 창을 열고 괴성을 질렀다. 속이 후련했다. 남쪽 하늘에서 먹구름이 톰슨가젤 떼처럼 몰려왔다. 빗줄기가 몰려오고 있었다. 먹구름 뒤에서 절룩절룩 느리게 걷는 톰슨가젤 한 마리가 눈에 띄었다. 톰슨가젤 뒤에 바짝 붙어 그것이 따라가고 있었다. 애처로운 것! 저릿저릿 가슴이 아팠다. 반항을 모르고 아픔을 숙명으로 받아들이는 몸짓. 쏟아지는 빗줄기가 뿌옇게 흐려 보였다.

*

푸르딩딩했던 어머니의 얼굴이 뿌옇게 변해 제법 제자리를 찾았다. 허리를 잡고 구부정하게 걸었던 자세가 호전되어 이제는 똑바로 서서 팔을 당차게 휘저으며 걸을 수 있었다. 침대에 올라가고 내려갈 때도 원숭이가 나무를 타듯 가벼웠다. 다른 사람의 도움을 받아 침대에 올랐던 때와는 판이하게 달랐다. 그렇지만 어두운 어머니의 표정은 여전했다. 어머니가 누워 있는 침대 홑이불 위에 그것이 있었다.

"이제 퇴원하셔도 되겠습니다. 당분간 통원 치료를 받으세요."

나에게는 의사 선생님의 말이 반갑지 않았다. 톰슨가젤이 사자의 소굴 속으로 들어가야 한다는 것이 나는 싫었다. 사자가 없는 병원에서의 생활은 한가롭고 평화로웠던 것이다.

"오늘 오후 퇴원하자꾸나. 다니던 식당에도 나가야 되고. 돈을 벌어야 너희들을 대학에 보내지 않겠냐. 너도 고3이라 바쁠 테고. 에미가 병원에 있는 동안 네가 고생했구나."

어머니는 작은 가방에 칫솔 등 짐을 넣으며 퇴원 준비를 서둘렀다.

"엄마, 악마의 소굴로 또 들어가려고? 지겹지도 않아? 이번에 아예 방을 얻어 따로 살자고."

나는 심각한 표정으로 말했다.

"순오야, 너의 맘을 이 에미가 잘 안다. 조금만 참아 보자꾸나. 너는 꼭 좋은 대학에 들어가야 한다."

어머니가 오히려 나를 설득하고 나섰다. 어머니는 바보였다. 어두운 동굴 속으로 다시 들어가려 하고 있으니. 톰슨가젤은 사자의 소굴을 떠나가려 하지 않았다. 풀을 뜯고 살던 초원 지대가 익숙한 삶의 터전이라는 듯이. 자신의 안위보다는 가족의 미래를 챙기는 어리석은 톰슨가젤이었다. 자신의 평안을 까마득하게

우리는 이렇게 흘러가는 거야

잊은 채 오로지 혈육만을 챙기는 우둔한 톰슨가젤이었다.

*

초원 지대의 날씨는 무더웠다. 태양이 중천에서 잉걸처럼 타올랐다. 찌는 듯한 무더위가 연일 기승을 부렸다. 대지는 인두처럼 달구어져 화끈거렸다. 습도까지 높아 턱턱 숨이 막혔다. 톰슨가젤 한 마리가 혀를 빼물고 헉헉거렸다. 녀석은 견디다 못해 물웅덩이 속으로 풍덩 뛰어들었다. 혓바닥으로 할짝할짝 목을 적셨다. 물속에 몸을 담그고 뒤척거렸다. 톰슨가젤은 그렇게 물로 더위를 식혔다. 그때 오른쪽 노간주나무 숲에 숨어 있던 사자 한 마리가 톰슨가젤을 노려보고 있었다. 톰슨가젤은 어떤 낌새를 느꼈는지 반사적으로 웅덩이 속에서 벌떡 몸을 일으켰다. 고개를 들고 주위를 두리번거렸다. 오른쪽 노간주나무 숲에 그것이 있었다. 물웅덩이 주변에 갑자기 찾아온 팽팽한 긴장감과 서늘한 적막이 섬뜩했다. 톰슨가젤은 웅덩이 밖으로 껑충 뛰어나왔다. 그때였다. 노간주나무 숲에서 날아온 날카로운 시선과 맞닥뜨렸다. 사자가 눈을 부릅뜨고 달려오고 있었다. 톰슨가젤은 노간주나무 숲이 있는 반대쪽으로 뛰기 시작했다.

"잡히면 안 되는데."

나의 염원은 금세 산산이 부서졌다. 사자가 톰슨가젤의 목덜미를 물고 흔들었다. 톰슨가젤은 저항 한번 해보지 못하고 비명을 질렀다. 톰슨가젤의 몸동작이 둔해지기 시작했다. 사자는 톰슨가젤의 목덜미를 물고 놓지 않았다. 이윽고 톰슨가젤이 육신을 늘어뜨렸다. 사자는 물었던 톰슨가젤을 놓고 날카로운 이빨로 물어뜯기 시작했다.

"잔인한 놈이구만."

사자가 미웠다. 나는 리모컨을 들고 스위치를 눌러 TV를 꺼버렸다.

사자. 선혈이 낭자한 피를 즐기는 사자. 소름이 끼쳤다. 모골이 송연했다. 나는 내 방으로 가서 책을 펼쳤지만 영어 숙어가 머리에 들어오지 않았다. 사자로부터 톰슨가젤을 구해야 한다는 절박함이 나를 짓눌렀다.

"내 곁을 떠나면 너는 그때가 바로 죽음이야. 알았지?"

사자는 협박까지 서슴지 않았던 것이다.

누워 잠을 청해보았지만 의식은 초롱초롱했다. 밤의 적요가 내 머리 맡에서 은밀하게 진을 치고 있었다. 커튼 사이로 희끄무레한 저녁 어스름이 어두운 방 안을 기웃거렸다. 그것은 커튼 자락에 매달려 있었다. 이따금 스적거리는 바람 소리가 가늘게 들렸다. 사자는 지금쯤 술에 취해 깊은 잠에 빠져 있을 것이었다. 창 밖 멀리 행길에서 날아온 경적 소리가 깊은 밤의 적막을 흔들었다. 자꾸만 비틀거리는 톰슨가젤의 영상이 어른거렸다. 웩웩거

리던 톰슨가젤의 비명 소리가 들렸다. 불쌍했다. 두 눈에서 흘러
내린 물줄기가 베개를 적셨다.

*

그가 중심을 잡지 못하고 비틀거리며 소주병을 들고 병나발을
불었다.

"그만 마시세요. 왜 맨날 술만 마시고 행패를 부리냐구요."

내가 달려들어 아버지에게서 술병을 빼앗았다.

"너는 저어리 비켜라. 니 에미에게 하알 말이 있으니께."

그는 나를 밀치더니 어머니 앞으로 다가갔다.

"니이가 사람이야. 서방질을 하아는 여자가 사람이냐고오."

아버지가 어머니에게 삿대질을 했다.

"또 마셨구만. 누가 서방질을 해. 나는 생활비를 벌기 위해 식
당에 나가 일한 죄밖에 없어. 애먼 사람 잡지 말라고. 그 의처증
때문에 내가 못 산다고."

어머니는 가슴을 치며 억울함을 호소했다.

"나아를 속일 수우는 없어어. 이 더러어운 년아!"

아버지가 어머니에게 식탁에 있는 쟁반을 집어던졌다. 순식간
의 일이었다. 쟁반은 어머니의 머리를 살짝 피해 TV 앞에 퍽 소
리를 내며 떨어졌다. 내가 잽싸게 아버지의 두 손을 움켜잡았다.

꼼짝하지 못하도록. 그러나 여자인 나의 힘은 한계가 있었다.

"너는 저리 가라니까아."

아버지가 나를 사정없이 밀쳐버렸다. 나는 식탁 밑으로 나가떨어졌다. 어깨와 머리를 식탁 모서리에 부딪쳤다. 강한 통증이 엄습했다. 나는 어깨를 들썩이며 울먹였다. 식탁 밑에 그것이 있었다. 아버지는 씩씩거리며 카세트 녹음기를 집어 들더니 어머니 앞에 던졌다.

"아악!"

어머니가 비명을 질렀다. 녹음기는 어머니의 허벅지에 맞고 땅에 떨어져 박살이 났다.

"니이 년이 나아를 능멸해. 너는 죽어야아 해."

아버지가 어머니의 머리끄덩이를 잡고 흔들었다.

"아이고 나 죽네. 사람 살려!"

어머니가 소리를 질렀다.

"왜들 그러는 거야?"

밖에서 돌아온 오빠가 눈을 부릅떴다. 오빠는 어머니에게서 아버지를 떼어내고는 멱살을 움켜잡았다.

"또 행패여. 더는 못 참아. 아버지면 아버지답게 행동을 해야지. 이놈의 집구석이 개판이라구."

오빠는 아버지의 멱살을 잡고 흔들며 소리쳐 말했다. 아버지는 육중한 오빠의 걸때 앞에서 꼼짝하지 못했다. 아버지는 숨을 헐

우리는 이렇게 흘러가는 거야

떡거리며 오빠가 흔드는 대로 질질 끌렸다.

"이 개 같은 자식이이 애비이를 죽이네. 어서 이 손을 놓거라, 이놈아!"

"술을 마시려면 곱게 마셔야지. 툭하면 어머니에게 행패여. 어머니가 무슨 죄가 있냐고. 앞으로 한번만 더 어머니에게 폭력을 쓰면 내가 가만히 두지 않을 거라고."

오빠가 아버지를 벽 쪽으로 거칠게 밀어버렸다. 아버지가 벽에 쿵, 소리가 나게 부딪치더니 팩 고꾸라졌다.

"그리여 나를 죽여어보거라. 이 못된 자아식아!"

아버지는 신음을 토하며 몸을 뒤척거렸다.

"아이구 이놈의 집구석 지긋지긋하다고. 맨날 싸움박질이니."

오빠가 거실 출입문을 박차고 밖으로 휑 나가 버렸다. 오빠가 빠져나간 출입문 앞에 그것이 있었다.

*

오빠는 돌아오지 않았다. 바람 잘 날 없던 집. 바람이 잠잠했다. 오빠가 바람을 몰고 간 탓일까. 집 앞 휘휘 늘어진 수양버들 가지가 살그락살그락 그네를 탔다. 아버지는 무관심으로 일관했다. 술을 자제했다. 오빠로부터 느낀 게 있어서일까.

"순오야, 오빠를 찾아보아야지."

자나 깨나 오빠를 찾는 사람은 어머니뿐이었다.

"곧 돌아오겠지요."

나는 대수롭지 않게 생각했다.

하루하루 날짜가 가면서 어머니가 오빠를 찾는 횟수가 많아졌다.

"길우야, 어디서 뭐하니? 집으로 돌아와야지. 돈도 없을 텐데."

어머니는 혼자 중얼거렸다. 애끓는 가슴을 연신 쓸어내리며.

어머니는 집 앞 작은 연못가 수양버들 밑에 앉아 오빠를 불렀다. 수양버들 밑 연못은 가는 물결이 퍼지면서 잔잔한 고요를 노래했다. 수양버들 밑 연못 그늘에 그것이 있었다. 푸른 실바람이 물결을 어루만지면 수양버들 가지가 연못 속에서 한들한들 손을 흔들었다.

어머니의 부름에도 오빠는 대답이 없었다. 오빠는 연못 건너 저 멀리 있는 허공이었다. 떠도는 구름이었다. 바람결에 오빠의 소식을 들을 수 있을까. 어머니는 서걱거리는 바람 소리에도 신경을 곤두세우고 오빠를 찾았다.

"길우야, 돌아오거라. 밖은 네가 살 곳이 아니야. 너는 대학에 꼭 가야 한다."

어머니의 애절한 요구를 바람은 외면했다. 바람은 수양버들을 간질여주고는 동쪽으로 불어갔다.

우리는 이렇게 흘러가는 거야

"어머니, 바람이 차갑네요. 들어가요."

내가 다가가 어머니의 어깨 위에 손을 얹었다. 어머니의 어깨 위에도 그것이 있었다.

"아니다. 괜찮다. 네 오빠는 우리보다 더 추운 곳에 있을지도 모른단다."

"오빠는 어린애가 아니잖아요."

"에미에게는 어린애란다. 순오야, 거기 어깨 좀 주물러다오. 찌릿찌릿 아프구나."

나는 알 수 있었다. 어머니의 어깨가 아픈 이유를.

나는 어머니의 어깨를 주물러 드리며 속으로 말했다.

'오빠, 빨리 돌아와. 오빠까지 어머니를 아프게 하면 안 되잖아.'

"시원하구나."

수양버들이 연못 속에 빠져 허우적거리는 풍경을 어머니는 하염없이 바라보고 있었다.

*

짧았다. 그가 술을 자제했던 기간은. 그는 막일을 하고 돌아오면 얼큰히 취해 인사불성이 되었다. 사자는 발광을 하고 눈을 부릅떴다.

"니이가 나를 무시해. 사람도오 아니다 이거지. 자아식놈까지 애비에게 폭력을 쓰으고 말이야."

아버지가 벌건 얼굴로 어머니를 노려보았다. 어머니의 얼굴에 그것이 있었다.

나는 재빨리 전화를 걸어 가까운 곳에 살고 있는 고모에게 도움을 요청했다. 오빠도 없으니 나로서는 무섭고 두려웠던 것이다.

"고모, 빨리 좀 와 주어. 아버지가 또 시작했어."

"알았다."

나는 전화를 끊고 가슴을 졸이며 어머니에게 다가갔다. 방패막이 되어서라도 어머니를 보호해야 했다.

"아빠, 왜 그래? 엄마가 무슨 죄야. 이제 신물이 난다고."

나는 정색을 하고 어머니 앞을 가로막고 서서 아버지에게 삿대질을 했다. 아버지에 대한 실망은 반항심으로 이어져 나를 저돌적인 맹견으로 만들었다. 나는 아차 하면 아버지의 팔을 이빨로 물어뜯을 생각이었다. 육탄전도 불사하겠다는 나의 성깔은 잉걸처럼 훨훨 타올랐다. 아버지가 하나도 두렵지 않았다.

"순오야, 저어리 비켜라. 네 에미하아고 따질 게 있어서 그으래. 너는 상관 말아."

아버지는 붉으락푸르락하는 나의 얼굴을 흘깃 쳐다보더니 평소와 다르게 고분고분한 태도를 취했다.

"왜 또 싸우는 거야."

연락을 받고 헐레벌떡 달려온 고모가 내 앞을 가로막았다.

"너까지 와서 그러냐아. 너어는 어서 돌아가거라아."

아버지는 고모가 나타나자 한풀 꺾인 자세로 말소리를 낮추었다.

"나도 이제 지쳤어. 아이들 때문에 살아보려고 하였지만 이게 아닌 것 같아. 술만 먹으면 개망나니로 변하니. 어디 살겠냐고. 내 신세가 개 팔자라고."

어머니는 눈가를 훔쳤다.

"오빠, 앉아 봐. 나하고 이야기 좀 하자고."

고모가 아버지를 끌어 소파에 주저앉혔다. 아버지는 앉지 않으려고 엉덩이를 뒤로 쑥 빼고 버텼지만 고모의 힘을 당해내지 못했다. 고모는 팔과 허벅지의 볼륨이 아버지의 두 배였다. 고모가 화나면 아버지도 집어 던질 수 있을 것이라고 나는 생각했다. 고모도 아버지 옆에 나란히 앉았다. 소파 구석에는 그것이 자리 잡고 있었다.

"오빠가 이러는 것 나 창피해. 언니, 조카 보기가 민망하다고. 왜 미치광이 행세를 하느냐고. 이렇게 살려면 깨끗이 헤어져. 불쌍한 언니를 왜 괴롭히냐고. 내가 보기에 오빠가 원흉이야."

고모가 언성을 높였다.

"헤어지기는 싫어어. 누구 좋은 일 시켜주냐고오."

아버지는 소파를 탁탁 치며 말했다.

"헤어져. 그 방법밖에 없어. 벌써 몇 번째야. 언니 바람피우는 그런 사람 아니라고."

"그건 싫다니까아."

"그럼 폭력을 쓰지 말아야지. 오빠가 사람이냐고."

눈을 홉뜨고 충고를 하는 고모는 아버지의 누나 같았다. 사자
인 아버지는 고모 앞에서 꼼짝하지 못했다. 갈기를 세운 사자처
럼 고모는 포효했다.

*

주룩주룩 비가 내렸다. 어수선한 내 마음은 갈피를 잡지 못하
고 휘청거렸다. 결론은 하나라고 생각했다. 그러나 그게 칼로 자
르듯 쉽지 않았다. 가방을 메고 우산도 없이 비를 맞으며 걸었
다. 안양천 둑이 석수동 쪽으로 뱀 꼬리처럼 가늘어지다 다리 밑
에서 자취를 감추었다. 집이 있는 마을이 가물가물 흐릿하게 보
였다. 빗발이 얼굴을 때릴 때마다 아팠다. 몸도 마음도 아팠다.
안면 위로 빗물이 줄줄 흘러내렸다. 서서히 옷이 젖어왔다. 터덜
터덜 걸었다. 빗줄기가 우중충한 하늘에 사선을 내리긋고 있었
다. 뿌연 빗줄기 속으로 톰슨가젤이 절룩거리며 뛰었다. 뿌연 빗
줄기 속에 그것이 있었다. 사자가 다급하게 톰슨가젤을 쫓았다.
비극이었다. 톰슨가젤을 구해야 했다. 나는 뛰기 시작했다. 한
층 빗발이 거세어졌다. 빗물이 자꾸만 입속으로 기어들어왔다.

우리는 이렇게 흘러가는 거야

짭짤했다.

*

어머니가 식당에서 일하다 쓰러졌다. 119 구급대 차량에 실려 병원으로 이송되었다.

의사 선생님이 말했다.

"몸과 마음이 쇠약해 있습니다. 체력이 밑바닥입니다. 영양 상태가 매우 좋지 않네요. 그리고 신경이 극도로 예민해 있습니다. 전신이 멍투성이더군요. 당분간 요양이 필요합니다. 방치하면 돌아가실 수도 있습니다."

어머니에게 영양제 주사와 신경 안정제와 진통 소염제를 투여했다.

어머니는 1주일간 입원해 병원 치료를 받고 통원 치료를 했다. 일 나가던 식당은 한 달간 쉬기로 했다.

"내 탓이야. 내가 죽일 놈이야."

아버지는 반성하는 기미를 보였으나 오래 가지 못했다. 술이 문제였다. 술이 들어가 기분이 알딸딸하면 어머니에게 눈을 부릅떴다.

어머니는 날이면 날마다 집 앞 연못가 수양버들 밑에 앉아 오빠를 불렀다.

"엄마, 집에 들어가서 쉬어."

나는 허약해진 어머니를 걱정했다.

"나는 괜찮다. 죽지 않아. 집은 싫어. 너희 아버지의 냄새가 나서 싫어."

어머니는 당신의 몸 상태를 대수롭지 않게 생각했다.

"그럼 나가서 따로 살아요."

"너희 오빠가 돌아오지 않는데 집을 나가겠냐. 조금만 참아보자꾸나."

어머니의 고집을 꺾기가 쉽지 않았다.

어머니는 버들잎을 따서 물 위에 던졌다. 그 물 위에도 그것이 있었다.

"길우야, 왜 대답이 없냐. 돌아와야지. 밥은 안 굶고 있지?"

오빠에게서는 대답이 없었다. 이따금 돌아오는 것은 서울행 전동 열차의 진동음이었다. 물오리 한 쌍이 연못을 종횡으로 헤엄치며 놀았다. 녀석들은 서로 몸을 비벼대기도 하면서 다정하게 물놀이를 즐겼다. 녀석들이 지나갈 때마다 가는 물결이 반짝거리며 멀리 퍼져나갔다. 그때면 어머니는 물끄러미 지켜보며 빙

굿 웃었다. 나로서는 근래 드물게 목격한 어머니의 미소였다. 그러면서 어머니가 말했다.

"미물이지만 사람보다 낫다."

몹시 부러워하는 눈치였다.

어스름이 내리자 수양버들 옆에 세워진 가로등이 눈을 부릅떴다.

"순오야, 저것 보거라. 저게 니 애비를 닮았다. 나를 노려본다니까."

어머니는 가로등을 가리켰다. 나는 어머니의 상처가 얼마나 깊은지 알 수 있었다. 나는 대꾸 없이 안쓰러운 표정으로 어머니를 바라보았다.

물오리는 어디론가 날아가고 없었다. 밤이 되자 연못엔 쓸쓸한 적막이 찾아왔다. 전동차의 진동음이 이따금 적막을 흔들어 놓고 지나갔다. 옷깃을 스치는 바람결이 차가웠다. 어머니는 목을 잔뜩 움츠리고 앉아 꼼짝하지 않았다.

"어머니 들어가요. 감기 걸려요. 춥네요."

"춥지 않구나. 집으로 들어가면 더 추워. 여기가 좋아."

나는 알 수 있었다. 집으로 들어가면 더 추운 까닭을. 에어컨. 그랬다. 아버지는 에어컨이었다. 냉기를 뿜어내는.

연못에는 조각달이 빠져 있었다. 가로등과 조각달이 얼굴을 맞대고 까꿍 놀이에 취해 있었다. 조금 시간이 지나면서 별들이 하나씩 빠지기 시작했다. 어머니의 그윽한 시선은 연못 속에 고정되어 있었다. 그런 어머니가 말했다.

"오빠가 오늘도 오지 않을 모양이다. 내 예감이 빗나갔어."

낙담한 표정이 역력했다.

"니이 에미가아 이제 실성했어."

밖에서 늦게 돌아온 아버지가 어머니를 노려보더니 집 안으로 투덜거리며 들어갔다. 비틀거리며 걸어 들어가는 아버지의 등에 그것이 붙어 있었다.

아버지가 들어가고 조금 시간이 지나자 와장창 기물 부서지는 소리가 들렸다. 바가지 깨지는 소리, 양푼이 내동댕이쳐지는 소리, 문짝을 발로 차는 소리. 잠시 고요.

"이이게 집구석이야. 귀신이 사아는 동굴이지. 거랑말코 같은 인생, 이이제 끝났다구우."

아버지가 고래고래 소리를 질렀다.

어머니는 연못을 바라보며 오들오들 떨었다. 날씨가 추운 탓만은 아니었다.

"어머니, 고모 집으로 가지요. 오늘은 거기서 자게요."

나는 어머니의 손을 꼬옥 잡고 당겼다.

"가기는 어디를 가. 저 인간이 잠이 들면 그때 집에 들어가서 자야지."

어머니는 끌려오지 않고 오히려 내 손을 잡아당겼다. 어머니는

우리는 이렇게 흘러가는 거야

자리에 앉아 미동할 기미를 보이지 않았다.

*

　야자 시간. 교실은 고즈넉했다. 스적스적 책장을 넘기는 소리
뿐. 펼쳐놓은 영어책 행간에 어머니와 아버지와 오빠가 있었다.
잘 집중이 되지 않아 나는 창밖만 쳐다보았다. 어둠 저편에 도시
의 불빛들이 명멸했다. 어둠 저편에 그것이 있었다. 밤은 창밖에
서 만찬을 노래했다. 아픔을 장착한 어둠이 불빛 사이에 농밀하
게 포진되어 있었다. 찬란한 저녁이 습관대로 황홀을 연주했다.
어둠 속에서 들리는 신음 소리는 경적 소리에 묻혔다. 밤은 끈질
겼다. 밤은 물면 놓아주지 않았다. 늘 그래 왔다. 새벽이 되면
시치미를 떼고 돌아앉았다. 아버지처럼.
　오빠는 어둠 저편에서 침묵했다. 오빠의 부재는 통증이었다.
어머니에게. 어머니는 시퍼렇게 멍든 상처를 주무르며 오빠를
기다렸다. 어머니는 연못 속에 빠진 별을 응시하며 오빠를 불렀
다. 오빠는 별이었다. 오빠는 연못 속에 있었다. 어머니는 기다
렸다. 새근발딱거리는 오빠의 숨결을. 따뜻하게 잡히던 손목의
온기를.
　조금만 훅 불어도 날아갈 것만 같은 어머니. 달개비 줄기처럼
가느단 어머니의 허리에는 파스 조각이 너덜너덜 붙어 있었다.

어머니는 조금이라도 바람이 세차게 불면 버드나무 가지처럼 휘청거렸다. 그런 어머니가 창유리에 어른거렸다. 어머니는 수양버들 밑에서 오빠를 기다렸다. 수양버들과 어머니가 물에 빠져 어른거렸다. 그 물속에 거친 사내의 손길이 나타나 어머니를 끌어당겼다. 사내의 얼굴 윤곽은 잘 가늠되지 않았다. 사내의 손길에 그것이 있었다.

내가 이러고 있을 때가 아니지. 아버지가 술에 취해 돌아올 시간이야.

뒤통수를 한 대 얻어맞았을 때처럼 퍼뜩 정신이 들었다.

어머니를 보호해야 해.

나는 주섬주섬 가방을 싸기 시작했다. 어머니가 걱정이었다. 사자의 공격을 막아야 했다.

"먼저 갈게."

나는 친구들에게 손을 흔들어 보이고는 급하게 교실을 나섰다.

안양천 둑을 타고 뛰기 시작했다. 마을의 반짝거리는 불빛들이 멀리서 손을 흔들었다.

내일은 어떤 결단을 내려야 해. 이대로는 안 돼. 이제 질긴 밤의 끈을 끊어야 해. 어머니를 강제로라도 사자의 소굴에서 끌어내야 해.

빠르게 뛰는 내 앞에 별들이 꽃가루처럼 쏟아졌다. 헉헉거리는 숨결이 턱 끝에 닿았다. 둥근 보름달이 나를 미행했다. 비명 소

우리는 이렇게 흘러가는 거야

리가 들렸다. 사자가 톰슨가젤을 물어뜯고 있었다.

"안 돼!"

나는 소리쳤다. 언덕 위 줄지어 심어진 벚나무가 뒤로 달리기를 했다.

톰슨가젤이 가련했다. 톰슨가젤은 목이 긴 죄밖에 없는데. 버둥거리다 점점 동작이 둔해지는 톰슨가젤. 버둥거리는 톰슨가젤의 등 위에도 그것이 있었다. 풀을 뜯던 초원의 평화와 행복을 깡그리 앗아간 사자.

앞이 뿌옇게 흐려진 먼 곳에서 누군가 다급하게 손을 흔들고 있었다.

진테제를 위하여

　두창서원 원삼당(遠三堂-학문 강습 장소)에 남파(퇴계학파)와 서파(율곡학파) 유생들이 앉아 동주(서원의 교수) 정남수(丁南秀)로부터 강의를 듣는다. 동주 정남수는 과거 판서를 지낸 인물로 학계에서는 원로에 해당되며 남파로 분류되지만 학문 강습 시간만큼은 어느 쪽에도 치우치지 않는 중도를 지향한다. 그래야 남·서파 유생들의 언쟁을 중간에서 조정하여 원만하게 학문 강습을 진행할 수 있기 때문이다.

　동주 정남수가 허리를 꼿꼿하게 세우고 앉아 정면을 응시하며 목에 힘을 주고 마른 기침을 한 번 토해낸다. 그러자 실내에는 팽팽한 긴장감이 살포된다. 그의 근엄한 자태에서 엄숙성과 칼날 같은 위엄이 풍겨와 분위기를 압도한다. 그가 손바닥만 한 탁자 앞에 앉아 스적스적 책장을 넘긴다.

　원삼당 안에서 강습에 임할 때 자기 개인 자리가 정해져 있는 것이 아니고 임의로 선택한 자리에 자유롭게 앉는 것이 보통이다. 그런데도 불구하고 자리를 정해주기라도 한 것처럼 동주를 중심으로 오른쪽에는 남파, 왼쪽에는 서파 유생들이 앉아 있다.

　　　　　　　　　　　　　우리는 이렇게 흘러가는 거야

"주자 철학이 조선 성리학에 많은 영향을 끼친 것은 사실입니다. 퇴계와 율곡은 그 영향을 받아 조선 성리학을 한 단계 더 끌어올려 완성시킨 거인이지요. 퇴계가 주리론자(主理論者)라면 율곡은 주기론자(主氣論者)라고 할 수 있지요. '이(理)는 운동성과 생성력이 있다. 이(理)는 기(氣)보다 앞선 개념이다. 이(理)의 운동에 의하여 기(氣)가 만들어졌다.' 퇴계는 이렇게 보고 있는 것입니다. 그러나 율곡의 견해는 다릅니다. '이(理)의 존재는 인정한다. 그러나 이가 기보다 먼저 존재했었던 것은 아니다. 이와 기는 우주적 실체로서 본래부터 존재했었다. 이는 무형무위 관념적 존재이지만 기는 유형유위 실체적 존재로, 기만 능동성과 생성력이 있다. 이와 기는 대등적 관계다. 또한 보완적 존재로 선후가 없고 귀천이 없다. 기의 역할이 보다 실체적이고 구체적이다.' 이러한 주장을 바탕으로 율곡을 주기론자(主氣論者)로 보는 것입니다."

동주 정남수는 침을 꿀꺽 삼키고는 유생들의 반응을 살핀다.

"동주님, 퇴계의 주장은 무리가 느껴집니다. 이(理)는 우주의 근원을 이루는 무형무위의 존재인데 어떻게 생성을 한다는 것인지 납득이 안 갑니다."

서파의 장도산 생원이 고개를 갸웃거린다.

"율곡의 견해로는 이해가 가지 않겠지요."

동주 정남수는 일방적으로 이해를 시키려고 하기보다는 중립적인 태도를 취한다.

"바람이 대지를 쓸어 안온한 공기가 지상에 안기면 소근거리며 새싹들이 고개를 내밉니다. 이처럼 무형의 보이지 않는 힘은 존재하며 그것은 생명의 원천입니다. 이가 비물질이라면 기는 물질입니다. 물질은 맨 처음 어디에서 왔을까요? 그것은 무형 공간에서 어떤 보이지 않는 힘에 의해 유형으로 생성된 것이지요. 이는 자연을 초월한 실체로서 존엄하여 대립자가 없습니다. 물질을 통제할 뿐 통제당하지 않습니다. 이는 기를 만들 때 기 속에서 내재되어 기의 존재 법칙이 됩니다. 이는 능동성이 있으며 그로 인해 음양이 생성된 것입니다. 기만 능동성과 생성력이 있다고 보는 율곡의 견해가 편협된 시각에서 비롯했다고 봅니다. '이와 기는 시작도 없고 끝도 없다. 이와 기는 창조자도 없다.' 이렇게 주장한 율곡의 견해는 시정되어야 한다고 봅니다. 시작이 없이 끝이 있을 수 있을까요?"

남파의 국명영 진사가 차분한 자세로 조목조목 따지고 든다.

"듣기가 거북하네요. 율곡은 선철(先哲)입니다. 선철 어르신을 인신공격하는 것은 올바른 처사가 아니라고 봅니다. 이가 기보다 더 귀한 것처럼 말씀하셨는데 그것은 잘못된 생각이라고 봅니다. 이는 자연을 초월한 실체라고 하신 것도 무리가 따릅니다. 이와 기는 어깨를 나란히 할 수 있는 대등적 관계로 귀하고 천함이 없습니다. 이는 자연을 초월한 관념적 존재이지요. 이와 기는

우리는 이렇게 흘러가는 거야

둘이면서 하나이고 하나이면서 둘입니다. 각자 분리해서 생각할 수 없습니다. 기발(氣發)과 이승(理乘)은 선후가 있는 게 아닙니다. 동시적인 현상이지요. 이의 존재를 인정하되 관념적 존재이므로 이의 생성력과 능동성을 인정할 수 없다 이겁니다. 이는 본체론적 근거가 되지만 만물을 생성할 수는 없는 것이지요. 이가 생화할 수 있다는 것은 갑자기 하늘에서 마을이 뚝 떨어질 수 있다는 것과 같은 이야기입니다."

서파의 송남선 진사가 남파의 국명영 진사를 노려본다.

동주 정남수는 서파와 남파의 어느 한쪽으로 쏠리지 않고 우두커니 지켜본다. 두 파가 격렬하게 토론을 벌이자 빙긋 미소를 짓는다.

"율곡은 퇴계의 제자입니다. 스승의 생각을 믿고 따랐지요. 그것은 누구도 부인할 수 없을 겁니다. 세월이 흘러 처지가 바뀌고 퇴계가 세상을 하직하자 탈을 벗고 퇴계의 이론에 반기를 드는 것은 이중적 성격을 드러낸 것이라고 봅니다. 제 말이 틀렸습니까?"

남파의 정대수 생원이 얼굴을 붉히며 언성을 높인다.

"지금은 학문 강습 시간입니다. 그 점을 유념해 주세요. 이론을 중심으로 이야기하자 이겁니다. 인신공격을 하다 보면 불상사가 생길 수 있으니까요."

동주 정남수가 경고성 발언으로 주의를 환기시킨다. 거기에 누구도 이의를 제기하지 않는다.

"율곡이 기(氣)만 자주성과 생화력이 있고 이(理)는 자주성과 생화력이 없다고 본 것은 작은 구멍으로 본질을 파악하려는 협소한 시각이라고 봅니다. '이와 기는 태초부터 존재해 있었다. 음양은 태초부터 저절로 존재해 있었다.' 이게 율곡의 견해입니다. 그렇다면 천지 만물이 생성되는 그 태초는 율곡의 태초이고 우주가 형성되는 그 태초는 퇴계의 태초입니다. 퇴계의 광의적 태초에는 이에서 기가 생화한 것이고 기의 물질이 생기기 전에 이의 광대무변한 무형무위의 세상이 있었고 그러한 세계에서 기의 유형유위의 현상계가 생성된 겁니다. 여기에서 이가 기보다 앞이라는 선후 관념이 탄생된 겁니다. 이와 기를 동시적 관점으로 접근하는 것은 협의적 시각으로 본 것이어서 매우 우려되는 바가 크다고 할 수 있습니다. 저는 그 점을 지적하고 싶습니다."

남파의 최호남 진사가 목을 쑥 빼고는 서파 쪽 유생들의 반응을 살핀다.

"협소한 시각이다, 협의적 시각이다, 라며 상대를 내려다보고 깔보는 듯한 발언을 해도 되는 겁니까? 제 생각으로는 퇴계가 편향되어 있고 근시안적이라고 봅니다. 이와 기를 따로 떼어 생각하는 그 발상조차도 무리이지요. 인의예지(仁義禮智) 즉 사단은 이가 발하여 기가 그 뒤를 따르고 희로애락 등 칠정은 기가 발하여 이가 올라탄 형국이라는 견해는 편향되고 협소한 시각에서 출

　　　　　　　　　　　우리는 이렇게 흘러가는 거야

발한 겁니다. 사단칠정 모두 기가 발하여 이가 올라탄 존재 구조인 것입니다. 광의적 시각에서 바라보면 자연세계나 인간세계 모두 기발이승(氣發理乘)으로 귀착되는 겁니다."

서파 장도산 생원이 차분하게 견해를 피력한다. 원삼당 옆 아름드리 느티나무에서 들리는 까치 소리가 긴장감이 감도는 실내에 연신 양념을 친다.

"상대를 비판하기에만 급급하면 본질을 제대로 볼 수 없지요. 조금 안타까운 느낌이 듭니다. 두 분은 다 조선 성리학의 대가입니다. 좀 더 냉철한 이성으로 접근하는 태도가 필요합니다. 상대의 주장이 내 생각과 다를 때 논박은 할 수 있지만 거기에 품위를 얹어 발언한다면 금상첨화가 아닐까요?"

동주 정남수가 살살 부채를 부치며 말한다. 유생들 중에는 날씨가 더운지 부채를 부치듯 손바닥으로 살살 안면에 바람을 안기는 사람도 있다.

"'태극의 본질은 하늘과 땅이 아직 나누어지기 전의 세상 만물의 원시 상태로 우주론의 한 축이다. 우주 만물의 근본은 본연지리(本然之理)이며 태극은 이요, 음양은 기다. 태극과 음양은 동시에 생(生)한다. 이는 본체론의 존재가 되고, 기는 우주론의 화생(化生)이 되어 꽃이 피고 나비가 날아다니게 만든다. 이와 기는 불합불리(不合不離)로 우주의 본체이다.' 이것은 주자가 펼치는 본체우주론입니다. 우주의 본체가 이(理)라고 한 주자의 견해는 퇴계와 율곡의 견해와 같습니다. 하지만 태극과 음양이 동시에 생한다고 본 견해는 퇴계와 다릅니다. 태극이 먼저이고 그 다음 음양이 생한다고 퇴계는 보고 있는 것이지요. 이와 기는 불합불리(不合不離)이며 태극과 음양은 동시에 생한다고 보는 것은 율곡의 주장과 같습니다."

동주 정남수는 탁자 위에 준비된 사발을 들어 물을 한 모금 마신다. 그러더니 기침을 해댄다.

"퇴계의 주장이 훨씬 설득력 있게 들립니다. 주자의 견해를 대부분 그대로 가져온 율곡과는 근본부터 다르다고 봅니다."

남파의 국명영 진사가 자리에서 벌떡 일어나 발언한다.

"국명영 진사, 자리에 앉으세요. 차분하게 말해야 피차 도움이 되는 논쟁을 할 수 있으니까요."

동주 정남수는 손을 위 아래로 까불며 앉으라고 요구한다. 그러자 국명영 진사는 머리를 긁적이며 슬그머니 앉는다.

"아까 퇴계의 주장이 설득력이 있다고 했는데 어떤 점에서 그런지 논거를 대보세요."

동주 정남수는 남파의 국명영 진사를 빤히 쳐다보며 말한다.

"퇴계는 주자의 학설을 그대로 따르지 않고 독창적으로 보고 있다는 것에 주목할 필요가 있습니다. 주자는 태극과 음양이 동시에 존재한다고 보았지만 퇴계는 태극과 음양에 선후 개념을 투입한 것입니다. 태극과 이는 본체론적 존재로 천지 만물이 생하

우리는 이렇게 흘러가는 거야

니 기화(氣化)가 활짝 꽃을 피운다고 했습니다. 이것은 퇴계가 주장하는 천도(天道)입니다. '인간이 우주의 이(理)를 얻어 성(性)으로 삼고 우주의 기(氣)를 얻어 형(形)으로 삼으며 심(心)은 이기(理氣)를 품고 성정(性情)을 포함한다.' 이것은 퇴계가 주장한 인도(人道)이기도 합니다."

남파의 국명영 진사가 말을 하며 줄곧 서파 유생들에게서 시선을 거두지 않는다.

"퇴계가 독창적이라면서 아전인수 격으로 해석하고 있군요. 주자의 견해를 그대로 가져온 율곡과는 근본부터 다르다는 주장이 많이 거슬리네요. 퇴계·율곡 성리학의 기저는 주자 철학이라는 것은 만인이 다 아는 사실인데 생색을 내는 꼴이 왠지 옹색해 보입니다. 앞에서 언급한 천도와 인도 사상도 주자의 견해와 동일합니다. 저는 퇴계보다 율곡의 견해를 지지하는 후학들이 더 많다는 점을 지적하고 싶네요. 또한 율곡은 본체우주론적으로 이론을 전개한다는 점이 퇴계와 변별되는 특징이라고 할 수 있습니다."

서파의 김민철 진사가 이마에 주름을 모으며 불쾌한 표정을 짓는다.

"율곡이 본체우주론적으로 이론을 전개하기 때문에 돋보인다는 뜻인데 그건 자기 합리화입니다. 본체론적으로 접근하는 퇴계가 훨씬 형이상학적이라고 할 수 있습니다. 퇴계는 사람을 가운데 놓고 거기에 이기(理氣)를 규명하여 그 규명을 갖고 자연현상을 추론해나간 데 비해 율곡은 자연을 가운데 놓고 거기에 이기를 규명하여 그 이치를 갖고 사람을 규명하고자 하였지요. 자연현상의 원리를 해명하는 것보다 인간의 가치론을 해명하는 것이 훨씬 우위에 있다고 할 수 있습니다. 인간이 자연보다 먼저라는 것에는 이의가 없을 것입니다. 자연현상에 인간론을 갖다 붙이려는 태도는 인간에 대한 소극적 태도에서 기인된 인간 폄하 현상이라고 할 수 있습니다. 인간의 가치론을 우위에 두고 자연현상을 해명하려는 자세가 미래 지향적인 학자의 태도라고 할 것입니다. 그런 측면에서 퇴계가 율곡보다 멀리 조망하고 있다고 보아야 할 것입니다."

남파 최호남 진사의 언변은 부드러우면서도 물이 흐르듯 유창하다.

"어이가 없어 말문이 막힙니다. 율곡은 자연이 인간보다 우위에 있다고 한 적이 없습니다. '이가 기보다 위에 있다. 이는 귀하고 기는 천하다.' 이게 퇴계의 주장입니다. 하지만 율곡은 이와 기는 귀천이 없다고 일찍이 설파한 적이 있습니다. 자연현상이나 사람 자체나 다 소중하다고 본 것이지요. 타당성이 없는 논리로 억지를 부리는 것은 장차 나라를 끌고 갈 인재로서의 바른 태도는 아니라고 봅니다."

서파의 장도산 생원이 침을 튀기며 불쾌감을 드러낸다.

우리는 이렇게 흘러가는 거야

"비록 나하고 견해가 맞지 않는다고 해도 상대나 선철의 자존감을 건드리지 않도록 부드럽게 이야기를 전개합시다."

동주 정남수가 탁자 위 사발에 담긴 물을 한 모금 마신다. 느티나무 위에서 쏟아지는 까치 소리가 원삼당 앞마당에 질펀하다. 동주 정남수는 팽팽하게 패영을 당겨 갓을 고쳐 쓴다.

"퇴계와 율곡이 사단칠정(四端七情)에 대해 서로 다른 견해를 내놓아 후학들의 의견이 분분합니다. 퇴계와 율곡은 맹자와 주자의 학설을 기반으로 사칠 문제를 발전시킨 것이지요."

고령인 동주 정남수는 고개를 오른쪽으로 돌리고 캑캑거리며 기침을 해댄다. 천식 발작이 일어나면 그는 벌건 얼굴로 거푸 기침을 쏟아낸다. 그러자 남파의 국명영 진사가 자리에서 일어나 가까이 다가가더니 하얀 손수건을 건넨다. 동주 정남수는 그걸 받아 입과 코 둘레의 분비물을 닦는다. 안타까운 표정으로 혀를 차며 지켜보는 유생도 있다.

"국명영 진사 고맙네. 그리고 다들 미안하네. 내가 늙어서 그래."

동주 정남수는 천식 발작이 가라앉자 언제 그랬느냐는 듯 빙긋 웃는다.

"퇴계와 율곡의 공통점은 사단칠정(四端七情)을 인정하고 있다는 점입니다. 하지만 거기에 대한 인식은 다릅니다. 사단은 맹자의 성선설에서 나왔지요. 측은지심(惻隱之心-가엾게 여기는 마음),

수오지심(羞惡之心-자신의 잘못을 부끄러워하고 남의 잘못을 미워하는 마음), 사양지심(辭讓之心-사양할 줄 아는 마음), 시비지심(是非之心-옳고 그름을 분별하는 마음), 이 네 가지 심리는 모두 선하다는 것이 공통된 견해입니다. 칠정(七情)은 희(喜), 노(怒), 애(哀), 구(懼), 애(愛), 오(惡), 욕(欲)이 있음을 인정하고 모두 외감에 의해서 생긴 감정이라는 것이 공통된 인식입니다. 그러나 이러한 감정들이 어떤 양상으로 전개되었는가에 대한 인식은 다릅니다. '사단(四端)은 이가 발하고 기가 뒤따라 간 현상(理發而氣隨)이고 칠정(七情)은 기가 발하고 이가 올라탄 현상(氣發而理乘)이다.' 이것은 퇴계의 견해입니다. 하지만 율곡은 다릅니다. '사단칠정 모두 기가 발하고 이가 올라탄 현상(氣發而理乘)이다.' 율곡은 이렇게 주장했던 겁니다."

"동주님은 누구의 견해가 더 타당하다고 보시는지요. 둘 다 타당하다고 보기는 어려울 텐데요."

남파의 국명영 진사다.

"내 견해는 있지만 어느 한쪽이 옳다고 편향된 태도를 보이면 안 되지요. 그러면 균형 잡힌 토론이 될 수 있겠습니까?"

동주 정남수는 평소 강습 시간이면 자신은 가르치는 사람이 아니라 안내자임을 강조해왔다.

"저는 퇴계의 견해에 공감이 갑니다. 사람은 태어나 세상을 경험하기 전에 인의예지(仁義禮智)라는 본연지성(本然之性)을 갖게

우리는 이렇게 흘러가는 거야

된다는 맹자의 성선설에 근거를 두고 있기 때문입니다. '사단은 이가 발하고 기가 뒤따른다(理發而氣隨). 칠정은 기가 발하고 이가 올라탄 현상이다(氣發而理乘). 외감에 의해 생기는 칠정은 기질지성(氣質之性)의 성과물이다. 즉 칠정은 성장하면서 자극을 받아 선악의 열매를 따게 된다.' 이렇게 말한 퇴계의 주장이 훨씬 타당성이 있다고 판단합니다."

남파의 최호남 진사가 퇴계의 학설을 두둔하고 나온다.

"그럼 율곡의 학설은 신뢰성이 떨어진다는 이야기로 들리는데 그건 아니지요. 사단칠정 모두 기가 발하고 이가 올라탄 현상이라고 주장한 율곡의 학설이 훨씬 설득력이 있지요. 무형무위의 이가 어떻게 발(發)할 수 있다는 것인지 황당하게 들립니다. 퇴계의 견해는 말장난에 불과합니다. 허공에서 사과를 딸 수 있다는 이야기로 들리는데 그건 아니지요. '사단칠정 모두 성(性)에서 발현된 열매이다. 내재한 성은 하나이나 외부의 자극에 의해 발현되는 결과물은 선과 악으로 나타난다. 외감에 의해 나타나는 선악은 기질지성의 소산이다. 외감에 의해 나타나는 성정이 선한 것(純善)이면 사단이고 선악(善惡) 두 가지로 발현될 수 있으면 칠정이다.' 이렇게 주자가 말했지요. 이런 주자의 견해를 발전시킨 율곡의 사단칠정 논변은 정론이지요."

서파의 송남선 진사가 책장을 잡고 흔들며 언성을 높인다. 그에게는 사사건건 시비조로 나오는 남파 유생들이 못마땅하다.

"율곡이 사단을 칠정 속에 포함시킨 것은 명백한 오류입니다. 사람이 태어날 때 갖고 나오는 본성을 부인하는 것은 큰 과오입니다. 아이가 부모를 따르고 부모가 아프면 아이가 마음 아파하는 것은 배워서 된 것도 아니고 이치로 헤아려서 할 수 있는 것이 아니지요. 태어나면서 갖고 나오는 본성인 것이지요. 맹자는 이것을 양지(良知), 양능(良能)이란 말로 설명하고 있습니다. 맹자는 우리 인간이 태어날 때 팔다리 네 개를 달고 나온 것처럼 사단(四端)도 그러하다고 주장하고 있습니다. 그러니까 사단은 본연지성의 산물이지 기질지성의 결과물이 아니라는 것입니다. 우물에 빠져 죽으려는 사람을 본 순간 생기는 측은지심은 누구나 처음부터 갖고 있는 본성의 소산이라는 것입니다. 측은지심은 선천적인 성(性)이 이발(理發)한 결과이고 그 다음 마음(心)이 움직여서 사람을 구하는 행동은 기수(氣隨)의 결과물인 것이지요. 사단은 이발이기수(理發而氣隨) 한다는 퇴계의 견해는 성자만이 가능한 혜안의 경지라고 보아야 합니다."

남파의 정대수 생원이 서파 송남선 진사의 주장에 정면으로 반론을 제기하고 나온다.

"귀 기울여 들으면 그럴 듯하게 들리는데 곰곰 생각해보면 아니라는 생각에 저절로 고개가 흔들어집니다. 뭔가 착각하고 있는 것 같아 안타깝습니다. 맹자도 퇴계도 허점이 많네요. 혜안의 경지라고요? 아닙니다. 아니지요. 우물에 빠져 죽으려는 사람을

우리는 이렇게 흘러가는 거야

본 순간 그 장소를 응시한다는 것은 기의 발현입니다. 기가 발하고 이가 올라타 측은한 마음이 생기는 것이지요. 측은지심은 외감의 결과물이지 본성이 발현한 게 아니라 그 말입니다. 율곡에게서는 맹자와 퇴계의 허점을 발견하고 그대로 따르지 않은 지혜로움을 엿볼 수 있습니다."

서파의 송남선 진사도 질 수 없다는 듯 침을 튀기며 반박하고 나온다.

"맹자와 퇴계가 허점이 많다, 뭔가 착각하고 있는 것 같다, 이렇게 다짜고짜 비방하는 태도는 지양해야 합니다. 몸과 마음을 수련하는 유생으로서의 바른 태도가 아니라고 봅니다. 우물에 빠져 죽으려는 사람을 본 순간 갑자기 측은지심이 생긴 게 아닙니다. 안에 내재되어 있던 즉 선천적으로 갖고 있던 이(理)가 외부의 어떤 환경과 조우했을 때 그 이가 발동하여 측은지심이 생기는 겁니다. 성혼도 퇴계의 학설을 지지한 바 있습니다. 사단(四端)이 이발이기수(理發而氣隨) 한다는 학설은 성리학의 정론인 것이지요."

남파의 정대수 생원이 상대의 불손한 태도를 예리하게 지적하면서 자신의 논리를 전개한다.

"학자들도 둘로 양분되어 퇴계와 율곡의 학설을 추종하고 있습니다. 양쪽 다 일리가 있는 주장을 하고 있는 것은 사실입니다. 상대의 견해를 엉터리인 양 공격하는 태도는 바람직하지 않습니다. 그렇게 예민한 태도로 논변을 펼치다 나중에는 불상사가 일어날 수 있습니다. 우리는 이 점을 명심해서 논리정연하면서도 상대를 배려하는 자세로 주장을 전개합시다."

묵묵히 지켜보던 동주 정남수가 한마디 주의를 준다. 그는 다시 천식 발작이 일자 손으로 입을 가리고 기침을 해댄다. 얼굴이 홍당무다. 잠시 강습이 중단된다. 한참 후 기침이 멎자 그가 손수건으로 분비물을 닦는다.

"추한 면을 보여 미안합니다. 자, 강습을 계속합시다. 아까 정대수 생원이 논박을 펼쳤지요."

"'사단은 주리(主理)이고 칠정은 주기(主氣)다.' 이렇게 퇴계는 사단칠정의 특징을 정리한 바 있습니다. 이건 분명히 오류입니다. 오류가 있는 것을 정론이라고 주장하는 것은 죄악입니다. 사단의 특징을 주리라고 하는 것은 옳은 정리입니다. 사단이 칠정 속에 포함되며 칠정 속에서 선한 것만 골라놓았기 때문입니다. 하지만 칠정의 특징은 주기가 아니지요. 칠정 속에는 이(理)와 기(氣) 즉 유선악(有善惡)이 포함되었기 때문이지요. 칠정의 특징은 주기도 주리도 아닙니다. 두 가지가 병합된 양상이라고 보아야 합니다."

서파의 송남선 진사가 공격성 발언을 한다. 동주 정남수의 주의가 먹히지 않는다. 동주 정남수의 표정이 어둡다.

"죄악이라는 말을 쓰는데 그러면 퇴계의 학설을 추종하는 유생

우리는 이렇게 흘러가는 거야

들은 죄인이라는 말입니까? 듣기에 거북하고 불쾌합니다. 사단은 인의예지에서 나온 이발의 소산이라 순선(純善)합니다. 그래서 사단의 특징은 주리라고 할 수 있지요. 칠정은 밖의 환경에 접해 외감으로 얻어진 것이어서 기발의 결과물입니다. 외감에 의해 얻어진 말초적인 우리의 정서를 정(情)이라고 부르지요. 사단이 한 단계 위의 고귀한 품성이라고 한다면 칠정은 한 단계 아래인 소박한 정서라고 할 수 있지요. 칠정은 선악을 포함합니다. 그러한 정서들은 기질지성의 소산입니다. 그래서 칠정의 특징을 주기라고 하는 것이지요. 퇴계는 사단과 칠정을 분리해서 보기 때문에 칠정의 특징을 주기라고 보지만 율곡은 사단을 칠정 속에 포함시켜 보기 때문에 칠정의 특징을 주기라고 보지 않는 것입니다."

남파의 국명영 진사가 퇴계를 옹호하고 나온다.

"국명영 진사의 발언에 동의할 수 없는 부분이 있네요. 사단은 칠정보다 한 단계 고귀한 품성이라고 했는데 그건 매우 위험천만한 발상입니다. 사단과 칠정은 수직 개념이 아니고 수평 개념이지요. 율곡은 이와 기는 대등적인 상호보완적 관계라고 지적한 바 있습니다. 따라서 사단과 칠정 둘 다 우리 인간의 소중한 품성입니다. 사단으로 발현되는 행위는 존중되고 칠정으로 발현되는 행위는 매도된다면 그건 매우 잘못된 것이지요. 성욕이나 물욕도 우리 인간이 갖고 있는 소중한 감정인 것입니다."

서파의 장도산 생원이 묵묵히 듣고 있다 자신의 의견을 피력한다.

"죄악이다, 위험천만한 발상이다, 이렇게 퇴계를 비방하는 것은 옳은 처사가 아니라고 봅니다. '이는 귀하고 기는 천하다.' 퇴계가 이렇게 말한 적은 있습니다. 당시 훈척 정치하의 부패로 혼란스러운 사회상을 바로 잡기 위해 기보다 이를 강조했던 것이 사실입니다. 부패한 사회의 지향점을 제시하기 위해 이를 강조할 수밖에 없었던 것이지요. 반대로 율곡 시대는 사림파 정권 시대의 안정기에 살면서 민생 문제 해결이 사회의 중요한 현안으로 떠올랐습니다. 그래서 율곡은 의리와 실사가 결합된 기 중심의 실용적 태도를 강조할 필요가 있었던 겁니다. 퇴계와 율곡이 사회의 지향점 때문에 강조했던 부분이 서로 달랐던 것이지 사상 자체에 어떤 하자가 있었던 것은 아니지요. 마치 퇴계의 사상에 문제가 있는 것처럼 죄악이니 뭐니 하면서 공격하는 것은 시정되어야 할 태도입니다."

남파의 국명영 진사가 상대의 태도를 비판하고 나온다.

정남수 동주는 부채를 빠르게 부쳐댄다. 느티나무 위에서 들리는 매미 울음소리가 원삼당 뜰을 들었다 놓았다 한다.

"약자를 보고 측은히 여기며 부족함을 부끄럽게 여길 줄 아는 마음이 도심(道心)입니다. 식색(食色)을 탐하고 힘들 때 휴식을 취하고 싶어 하는 마음이 인심(人心)입니다. 도심과 인심은 마음이 두 가지인 것 같지만 사실은 하나입니다. 이러한 율곡의 주장은

우리는 이렇게 흘러가는 거야

주자의 정론이기도 한 것이지요. '순선인 사단은 도심이고 선악이 포함되어 있는 칠정은 인심이다.' 퇴계의 이러한 견해는 주자설과 일치하지 않는 면이 있습니다. '칠정 속에는 선한 부분이 있어 칠정 모두를 인심으로 볼 수 없다.' 주자는 이렇게 주장했던 것입니다. 인심은 기발이승(氣發理乘)이고 도심은 이발기수(理發氣隨)라고 주장한 퇴계와 달리 율곡은 인심 도심 모두 기발이승(氣發理乘)이라고 주장했지요."

강의를 하는 정남수 동주의 이마 위에는 땀방울이 송골송골 방울져 있다. 그는 삼베 수건으로 땀을 훔친다.

"퇴계는 인심과 도심 중에서 인심을 하위 정서로 보고 도심을 중요하게 생각했지요. 그러나 율곡은 달랐습니다. 도심과 인심을 대등한 관계로 보고 양쪽을 가치 중립적으로 해석했지요. 그게 구별되는 점이라고 할 수 있습니다."

"퇴계는 인심(人心)과 도심(道心)을 악과 선으로 구분하는 이분법적 태도를 취했는데 그 점이 명백한 오류라고 생각합니다. 인심에 선악이 존재하는데 인심은 악하고 도심은 선하기 때문에 사람들은 도심만을 추구해야 한다고 설파한 점이 문제입니다."

서파의 송남선 진사가 정남수 동주의 강론 중에 퇴계의 견해를 비판하고 나온다.

"뭔가 오해가 있는 것 같아서 보충 설명을 할까 합니다. 퇴계가 인심과 도심으로 이분법적 태도를 취한 것은 부인할 수 없지요. 인심은 이기적인 욕망으로 자기 욕구 실현을 위해 사회의 악이 될 수 있기 때문에 사회의 공동선 실현을 위해 도심을 중시하는 방향으로 나아가야 한다는 것이 퇴계의 견해입니다. 인심에 선악(善惡)이 존재하는 것을 부정하고 싶지는 않습니다. 이기적인 욕망 때문에 인심의 추구는 악하게 될 가능성이 크다는 것입니다. 문제는 율곡에게 있습니다. 인심과 도심은 이름이 두 개이지만 두 가지 마음이 있을 수 없다는 유일심적(唯一心的) 태도를 취했습니다. 인심도심종시설(人心道心終始說)은 인정합니다. 인심이 도심으로 변하고 도심이 인심으로 변할 수 있다고 주장한 율곡의 견해는 인정합니다. 인간은 수양을 통해 얼마든지 거경궁리(居敬窮理) 단계로 나아갈 수 있으니까요. 그런데 인심도심종시설은 그 자체에 두 개의 마음을 인정하고 들어가는 것입니다."

남파의 국명영 진사가 부드러운 언사로 논리를 전개한다.

"오해하고 계신 것 같네요. 착한 사람도 나중에 주위의 영향으로 악하게 될 수 있고 악한 사람도 어떤 자극을 받아 착하게 변할 수 있다는 것은 인심과 도심이 분리되었다고 보지 않고 한 마음이라고 보고 있는 거지요. 개체마다 두 개의 마음이 공존하지 않는다는 이야기입니다. 인심은 자기 발전 지향적이고 도심은 사회 발전 지향적이라고 지적한 퇴계의 주장은 매우 위험한 발상이지요. 전체를 위해서 개인은 양보하고 희생하여 사회의 공동선을 실현해야 한다고 강조한 바 있습니다. 인심을 비하하여 천한

우리는 이렇게 흘러가는 거야

것으로 인식한다면 개인의 인권, 자유가 훼손될 우려가 있는 것이지요. 집단적 정서도 중요하지만 개인의 정서도 소중한 것이지요. 그래서 율곡은 말했습니다. '공동체 지향적이어서 존중 받고 개인의 행복을 추구한다고 해서 비난 받으면 안 된다. 개인의 정서와 집단적 정서 모두 소중하다. 인심과 도심 모두 소중하다. 개인들이 행복해야 나라도 행복할 수 있다.' 이러한 율곡의 견해는 높이 평가되어야 한다고 생각합니다."

서파의 장도산 생원이 침을 튀기며 말한다.

"율곡의 주장을 예쁜 종이로 포장해 놓는다고 해서 그 주장이 어디로 갑니까? 실체는 반드시 밝혀지게 되었지요. 퇴계는 인심을 비하한 적이 없습니다. 도심의 중요한 역할을 강조했을 뿐이지요. 도심을 강조하다 보면 인심이 외부로부터 침해 받을 우려가 있다고 했는데 그것은 서파 유생들의 기우입니다. 율곡이 인심과 도심 모두 기가 발하고 이가 올라타 발현한다고 했는데 문제가 있는 주장입니다. 율곡은 인간의 선천적 본성을 무시하고 있는 겁니다. 인심은 외감에 의해 발현한다면 도심은 자기 속에서의 내출(內出)에 의해 발현하는 것이지요."

남파의 최호남 진사가 차분하게 율곡을 비판하고 나온다.

"율곡의 주장을 예쁜 종이로 포장해 놓았다고 했는데 곰곰 생각해 보니까 매우 기분이 나쁘게 들리네요. 안은 별로인데 밖을 번지르르하게 과대 포장했다는 이야기로 들리네요. 꼭 그렇게 못을 박는 발언을 해야 직성이 풀립니까? 인심과 도심이 발현할 때 기(氣)가 외부의 저항을 받으면 인심이 되고 기(氣)가 외부의 저항 없이 순탄하게 발하면 도심이 됩니다. '성(誠)을 통해 마음을 닦고 입지(立志)를 세워 이(理)를 추구하면 기질(氣質)을 변화시킬 수 있다. 그러면 기가 저항 없이 순탄하게 발현하여 도심으로 가득찬 몸과 마음을 가질 수 있다. 그렇게 된다면 사회는 밝은 덕으로 충만할 것이다.' 율곡은 이렇게 사회가 나아가야 할 방향 점을 제시해 주었기 때문에 사람들에게 추앙받는 것입니다."

서파의 송남선 진사는 퇴계를 비판하기보다 율곡의 장점을 설명하는 데 초점을 맞춘다. 원삼당 안이 더운 열기로 가득하다. 무더운 날씨 탓만은 아닌 것 같다. 때로는 자존감을 건드리며 펼치는 열띤 공방으로 상호 간 얼굴이 붉으락푸르락한다. 유생들은 연신 목덜미의 땀을 훔친다. 부채질을 하던 정남수 동주가 입을 연다.

"퇴계는 주자의 경(敬) 사상을 계승 발전시켰지요. 경(敬)으로 밖을 통제하고 안을 함양하여 천리(天理)을 장악할 수 있다고 했지요. 심기가 불손하게 일어나면 경(敬)으로 기를 다스려 스스로 억제하면 오심(吾心)이 천리를 찾아가 구인(求仁)에 도달한다고 했습니다. 율곡은 중용의 성(誠) 사상을 강조하여 성(誠)을 닦으면 기질을 변화시킬 수 있다고 했습니다. 율곡의 성 사상(誠思想)은 도학이지요. 성(誠)이 곧 체(體)이며 용(用)이므로 평생토록 성

우리는 이렇게 흘러가는 거야

(性)을 따르고 성(性)을 이행하여 마음을 바르게 해야 한다고 했습니다. 그러면 중화(中和)를 이루어 정치적 강국을 실현시킬 수 있다고 했습니다."

"퇴계는 구인(求仁)을 강조하며 개인적 수양에 관심이 있었다면 율곡은 중화(中和)를 통해 나라의 안정을 강조한 셈인데요. 율곡의 수양론은 퇴계보다 멀리 내다보는 안목이 있다고 봐야 하지 않을까요?"

서파의 송남선 진사가 동주 정남수의 강론을 자르고 나온다.

"그건 아니지요. 수신제가(修身齊家) 치국평천하(治國平天下), 라는 말도 있지 않습니까. 개인이 먼저냐, 집단이 먼저냐, 하는 것은 관점에 따라 다르지요. 동주님, 한 가지 질문이 있습니다. 산의 아까시나무 향기는 원래부터 존재하는 겁니까? 아니면 우리 인간이 냄새를 맡을 때 그때부터 향기가 존재하는 겁니까? 누구도 아까시나무 향기를 맡을 수 없다면 처음부터 존재한다고 할수 없나요?"

남파의 국명영 진사가 기습 질문을 던진다.

"한번 생각해 봅시다."

정남수 동주는 고개를 갸웃거린다. 자신의 생각을 갖고 있으면서도 견해를 피력하지 않는다.

"산의 아까시나무의 향기는 원래부터 존재해 있는 것이지요. 객관적인 이(理)라고 할 수 있습니다. 객관적인 이는 우주 속에 그냥 존재해 있는 겁니다."

남파의 정대수 생원이 자신있게 말한다.

"그건 아닙니다. 모르고 하는 말이네요. 객관적인 이(理)는 홀로 존재할 수 없습니다. 이(理)는 기(氣)를 통해서만 존립할 수 있는 것이지요. 아까시나무 향기를 맡는 것은 기가 발하고 이가 올라탄 현상이라고 보아야 합니다. 인간의 성(性)은 두 개가 아닙니다. 하나이지요. 본연지성은 기질지성 속의 선한 부분이지요. 본연지성은 기질지성 속에 포함되어 있는 것이지요."

서파의 송남선 진사가 의견을 제시한다.

"아닙니다, 아니지요. 인간의 성(性)은 두 개입니다. 순수한 선만으로 응집된 사단이 바로 본연지성이고 선악이 혼재하는 칠정은 기질지성이지요. 성(性)은 심(心)의 체(體)로 정(情)의 근거가 되며 정(情)은 심(心)의 용(用)이라는 활용 측면에서 외감에 의한 표출이지요. 욕구로 갈망하는 기질지성을 자제하고 내적 세계로 침잠하여 본연지성의 사단으로 입성하면 천지지성(天地之性)을 얻게 되어 성인(聖人)이 될 수 있지요. 그런 인물이 퇴계라고 할 수 있습니다."

남파의 최호남 진사가 퇴계를 성인(聖人)으로 비약시켜 설명한다.

"성인(聖人)이라니요? 퇴계의 경(敬) 사상은 주자설을 그대로 가져온 것으로 알고 있습니다. 퇴계는 자주성이 떨어지는 학자

우리는 이렇게 흘러가는 거야

여서 율곡이 말년에 스승인 퇴계를 비판한 것으로 알고 있습니다. 퇴계는 사대주의자라고 할 수 있지요.”

서파의 장도산 생원이 탁자를 치며 소리를 높인다.

“사대주의자라니요? 말 다했습니까. 몹시 불쾌합니다. 이제 막가자는 이야기이네요. 율곡 철학도 주자를 빼면 설명이 안 되는 것으로 알고 있습니다. 율곡 뒤에는 주자가 있음을 삼척동자도 다 알고 있는 사실입니다. 율곡의 인심도심설은 주자설을 바탕으로 하고 있고 수양론은 중용(中庸)의 성(誠) 사상을 계승한 것이지요. 사대주의자이면서 사대주의자라고 비판할 수 있나요?”

남파의 국명영 진사도 탁자를 치며 얼굴을 붉힌다.

“그렇게 막말을 해도 되는 겁니까?”

“적반하장도 유분수지, 그쪽이 먼저 막말을 하지 않았습니까?”

“일어납시다. 어디 함께 강습을 받겠습니까? 참 기가 막혀서!”

서파의 김민철 진사가 자리에서 일어나 원삼당 밖으로 휘적휘적 걸어나간다. 서파 유생 전원이 따라 일어나더니 마뜩찮은 표정으로 투덜거리며 밖으로 나가 버린다.

“우리만 남아서 뭐 합니까. 우리도 갑시다. 상대하기 어려운 친구들입니다.”

남파의 국명영 진사가 옷을 툭툭 털고 일어나더니 원삼당 밖으로 걸어나간다. 참 더럽다느니, 수준 이하라느니, 그 스승에 그 제자라느니, 하면서 나머지 남파 유생들도 구시렁거리며 원삼당 밖으로 따라 나간다.

"왜 이렇게 덥나. 답답한 친구들이라니까. 대과를 준비하는 유
생들이 저러니 장차 나라가 어떻게 되겠나. 예나 지금이나 싸움
박질만 해대니, 참!"

혼자 남은 정남수 동주가 쓴웃음을 지으며 자리에서 일어나 밖
으로 걸음을 옮긴다. 거칠게 부채를 부쳐대면서. 원삼당 뜰에 저
녁 어스름이 슬금슬금 내려앉고 있다.

우리는 이렇게 흘러가는 거야

꿈의 회로

점심을 먹은 게 체한 것처럼 가슴이 답답하다. 나는 가슴을 주먹으로 탁탁 때려준다. 그래도 가슴이 답답하기는 마찬가지이다.

"결혼해야지. 이제 네 나이도 서른이다. 에미는 얼른 손주를 안아보고 싶다. 행복은 작은 데에 있는 거야. 그걸 명심하거라."

어머니는 내가 고향에 내려갈 때마다 손을 잡고 애원한다.

어머니의 말씀이 또랑또랑 귀에 들린다. 등단의 꿈은 해마다 멀어져 이제는 산 마루에서 가물가물 시야에 잡히지 않는다. 가느다란 실낱 희망을 안고 헉헉거리며 살아보지만 출구 없는 터널처럼 답답하다.

창을 열어젖힌다. 좌우에 고층 아파트들이 하늘을 찌른다. 윙윙거리는 도시의 소음이 밀물처럼 밀려와 청신경을 자극한다. 멀리 보이는 평촌 하늘이 우윳빛으로 뿌옇다. 아파트들 사이로 쌍봉낙타가 엎드려 있다. 그 먼 산이 말을 걸어온다.

"오라. 내게로 오라. 훌훌 털고 내게로 오라. 사는 향기가 있나니. 주위가 가지런하게 정렬되고 맑은 청정수가 흐르는 계곡으로 오라. 조용히 말 없이 말하는 산이 너를 안아줄 것이니. 속세에서 더께더께 묻힌 때를 말끔하게 씻겨줄 것이니. 훼손되지 않은 원형의 둥지만이 새 새끼를 온전하게 기를 수 있나니. 지금 귓가에 머무는 바람 소리에 귀를 기울여 내가 보내는 신호를 해독하라. 그 속에 답이 있나니. 가련한 형제여. 행동하라."

'이 도시를 떠나고 싶다, 그렇지만 그게 쉽지 않다. 걸리적거리는 것이 많다. 우선 내가 몸담아 살아온 곳에 익숙해져서 멀리 떠나면 불행이 닥칠 것만 같은 불안감. 입고 먹고 잠자는 것들이 머릿속에 확연하게 들어오지 않는다. 나는 무력하다. 내가 무엇을 할 수 있을까. 문을 열고 집 밖으로 나가면 자동차들이 눈을 부릅뜨고 대든다. 한눈을 팔면 괴물 자동차가 언제 나를 덮칠지 모른다. 골목골목에 설치된 CCTV가 나의 일거수일투족을 감시한다. 피곤하다. 걸어가는 길, 기대보는 벽, 누워 자는 집, 먹고 마시는 집, 온통 콘크리트 벽이 나를 에워싸고 있다. 단단한 껍질이 나를 감싸고 있다. 지옥이 따로 있나. 여기가 지옥이지.'

나는 옥탑방을 박차고 나온다. 하늘을 찌르는 아파트 숲이 나를 가련하게 내려다보고 있다. 아파트 사이로 종합운동장이 떡 버티고 앉아 있다. 우람한 건물들이 조금씩 움직이며 내 곁으로 다가온다. 가까이 다가와 나를 옥죄인다면 나는 비명을 지르며 죽을 수밖에 없을 것이다. 나는 도망치듯 빠르게 계단을 내려와 집 밖으로 나온다. 나는 무작정 걷는다. 주머니 속에서 핸드폰이 경련을 일으킨다. 나는 핸드폰을 꺼내 귀에 바짝 붙인다.

우리는 이렇게 흘러가는 거야

"영목이지? 왜 늦는가. 출근 시간이 지났는데 안 오길래 전화했네."

"아, 죄송합니다. 제가 깜박했습니다. 바로 가겠습니다."

무한갈비집 사장님의 전화를 받고 굽신거린다. 알바 시간을 놓친 것은 나의 불찰이다. 나는 서둘러 마을 버스를 타고 일터로 향한다.

기름이 있어야 차가 굴러간다. '나'라는 차도 기름이 필요하다. 그 기름이 무엇이길래. 그 기름이 나를 굽신거리게 만들고 나를 뛰어다니게 만든다. 나는 기름의 노예이다. 기름이 없으면 나는 꼼짝할 수 없으니. 기름이 없으면 시동을 걸 수 없다. 그때 나는 석고상이 된다. 늘 우둔하게 버티고 앉아 있는 동상이 된다. 덜덜거리던 자전거도 기름을 치면 부드럽게 굴러간다. 기름과 차의 관계. 그게 나의 한계이다.

해가 서산을 넘어가자 금세 도시의 아스팔트에 어스름이 내려 쌓인다. 칙칙한 어둠을 자동차의 헤드라이트들이 마구 휘젓는다. 나는 차창을 주시하며 명멸하는 도시의 불빛들을 하염없이 바라본다. 어지럽다. 소주 한 병을 마신 듯 야경 속 도시의 건물들이 흔들려 보인다. 나는 두 팔을 마주 끼어 손을 양 겨드랑이 밑에 넣고 앉아 차체가 흔들리는 대로 몸을 맡긴다.

내 속의 나가 말한다.

"신성한 숲으로 가게. 태초에 우리를 낳아준 숲은 모두의 어머니이지. 지금껏 원형을 유지하고 있는 지고한 생명의 터전. 거기에서 기다리고 있다네. 자네를. 사랑하는 아들을. 원래 사람은 태어날 때 착했으나 세상 사람들에 의해 오염된 것이야. 인간이 죄인이지. 산은 죄가 없네. 자네는 홀로 우뚝한 산정을 아는가. 산정 기암괴석에는 하늘에서 내려온 어머니가 계시네. 어머니 곁으로 가게. 그리하여 자네도 산정에서 구원을 받아야 할 것 아닌가. 자네는 시시포스야. 매일 반복해서 무한갈비집을 드나들며 알바를 하고 있잖아. 매일 5시간은 손님 곁에서 뛰어야 한단 말이야. 지겹겠지. 그렇지만 그 일을 해야 되잖아. 부당하고 마음에 안 들어도 현 존재를 박차고 나갈 수 없단 말이야. 부당하고 불합리하다고 그에 맞서 죽을 텐가. 그건 답이 아니여. 합당한 명분이 있다고 모두 죽는다면 이 지구는 종말을 맞을걸. 그러니까 불합리해도 살아야 한다니까. 그게 부조리한 현실이야. 시시포스처럼 열심히 돌을 산으로 밀어 올리고 내리는 작업을 반복해야 하니 안타깝구만. 자네가 불쌍해."

무한갈비집에서 알바를 하고 돌아오면 옷에 붙은 구수한 냄새가 나를 따라다닌다. 배가 고플 때는 그 냄새만 맡아도 요기가 된다. 나는 그 냄새로부터 자유로울 수가 없다. 방 안에 걸린 잠바와 청바지 등에서 돼지갈비 냄새가 풀풀 묻어 나온다. 나는 알바를 하다가도 배가 고프면 손님들이 남긴 부스러기 갈비를 손으로

우리는 이렇게 흘러가는 거야

주워 입에 놓고 우물우물 씹는다. 왜 그렇게 허기가 빈번하게 찾아오는지. 정말 배가 고파서 그런 것인지. 아니면 위에는 음식물이 들어 있지만 뇌에서 허기를 느끼는 것인지. 매사가 부질없고 공허하다는 느낌. 늘 나를 배신하는 소설은 생각조차 하기 싫다. 어딘가로 떠나고 싶다. 풍요로운 도시의 풍경 속에서 늘 허기와 공허감 속에 빠져 배회하는 나. 나는 나그네이다. 쉬지 않는 나그네이다. 갈비를 자르며 땀을 생각하고 옥탑방에서 하늘의 별들을 응시하며 침묵할 때 나는 깊은 곳으로 부침을 거듭한다.

"군산 주점 방화 사건 3명 사망, 30여 명 부상입니다. 술값에 불만을 품고 계획적으로 저지른 사건으로 우리 사회의 인명 경시 사상이 그대로 표출된 사건이어서 충격을 주고 있습니다."

"강진 여고생 실종 사건입니다. 아버지 친구를 따라 갔다가 실종된 K 양의 시신을 찾았지만 부패 정도가 심해 사망 원인을 밝혀내지 못하고 있습니다. 용의자인 아버지 친구는 근처 공사장에서 목매어 숨진 채 발견되어 사건은 더욱 미궁 속으로 빠져들고 있습니다."

"정읍 12층 아파트에서 20대 여성이 추락해 중태입니다. 그런데 신고한 남편은 잠적한 상태여서 단순한 추락이 아닌 것으로 경찰은 보고 있습니다. 경찰은 남편의 신병을 확보하기 위해 긴급 출동했지만 이미 잠적한 뒤여서 성과 없이 철수했습니다."

연속 이어지는 사회적 병리 현상은 나를 구역질 나게 한다. 의

욕과 의욕의 충돌. 약육강식. 세렝게티 국립공원. 평화로운 초원 나무 그늘 밑에서 펼쳐지는 피비린내. 살생과 식사의 이중 국적 번지수. 그렇게 전개되었던 역사의 현란한 무지개. 그게 삶이었고 살아가는 방식이 되어 버린 우리들의 이야기를 나는 경청한다. 매우 우울한 기분으로. 삶의 까닭이 매우 타당하게 부조리하다고 할지라도. 나는 잡식 동물이므로. 그 이상도 그 이하도 아니므로. 나는 어둠을 베고 잠이 들고 먼동과 함께 눈을 뜨는 매우 가련한 존재이다. 산새의 푸덕거림에 생명을 느끼고 이슬의 일생에 대해 울적한 마음으로 오솔길을 찾는다.

'그래, 가자. 오랜 방황에 종지부를 찍고 신선이 노니는 곳으로 가자. 나무와 하늘과 산새와 흙과 한통속이 되어 보자. 더운 바람이 살갗에 찜질을 하면 옷을 벗고 차가운 바람이 파고들면 두꺼운 외투를 꺼내 입자. 가자. 계곡 사이 음이온이 흐르는 곳으로.'

산이 나를 부르고 있다. 아니 내가 산을 부르고 있다.

"사장님, 알바 그만 두어야 할 것 같습니다."

"어디 좋은 데 취직했나?"

"네."

"어딘데?"

"산으로 들어갑니다."

"자연인이 되는 건가?"

우리는 이렇게 흘러가는 거야

"네."

*

산이 그리워 산으로 갔다. 처음에 산은 나를 열렬히 환영해 주
었다. 골짜기에서 들려오던 함성을 나는 잊지 못한다. 미리 준비
한 환영식처럼 심산의 아우성을 나는 또렷이 기억한다. 기립하
여 환호성을 지르던 계곡의 울림이 지금도 귓가에 쟁쟁하다. 극
에서 극으로 이동한 셈이어서 나로서는 낯설었지만 그만큼 감동
적이었던 것도 사실이다. 모든 것을 버리고 또 버리고 벌거숭이
로 입산한 나다. 노트북과 책 몇 권 그리고 푸른 지폐 몇 장이 전
부다. 푸른 지폐는 나에게 있어 스페어타이어다. 내가 달리다 일
시 펑크로 휘청거릴 때 유용하게 쓰일 것이다. 나는 그걸 굳게
믿는다.

"영목아, 너 미쳤니. 이런 산속으로 들어와 어떻게 살려고 그
러니. 장가도 가고 그래야 되는데 걱정이구나. 이 에미의 가슴이
답답하다. 산으로 올라오면서 에미는 엄청 울었다."

내가 입산한 지 3개월쯤 되었을 때 어머니가 찾아와 눈물 바람
을 했다.

"어머니가 가보자고 하도 조르셔서 내가 모시고 왔다. 살다가
어려운 점이 있으면 언제든 연락하거라."

형도 표정이 어둡기는 마찬가지였다. 그러면서 형은 나의 주머니에 봉투 하나를 찔러주었다. 내가 거절하였지만 형은 막무가내였다. 나는 몇 번 거절하다 형의 호의를 받아들였다.

그렇다. 나는 혼자 살고 있지만 혼자가 아니다. 깊은 산속이지만 혈연과 지연과 학연 등 그런 것들의 기억으로부터 자유로울 수가 없었던 것이다. 그런 것들의 그리움으로부터 벗어날 수가 없었던 것이다. 그런 그리움을 안고 살아가기에 산속 적요의 바다에서 풍요로울 수 있다는 것. 하루하루가 흘러가면서 침묵과 고요의 덩어리가 나를 에워싸 돌돌 말아 눈덩이로 만든다고 할지라도 나는 넉넉한 평안함에 안주할 수 있다는 것. 오늘과 내일과 어제가 합일된 나의 눈덩이가 산속에서 무난하게 구르며 일상을 만든다. 나는 어깨에 힘을 빼고 그걸 관조한다. 그리고 가끔 미소를 지어본다. 나는 그랬던 것이다.

산속을 구르는 눈덩이. 그 속에 내가 있다. 혈연과 지연과 학연 등 그런 기억의 그리움을 안고 설레는 꿈을 꾸지만 나는 실제로 철저히 혼자다. 꿈으로 존재하는 그런 그리움은 꿈일 뿐이다. 그 꿈은 손을 뻗으면 만져지지 않는다. 허공에 흐르는 따뜻한 전류일 뿐이다. 확실하게 피부에 와닿는 초록 가지와 파란 하늘과 푸른 바람. 그런 것들과 나는 매일 친구가 된다. 나는 그런 것들과 공동체 생활을 한다. 저 멀리 있는 속세는 먼 나라일 뿐이다. 속세는 멀리 있는 타국과 같이 나에게는 매우 낯선 존재가 되어

우리는 이렇게 흘러가는 거야

버린 것이다. 나는 규칙적으로 돌아가는 물레방아처럼 산속에서 생활한다. 확실히 손에 만져지는 것들의 촉감을 느끼며 반갑게 아침을 맞고 해가 지면 아쉬움 반 기대 반으로 자리에 누워 산새처럼 깃을 접고 밤을 환송한다.

상추에 물을 주고, 호박에 거름을 주고, 열무김치를 담그고, 버섯을 채취하고, 어두워지면 글을 쓰고, 산속 생활은 분주하게 돌아간다. 아침에 일어나 철철 흘러가는 계곡 물에 얼굴을 씻고 차가운 청정수를 손바닥에 받아 한입 베어 물면 정신이 번쩍 나면서 소낭골이 성큼 내 앞으로 다가온다. 나는 나무였고, 하늘이었고, 풀이었고, 흐르는 계곡 물이었고, 날아다니는 나비였다. 나무가 쓰러지면 비바람이 덮어주듯 나도 그럴 것이다. 내가 풀처럼 눕는다면 구더기가 나를 탐내고 산새와 소낭골은 모른 척 외면할 것이 뻔하다. 그러니까 나는 살아 있되 죽어 있으며 죽어 있되 살아 있는 존재다. 나에게는 삶과 죽음이 명확히 구분되지 아니한다. 나는 가슴에 삶을 붙이고 등에는 죽음을 매달고 다니며 나무처럼 흔들리고 물처럼 흐르고 있다.

水之淸者 常無魚(수지청자 상무어—맑은 물에는 고기가 살지 않는다.). 노트북에 이렇게 써놓고 벌써 며칠째 앞으로 나아가지 못한다. 왜 그럴까. 깊은 산속으로 들어오면 거미가 실을 뽑듯 술술 글이 풀려갈 것으로 생각했는데 그것은 꿈에 불과했던 것이다. 왜 글을 쓰지? 그게 무슨 의미가 있지? 나도 나무도 글도 바

람일 뿐인데.

내 속의 나가 말한다.

"삶은 논리가 아니네. 따지지 말고 그저 살아가게. 초목처럼. 초인처럼. 사람은 행복을 호수에 던져버렸네. 인간의 의지가 표상으로 존재하지 않는 산. 거기에는 속이 꽉 찬 애드벌룬이 존재하지. 손에 잡히지 않는 무형의 꽉 찬 공간이."

논리 자체가 산에서는 불필요하다. 물론 나에게도. 나 또한 달개비이고, 이끼이고 돌멩이에 불과하므로. 그냥 흘러가는 것이다. 물처럼. 바람처럼. 때로는 견고한 얼음덩이로 굴러다닌다. 견고한 고독이 응집되어 나에게서 차갑게 얼어 버렸다.

그렇다. 나는 고독의 덩어리다. 손과 발과 머리와 목과 가슴과 허리에 냉기가 스며 단단해진 나의 고독. 내가 얼음덩이로 굴러가면 얼음 조각이 파편처럼 떨어져 산속 나의 주거지에 뿌려진다. 깊은 밤 창을 열면 산속 적요가 까맣게 밀려와 내가 서 있는 발 밑에 깔린다. 그때 선득하면서도 오싹 소름이 돋는 어떤 낯선 공포. 그게 나를 흔든다. 모스부호처럼 일정한 간격으로 뿌려지는 소쩍새 울음소리. 그때 나의 경직된 가슴에서 차가운 냉기가 전신으로 번진다. 방 안엔 썰렁한 냉기로 가득하다. 방바닥도 얼음처럼 차갑다. 나는 오래 견디지를 못한다. 나는 창을 닫고 상의 옷깃을 여미며 몸을 오들오들 떤다. 추위 탓만은 아니다. 그럴 때는 호롱불을 끄고 자리에 누워 두꺼운 이불 속으로 몸을 숨

　　　　　　　　우리는 이렇게 흘러가는 거야

긴다. 눈을 감고 있으면 아침이다. 이것이 내가 고독한 밤을 견디는 비법이다.

　그렇게 살아가던 어느 날 들개 한 마리가 나타나 부엌을 얼쩡거린다. 네가 배가 고팠구나. 나는 금방 알아차리고 찬장 속에 있던 찬밥 덩이를 개에게 던져준다. 그러자 개는 허푸거리며 게검스럽게 찬밥 덩이를 먹기 시작한다.

　그렇게 맺어진 개와의 인연. 개는 수시로 찾아왔고 그때마다 나는 개에게 손님처럼 잘 대접했다. 내가 다가가 머리를 쓸어주면 꼬리를 치며 반가운 내색을 한다. 나중에는 내가 안아주어도 인형처럼 가만히 있다. 개를 안았을 때 전해져 오던 따뜻한 온기. 그것은 견고하게 얼어 있던 나의 고독에 따스한 온천수로 흘러내렸다. 마루 밑에 지푸라기로 둥지를 만들어주면서 개는 나와 한 식구가 되었다. 그렇게 해빙기의 아침은 시작되었다.

　밤에 개와 나는 떨어져 잠을 자도 전류처럼 온기가 흐른다. 나의 가슴에 얼어 있던 고독이 날이 가면서 시나브로 녹기 시작한다.

　그때부터 산 아래에서 들려오던 황소 울음소리. 그것은 어머니의 부름처럼 애절했다. 그것은 나의 마음을 낚아채 송두리째 흔들었다. 나는 그것에 솔깃해져 제대로 잠을 이루지 못한다. 나는 산 아래 마을에 낚싯대를 드리우고 낚싯대 손잡이에 감지되는 마을의 소리들을 예민해진 귀로 도청하기 시작한다. 장닭 울음소리. 아기 울음소리. 젊은 여자의 비명. 어디서 많은 들어본 귀에 익은 소리들.

"주민 여러분에게 알립니다. 오늘 저녁 6시 수암댁네 집에서 손주 돌잔치 기념 초대 파티가 있으니 주민 여러분은 한 분도 빠짐없이 참석하여 주시기 바랍니다. 이상 이장 장돌진이 말씀 올렸습니다."

마을 확성기에서 나는 소리가 모깃소리만 하게 들린다.

마을 사람들이 막걸릿잔을 주고받으며 담소를 나눈다. 논일 밭일을 하고 돌아와 막걸리로 목을 축이는 정경에서 사람들의 애정이 훈훈한 증기처럼 피어오른다.

내 속의 나가 말한다.

"호기심이 당기는 곳으로 가게. 가뭄이 계속되고 있는 이유를 그대는 아는가. 산속에 넘치는 찬 기운을 그대는 느끼는가. 어두운 그늘이 골짜기를 덮고 있네. 마른 바람이 능선을 내려오네. 물을 찾아 떠나게. 그대의 평안은 아득한 산 너머에 있네. 저항하게. 그대 속의 그대에게. 현실에 안주하려는 연약한 젊음에게. 그대 속의 그대를 이겨야 하네. 앞으로 나아가게. 디디고 설 새로운 터전을 마련하기 위하여."

*

   한낮에 여운처럼 끊임없이 들려오는 황소 울음소리. 들녘이 그
리워 나는 들로 갔다. 노트북을 들고. 시흥시 정왕동 황금 들녘
이 손을 흔들어댄다. 넓은 들이 넉넉한 가슴으로 나를 안아준다.
나의 현 존재는 한옥들이 옹기종기 머리를 맞대고 있는 야산 밑
신굼마을에 착륙해 있다. 나는 들에 발을 딛고 있다. 걸을 때마
다 마을의 골목과 논둑에서 들의 흔적을 발견한다. 지푸라기와
마른 풀과 도열병에 걸린 벼 포기와.

   "영묵아, 네가 잘 생각했다. 이제 결혼해야지. 사람은 사람 사
는 세상에서 살아야 해. 오순도순 이야기도 하고, 음식도 나누어
먹고, 그러면서 함께 여행도 다니고. 그렇게 살아야 쓴다. 이제
이 에미가 발을 뻗고 잘 수 있을 것 같다. 비어 있던 집이지만 도
배를 하니까 깨끗하구나."

   어머니가 나의 집을 찾아와 시종 밝게 웃으신다.

   "어머니 너무 걱정 마세요. 제가 몇 살인데요. 다 알아서 할 거
라구요."

   "네 형수가 밑반찬을 조금 만들어 보냈다. 이걸 먹고 또 필요
하면 이야기하거라."

   형은 형수가 보냈다는 반찬들을 중고 구형 냉장고에 집어넣
는다.

사람의 숨결이 느껴지는 신굼마을. 마을로 내려와 견고하게 얼어 있던 나의 고독이 물처럼 녹았다. 느티나무 밑에 모여 앉아 시끌벅적하게 떠드는 사람들을 보면 가슴이 설레기 시작했던 것이다. 얼음처럼 결빙되어 있던 산속에서의 단단한 적요도 이제 내 앞에서 스펀지처럼 폭신하고 부드럽다.

　신굼마을 고샅에는 개똥이 많다. 개똥을 찾아보기 힘들었던 산속에서의 배경과 대조적이다. 나와 체온을 나누는 해피의 짓거리일 수도 있다. 신발로 밟았을 때 물컹한 촉감은 곧 불쾌감으로 바뀐다. 그렇지만 조금 시간이 지나면 개똥은 꼬리 치는 해피의 영상 속으로 잠적한다. 나는 해피를 안고 경중경중 뛰면서 개똥을 망각한다. 나와 개똥과의 관계. 개똥은 그냥 개똥이 아니었던 것이다.

　날이 밝자 야산 밑 신굼마을이 기지개를 켠다. 까치들이 고샅 감나무 가지 위에 앉아 아침을 노래한다. 참새가 마을 뒤 대나무 숲으로 떼 지어 날아간다. 해피가 아침 외출을 하고 돌아와 마루 밑에 엎드려 있다. 오토바이 한 대가 악을 쓰며 마을을 빠져나가 오이도 쪽으로 달린다. 경운기 한 대가 마을을 송두리째 흔들며 거름을 싣고 신정리 쪽으로 향한다. 등교하는 학생들이 마을 앞 정류소 쪽으로 빠르게 걷는다. 핸드폰을 들고 시선을 거기에 빼앗긴 채 걷는 학생도 있다. 고샅을 빠져나온 남자들은 긴 장화를 신고 논으로 나간다. 머리에 수건을 쓴 아낙들은 바구니를 들고 밭으로 향한다. 신굼마을의 하루가 활기차게 열린다. 여기저기서 날랜 손길이 하루 속으로 자맥질해 들어간다. 나는 어깨 위에 괭이를 걸치고 이장 장돌진네 밭으로 품을 팔러 나간다. 오늘 일은 고구마를 캐는 작업이다.

언덕 위에서 내려다보면 황금 들녘이 물결처럼 출렁거린다. 범용 트랙터로 벼를 수확하는 현장. 느티나무 밑에 매인 황소가 음매, 하고 울부짖는 소리. 대낮 머리를 치켜들고 외치는 수탉 울음소리. 흘레붙어 있는 두 마리 개에게 돌팔매질을 해대는 꼬맹이 녀석들. 마을 회관에 둘러앉아 막걸릿잔을 돌리는 거무스름한 얼굴들.

경이로운 풍경. 평화로운 전경. 동경이 흠모로 바뀌고 흠모가 귀농으로 바뀌는 경로. 우리의 불안한 정서를 어머니의 손길로 다독여줄 것 같은 이미지. 그리워 그리워 감성을 자극해오는 모국. 울타리가 없는 원초적 고향으로의 회귀. 품 안에 깃든 감미로운 영혼. 따뜻한 증기를 솔솔 뿜어내는 온천수. 인상 좋은 여인의 해맑은 미소를 향하여.

그렇게 나는 경로를 바꾸었던 것이다. 내 안에서의 내출혈. 매우 심각했고 절실했던 그것들이 나를 움직였던 것이다. 신혼 생활 동안 늘 꿈을 꾸고 있다. 경이로운 풍경을 색시로 맞은 나. 막 김장을 끝낸 배추김치 한 가닥을 손끝에 잡고 우적우적 씹는 상큼한 맛. 신굼마을에서의 시간들이 흐르는 물살을 차고 오르는 물고기들처럼 싱그럽다.

아름답지만 고통스럽다면, 평화롭지만 힘에 겹다면, 달리던 차의 브레이크를 밟아볼 일이다. 그러다 정지했을 때 차창에 펼쳐지는 새로운 풍경에 압도당할 수도 있으니까. 한가롭고 넉넉하던 자리에 슬그머니 미끄러져 들어와 똬리를 튼 뱀. 그런 식이다. 어느 날부터 나도 모르게. 조금씩. 안에 들어와서 바라본 신굼마을이 내 안에 들어오기 시작했다. 밖에서 바라본 풍경에 경도당해 있던 나로서는 충격이었고 새로운 발견이었다. 선팅이 문제였다. 진하게 선팅이 되어 있어 차 밖에서 안을 관찰할 수 없었던 것이다. 멀리서 바라본, 도로 위를 질주하는 검은 색 차량의 날랜 모습은 얼마나 환상적이었던가. 차 안에 승차하자 안의 모습과 밖의 풍경이 일목요연하게 드러났다.

품을 팔고. 소에게 먹일 풀을 베고. 임대한 밭을 갈고. 잡초를 제거하고. 고추에 살충제를 살포하고. 품앗이를 하고. 모를 심고. 벼를 수확하고. 마늘을 심고. 호박을 따고. 3월은 3월대로. 5월은 5월대로. 겨울에는 비닐하우스 작물을 가꾸기 위해 난방을 실시하고. 일년 내내 눈코 뜰 새 없다.

적이 없는 전쟁. 반드시 이겨야 하는 전쟁. 지면 주머니가 텅비게 되어 쫄쫄 굶어야 하는 전쟁. 괭이를 들고 밭으로 간다. 낫을 들고 논둑으로 간다.

그랬다. 그렇게 살아왔다. 아기를 업고 전쟁터로 나가는 아

우리는 이렇게 흘러가는 거야

낙. 땀이 비 오듯 흐르면 손으로 연신 눈을 훔친다. 그래도 앞이 침침하다. 햇빛이 쨍쨍 내리쪼이던 들판. 한들거리는 옥수수 잎 사이로 펼쳐지는 풍경 속에서 허리의 고통을 호소하는 소리가 여기저기서 들린다. 허리를 굽혀 일을 하다 언뜻 고개를 들면 마을 앞을 지나가는 대부도행 버스가 시야에 들어온다. 버스는 검은 매연을 흩뿌리고는 바다가 있는 서쪽으로 내달린다. 버스는 꽁무니에 출렁거리는 바다를 달고 동네를 빠져나간다. 나는 일을 하다 일어서서 바다를 달고 달리는 버스를 하염없이 바라본다. 출렁거리는 생명의 바다. 먼 수평선 너머에서 뱃고동 소리에 실려 그리운 소식이 매일 날아올 것 같은 섬. 나는 버스가 지나갈 때마다 꽁무니에 달린 바다와 섬을 응시한다.

신굼마을은 하천을 사이에 두고 위뜸과 아래뜸으로 나뉜다. 마을 회의를 개최하면 위뜸과 아래뜸이 둘로 나누어 앉아 사사건건 옥신각신이다.

"이번에 이장은 위뜸에서 했으니까 다음 이장은 아래뜸에서 해야 되겠지."

"뭔 소리야. 희망자는 누구나 입후보해서 투표로 뽑아야지. 어디까지나 민주적으로 결정해야 한다고."

"돌아가면서 하는 것은 민주적이 아닌감. 계속 위뜸에서 권력을 좀 행사해보겠다 이거구만. 위뜸 주민이 훨씬 많으니까 유리하다 이거잖아. 속이 보인다고. 그렇게는 절대 안 된다고."

"내가 틀린 이야기를 했나. 나누어 먹기식 선출은 절대 받아들일 수 없으니까 그렇게 알아."

삿대질을 해대며 서로 언성을 높인다.

가시 박힌 설전이다. 탱자나무 울타리 안에 둥지를 튼 사람들. 타인의 무단 침입을 막기 위한 수단으로서의 방어벽. 그 가시는 안에 안주해 있는 사람들을 공격하기도 한다. 또한 넓은 곳으로 확장해 나가고자 할 때 제한을 받는다. 허공을 향해 예리한 끝을 곧추세운 푸른 기상. 신굼마을은 그렇다.

내 속의 나가 말한다.

"어디든 가시는 있네. 가시에 찔리는 것은 존재하는 것이네. 소유할 것인가 아니면 존재할 것인가. 가시를 앞세우는 것은 소유하는 것이네. 소유냐 존재냐 누가 물으면 그냥 해변으로 가게. 파도처럼 달려가게. 그리하여 포말처럼 부서지게. 거기에 그대가 있을 것이니. 모래톱에 걸려 헐떡이는 생명. 바다 멀리 손짓해 부르는 섬. 사랑 노래를 부르는 그 섬이 시야에 들어올 걸세. 그 섬에 가려면 그대를 이겨내야 하네."

이때부터다. 깊은 밤 잠을 자려고 자리에 누우면 베갯머리에 파도가 밀려와 출렁거린다. 그럼 나는 눈을 뜨고 말똥거리다 새벽녘 바다를 베고 잠이 든다.

　　　　　　　　　　　　우리는 이렇게 흘러가는 거야

*

파도가 집적거려 벌렁 누워 버린 모래톱. 어서 오라 손짓하는 머일도. 섬이 그리워 섬으로 갔다. 머일도는 밤마다 파도와 애정 행각을 벌인다. 밤을 태운 그리움이 등대 불빛으로 반짝인다.

철썩철썩. 끊임없이 섬을 때리는 물결. 멈추지 않는 심장의 박동. 살아 있는 생명의 손짓.

때로는 분노하는 강자의 포효. 떼 지어 몰려와 사정없이 물어뜯는 굶주린 악귀의 거대한 식사. 물러설 수 없는 지상에서의 마지막 수사자끼리의 대결. 수사자 주위로 몰려드는 암사자의 무리.

머일도는 무인도이다. 그렇지만 머일도는 혼자가 아니다. 밤마다 다정한 속삭임으로 다가오는 바다와 정사를 벌인다. 머일도는 바다와 동거 중이다. 그 속에 내가 끼인 형국이라고나 할까.

"영목이니? 에미다. 또 이사했다며."

"네."

"핸드폰이 안 터지더구나."

"산 정상으로 올라가면 터져요. 제가 지금 산 정상에 와 있거든요."

"배편이 없어서 찾아갈 수도 없더구나."

"자식 하나 없는 폭 잡고 아예 잊어버리세요. 해양경찰의 도움

꿈의 회로

185

을 받아야 올 수 있는 곳입니다."

"혼자 무인도에서 어떻게 사나. 에미는 잠을 이루지 못한다. 도시로 가서 장가 가야 하는데 큰일이다."

"살다가 뭍으로 떠난 빈집이 하나 있더군요. 너무 염려 마세요. 어린 아이가 아닙니다."

발품을 팔고 땀을 흘리면 얻어지는 결과물. 그건 넉넉한 하루를 보장해주고 먼 바다를 꿈꾸게 해준다. 그게 섬에서 살아남는 방법이다. 갯바위를 더듬어 배말과 거북손, 꿀통, 군부 등을 채취한다. 화창한 날에는 바다 속에 낚싯대를 던져 먹거리를 건져 올린다. 우럭, 붕장어, 노래미, 전어 등이 낚싯바늘에 꿰어 꼬리로 물살을 헤치며 올라온다. 식탁 위 해물탕 국물을 휘저으면 바다 이야기와 섬의 전설이 꿈틀거린다. 매운맛으로 가슴이 화끈거린다. 몸이 더워지고 이마 위에서는 땀이 연신 흘러내린다. 화끈거리는 열기를 참지 못하고 창을 활짝 열어젖히면 철썩거리는 파도 소리가 매운탕 국물에 풍덩 빠진다.

밤이 깊어지면 파도 소리는 처량하게 귓가를 맴돈다. 등대 불빛은 내 영혼처럼 반짝거리고 바다는 블랙홀로 돌변하여 어둠의 자식이 된다. 나는 노란 불빛을 안고 노트북 자판을 두드려댄다. 영혼이 닿은 그간의 이야기를, 시선이 머물렀던 작은 이미지를, 청신경이 반응했던 미세한 울림을, 비로드의 부드러운 촉감을, 바다에서 날아오는 비릿한 내음을 부지런히 담는다. 밤마다. 그것은 내 삶의 방식이었으므로. 뿌연 먼동이 찾아와 내 옆에 우두커니 앉아 있을 때까지.

내 속의 '나'가 말한다.

"오늘 고통스러울지라도 그대를 그대로 가꾸어 나가야 하네. 남녘의 바람 지금 골짜기를 통과하여 다가오고 있으니 조금만 기다리게. 낮은 자세로. 손을 모아 기도하게. 아니네. 다 부질없네. 노를 저어 나아가게. 파도를 헤치며. 지금은 별리 시대, 새로운 만남을 위하여. 그대의 혼과 육체는 머일도 해변을 누비는 파도의 노래를 따라부르게. 밤마다 머일도 정상에서 펼쳐지는 꿈의 공연을 그대는 아는가. 그대는 종점에 도착할 때까지 노래를 불러야 할 걸세. 파도 소리처럼 거칠게."

산 정상에는 흑염소 떼가 수시로 출몰한다. 나는 온기가 그리우면 산으로 간다. 나는 그때마다 흑염소 무리를 발견한다. 그들도 온기가 그리워 내 뒤를 미행하는 것은 아닌지. 내 뒤를 따라온 해피가 흑염소 무리를 쫓는다. 금방이라도 잡아먹을 듯이. 그러면 흑염소 무리는 괴성을 지르며 산을 내려가 파도가 출렁거리는 갯바위 뒤로 몸을 숨긴다.

"해피야, 왜 흑염소를 못살게 구니. 앞으로는 괴롭히지 마."

나는 해피에게 꾸중을 한다. 그럼 해피는 몸을 낮추고 꼬리를 치며 알았다는 시늉을 한다.

차가운 바닷바람이 가시처럼 살갗을 꾹꾹 찌른다. 썰렁한 머일도. 스산한 바람이 수시로 날을 세운다. 옷깃을 여미며 어깨를 움츠리면 내 앞을 가로지르는 흑염소.

"얘들아, 반갑다!"

나는 탄성을 지른다. 흑염소의 체온을 느끼는 순간 가슴은 뜨거운 열기로 두근거리기 시작한다. 곧 나는 전신이 화끈거리는 뜨거운 열기 속으로 빠져든다. 나와 흑염소 사이에는 온난전선이 형성되고 뜨거운 기단이 팬 벨트처럼 돌기 시작한다. 나는 매일 산에 올라 그런 뜨거움에 전율한다. 나의 메마른 고독에 그것은 증기처럼 다가와 나를 뜨겁게 감싼다. 그때 차가운 바닷바람은 멀리 밀려나 바위 밑에 웅크린 채 나를 엿본다.

정상 표석 옆에 앉아 있으면 연신 흑염소 무리가 지나가고 먼 바다가 성큼 내 앞에 다가온다. 질척한 뭍이 먼 나라 풍경처럼 낯설게 엎드려 있다. 고춧가루를 뿌린 듯 크고 작은 섬들이 어지럽게 포복해 있다.

어머니 나의 어머니, 가슴에 묻어 둔 어머니라는 말이 왜 이렇게 감동적입니까. 못다 한 말들과 못다 이룬 일들을 제쳐 두고 오늘은 머일도 정상에 앉아 어머니를 간절히 불러봅니다.

어머니, 어머니는 멀리 계십니다. 그렇지만 어머니는 항시 내 곁에 계십니다. 나는 어머니를 한시도 떠나보낸 적이 없습니다.

우리는 이렇게 흘러가는 거야

내가 나아가고자 하는 길을 늘 밝게 밝혀주시는 어머니. 어머니는 나의 등불이고 나침반이며 내비게이션입니다. 왜 이리도 밤은 어둡고 지루합니까. 어머니는 나의 밤길을 밝혀주는 등대이옵니다.

어머니, 산을 넘고 들을 건너 섬에 와 있습니다. 바다 건너 저 멀리 평화로운 나라가 있다고 했지요. 꼭 그 나라에 가고 싶습니다. 평화로운 나라에는 좌우가 없다고 했지요. 좌회전, 우회전이 없는 나라. 앞으로만 달리는 나라. 로터리를 돌아 목적지로 갈 수 있는 나라. 불그스름하게 복숭아가 익고 매미 울음소리가 낮잠을 부르는 나라. 오솔길로 흐르는 평안을 공유하는 나라. 아이 손을 잡고 오솔길을 걸으며 송진 내음에 취해보고 싶습니다. 어머니, 그게 꿈에 불과한 것이라고 할지라도 그 꿈을 결코 버리지 않을 것입니다.

어머니, 오늘의 시련은 적황색 당근을 얻기 위한 채찍이라고 말해주세요. 물살이 거세 혼자의 힘으로 헤쳐가기는 힘이 듭니다. 그래도 노란 풍선은 손에서 결코 놓지 않을 것입니다. 수평선을 넘으면 고요한 아침의 나라가 있다고 하셨지요. 지금 길을 잃고 방황하고 있지만 옥탑방으로 가는 나의 길을 꼭 찾고 말 것입니다. 창을 열면 환하게 시야가 펼쳐지는 곳, 아기 울음소리가 골목을 흔드는 나의 동네 나의 집을 찾고 말 것입니다. 그 여정이 비록 밤길이라 할지라도 숙명이라 자각하고 가는 걸음 멈추지 않을 것입니다. 나는 시시포스이기 때문이지요.

어머니, 파도 소리가 들리십니까. 푸르른 생명의 소리. 그 푸른 숨결은 어머니가 제게 주신 소중한 선물입니다. 파도가 멈추지 않는 해변. 어머니의 손길이 나의 밤을 환하게 밝혀주십니다. 생명이 있는 곳에 꿈이 있다고 하셨지요. 온 세상이 꿈으로 가득한 그런 나라. 흑백이 없는 나라. 7가지 무지개색만 있는 나라. 그런 나라가 있다고 하셨지요. 어머니와 함께 그곳에서 살고 싶습니다. 흑백논리를 묻은 곳에서 자라난 사이프러스 나무 그늘을 어머니와 함께 걷고 싶습니다.

어머니, 오늘 방황하고 있지만 먼 훗날 어머니와 함께 아이의 양손을 나누어 잡고 마로니에 가로수 길을 마냥 걸을 것입니다. 지금 산 정상은 감빛 노을로 가득합니다. 먼 바다에서 돌아온 갈매기들이 해변 바위 틈 둥지 위에 내려앉기 시작합니다. 저녁 어스름이 슬금슬금 내립니다. 머일도의 작은 생명 하나 등대 불빛으로 깜박입니다.

우리는 이렇게 흘러가는 거야

삼촌의 선물

아키모토 하이키치(박길수)가 실어증 증세를 보이고 있다. 말을 하지 못하고 자신의 의사를 손짓, 발짓, 몸짓으로 표현한다.

그는 몸을 뒤척이며 잠을 이루지 못한다. 눈을 질끈 감고 잠을 청해도 의식은 초롱초롱해진다. 자동차 장난감을 선물로 사다 준다고 약속한 삼촌이 그립다. 눈을 감고 있으면 코가 유난히 크고 키가 큰 삼촌의 모습이 오롯이 떠오른다.

"길수야, 삼촌은 안 오는 것이 아니라 못 오고 있는 거야. 때가 되면 올 거란다. 조금만 기다리면 삼촌은 꼭 돌아올 거야."

언젠가 꼭 돌아올 거라는 어머니의 말을 길수는 믿고 있다. 삼촌이 못 오고 있다면 그건 닛본도(일본도)를 차고 수시로 마을을 찾는 나카오카 한타로 형사 때문일 것이라고 길수는 생각한다. 나카오카 한타로 그자가 밉다.

"우리 아키모토 하이키치가 말을 못하는데 어떡하면 좋아."

어머니는 동네 고샅에서 마을 아낙의 손을 잡고 울상이다.

"건강하던 아이가 무슨 일이여?"

"고뿔에 걸려 끙끙 앓고 나더니 말을 못하더라고. 재수가 없을
려니까, 참."

"그럼 빨리 병원을 가보아야지."

"그걸 모르나. 돈이 있어야지. 돈이 웬수여. 공출을 바치고 나
면 먹을 양식도 없는 형편인데 무슨 병원이여."

"그럼 면 소재지 의원이라도 가 보아야지."

"거기는 공짜로 치료해 준대여? 폭폭하구만. 돈이 없다니까."

"참 안되었구만."

아낙은 혀를 차며 안타까워한다.

내일부터는 일체 조선 말과 글을 쓸 수 없다고 하니 떡을 먹다
체한 것처럼 가슴이 답답하다. 일본 말과 글은 왠지 싫다. 일본
말과 글은 생각만 해도 걸어가다 개똥을 밟았을 때처럼 기분이
나쁘다. 죄 없는 누나와 형들을 탄광과 군대로 끌고 가고 공출이
라는 이름으로 집안의 곡식을 빼앗아 가는 그들이 밉다.

"길수야, 그 나라의 말과 글이 없어지면 그 민족도 사라지는
거야."

삼촌의 말이 귓가에 쟁쟁하다.

어머니와 아버지는 길수 곁에서 코를 골며 깊은 단잠에 빠져
있다. 길수는 잠을 청하기 위해 하나부터 숫자를 세어 본다.

우리는 이렇게 흘러가는 거야

"어서 말해. 누구의 지시를 받고 폭탄을 만들었지?"

나카오카 형사가 책상을 치며 삼촌을 노려본다. 두 사람은 탁자를 가운데 두고 마주 앉아 있다. 삼촌의 손은 끈으로 묶여 있고 얼굴은 피투성이다.

"계속 묵비권을 행사할 거니? 조센징이노 고집이 세다. 더 쓴맛을 보여주어야 하겠구만. 얘들아 거꾸로 매달아 매를 좀 쳐라."

나카오카 형사의 말이 떨어지기 무섭게 옆에서 보조하던 형사들이 다가와 삼촌을 거꾸로 줄에 매단다. 그리고는 채찍으로 삼촌의 다리와 가슴 등 닥치는 대로 치기 시작한다. 채찍이 바람을 가르며 딱 소리가 날 때마다 삼촌이 비명을 지른다. 삼촌의 몸은 온통 붉은 피로 얼룩져 있다. 나중에는 비명을 지르던 삼촌이 몸을 바르르 떨더니 시체처럼 쭉 늘어진다.

움켜쥔 길수의 손아귀에 땀이 흥건하다. 저런 죽일 놈들! 삼촌……. 길수는 삼촌을 외쳐 부르다 눈을 번쩍 뜬다.

"돈이 없다고 이대로 포기할 수는 없지. 우리 아키모토 하이키치를 정상으로 만들어 놓아야 한다구."

아버지 아키모토 상이 팔소매를 걷어붙이고 동네 갑부 히카리 상을 찾아간다. 그는 히카리 상에게 구십 도로 고개 숙여 인사한다.

"아키모토 텐노 자네가 웬일인가?"

히카리는 장죽을 뻑뻑 빨아대며 연신 긴 수염을 손으로 쓸어모은다.

"긴한 일이 생겨서 찾아왔습니다요."

"그게 뭔데?"

"돈이 좀 필요합니다. 아들 아키모토가 말을 통 하지 못합니다. 의원이라도 가보려고 하는데 돈이 없습니다. 5원만 빌려 주시면 고맙겠습니다. 제가 댁에서 5원만큼 품을 팔아 빚을 갚겠습니다."

"그래?"

히카리 상이 하늘을 쳐다보며 잠시 계산을 해본다. 그러더니 고개를 끄덕거린다.

"히카리 상, 고맙습니다."

아버지 아키모토 텐노는 머리를 숙여 굽신거린다.

"그럼 내일부터 당장 와서 일을 하게나."

"알겠습니다."

지폐 5원을 받아들고 아버지 아키모토는 집으로 활기차게 걸음을 옮긴다.

"오늘부터는 초오센고(조선어)를 쓰면 안 된다는 것을 잘 알고 있지. 지금부터 선생님이 개인당 10장씩 딱지(그림이나 글씨를 박은 작은 종잇조각)를 나누어주겠다. 이 딱지는 항상 주머니에 넣고

　　　　　　　우리는 이렇게 흘러가는 거야

다니도록 한다. 그러다가 실수로 조선어를 쓰면 그때마다 먼저 목격한 사람이 손가락 총으로 땅, 하고 발사한다. 그러면 조선어를 쓴 어린이는 손가락 총을 발사한 어린이에게 딱지를 한 장씩 주어야 한다. 나중에 딱지를 많이 모은 어린이는 상을 받고 많이 빼앗긴 어린이는 벌을 받아야 한다. 알겠나?"

하마노 선생님의 손에는 딱지가 한 뭉치 들려 있다.

"하이!"

어린이들은 일제히 큰소리로 대답한다. 하마노 선생님은 분단장을 시켜 개인당 10장씩 딱지를 나누어 준다. 아키모토 하이키치(박길수)는 딱지를 받자 못마땅하다는 듯 거칠게 주머니에 쑤셔 넣는다. 아키모토는 조선어를 쓰지 못하게 비열한 방법을 동원한다는 사실에 울화가 치민다. 땡땡 땡땡……. 수업 끝을 알리는 종소리가 명징하게 들린다.

"자, 지금부터 쉬는 시간이다. 변소에 다녀오도록 한다."

어린이들이 웅성웅성 떠들며 교실 밖으로 나간다. 선생님이 나누어 준 딱지를 요리조리 쳐다보며 만지작거리는 녀석도 있다. 아이들은 쉬는 시간에 변소에 다녀오고 공기놀이를 하며 논다.

집으로 돌아온 아버지 아키모토는 아내에게 5원을 건넨다. 돈을 누구에게 어떤 조건으로 빌렸는지 경위를 설명하자 아내는 5원을 받아 가슴에 품고는 눈시울을 붉힌다.

"5월으로 우리 아키모토 하이키치가 치료를 받고 말을 하게 되어야 할 텐데."

"그러면 얼마나 좋겠어."

아키모토 하이키치가 말을 못한다는 것을 학교에서도 충격적으로 받아들인다.

"무슨 일이니? 머리를 다쳐서 그런 거야?"

하마노 선생님은 아키모토 하이키치의 머리를 만지며 다정하게 묻는다. 아키모토 하이키치는 양팔로 ×를 그려 아니라고 대답한다.

"들리기는 잘 들려? 귀는 괜찮은 거야?"

아키모토는 손가락으로 동그라미를 그려 보인다.

"너는 이제 네가 싫어하는 일본 말을 안 해도 되겠구나."

이 대목에서 아키모토는 싱긋 웃으며 고개를 끄덕거린다.

쉬는 시간에 어린이들이 우르르 몰려와 아키모토에게 말을 건넨다.

"너 정말 말 못해?"

아키모토는 고개를 끄덕거린다.

"나도 너처럼 말을 못했으면 좋겠어."

그건 아니라고 아키모토는 손가락으로 허공에 ×표를 그린다.

"그게 무슨 말이니? 너 불순하다. 진심으로 한 말이야?"

친구 카이토오 상이 심각한 표정으로 상대 어린이를 빤히 쳐다

　　　　　　　　우리는 이렇게 흘러가는 거야

보며 묻는다.

"아니지. 농담으로 한 소리지."

위기의 순간을 가볍게 넘긴 어린이는 급하다면서 변소 쪽으로 뛰기 시작한다. 너덜거리는 그의 바짓가랑이가 심하게 춤을 춘다.

땡땡땡 땡땡땡! 다음날 아침 1교시 수업 시작을 알리는 종소리가 교내를 쥐흔든다. 운동장에서 공을 차던 어린이들도 이마 위의 땀을 훔치며 교실로 뛴다. 시끌벅적하던 운동장이 금세 한산해진다. 교실 앞 화단 감나무 위에서 까치가 깍깍거린다. 아키모토 하이키치는 창 너머로 까치를 유심히 바라본다. 그는 까치가 부럽다. 누구에게 감시나 지시를 받지 않고 자유롭게 날아다닐 수 있다는 것이 부럽다. 까치는 하마노 타쿠야 선생님의 잔소리를 듣지 않으니 얼마나 좋은가. 아니 누구의 잔소리도 듣지 않으니 얼마나 좋은가.

하마노 선생님이 교실로 들어선다. 그러자 웅성웅성 시끄럽던 교실이 갑자기 조용해진다. 몽둥이를 든 하마노 선생님이 교탁 앞에 서서 어린이들을 독수리처럼 매서운 눈초리로 응시한다. 어린이들은 독수리 앞의 암탉처럼 잔뜩 주눅이 들어 있다. 한눈을 팔면 순식간에 몽둥이가 등짝을 강타한다. 반장이 벌떡 일어나서 열중쉬어, 차렷, 경례를 외친다.

수업 시간에 아키모토 하이키치는 일본 말을 따라 하지 않고 가만히 있어도 선생님은 아무런 타박을 하지 않는다. 아키모토는 그게 좋다. 아키모토는 학교에 오면 눈만 깜박깜박하고 앉아 있거나 손짓, 발짓으로 자신의 의사를 표현한다. 그러면 친구들과 선생님은 대부분 다 알아듣는다. 일본 말과 글은 더러운 개똥처럼 싫다. 니혼고(일본어) 시간에 히라가나, 가타가나, 어쩌고 저쩌고 하면서 친구들이 떠들어대면 아키모토는 시끄러운 개구리 울음소리처럼 들려 손가락으로 슬그머니 귀를 막아 버린다.

아키모토 하이키치가 말을 못한다는 사실에 누구보다 걱정이 많은 사람은 어머니 아키모토 이노리이다. 아키모토는 어머니의 성화에 못 이겨 면 소재지 유명한 의원을 찾아 진찰을 받는다. 의원은 청진기를 아키모토의 가슴에 대어 보고, 눈꺼풀을 밀어 눈동자를 살펴보고, 입 안을 살펴보고, 말을 걸어보는 등 여러 가지 진찰을 해보고 증상을 물어보더니 이렇게 말한다.

"실제로 머리의 뇌를 다쳐서 말을 못하는 시츠고쇼오(실어증)가 있고 머리의 뇌는 말짱하나 정신적 충격으로 말을 못하는 칸모쿠쇼오(함묵증)가 있습니다. 둘 다 치료를 받아야 합니다. 지금의 의술로는 어느 것인지 정확하게 찾아낼 수 없습니다. 일단 둘 다 감안해서 약을 좀 지어줄 테니까 가지고 가서 먹여 보세요. 오늘 주사 있습니다. 당분간 안정을 취하고 격하게 화를 내거나 심한

우리는 이렇게 흘러가는 거야

충격을 피하게 해주세요."

"오이샤산(의사 선생님), 토테모 아리가토오고자이마스(매우 고
맙습니다)."

어머니 아키모토 이노리는 약봉지를 가슴에 안고 서둘러 집으
로 발걸음을 옮긴다. 입을 굳게 다문 아키모토 하이키치의 손을
잡고. 빠르게 걷다 흰 고무신이 벗겨져 나뒹굴자 잽싸게 꿰어신
고는 당차게 팔을 휘저으며 앞으로 나아간다.

"제발 이 약을 먹고 우리 아키모토 하이키치가 말을 할 수 있어
야 할 텐데. 초근목피로 연명해 온 불쌍한 내 새끼. 반편이는 면
해야 할 텐데. 아이구 내 가슴이 왜 이렇게 답답하대여. 가슴이
활활 타고 있단 말이시."

"오하요오고자이마스(안녕하십니까)."

정중하게 상호 인사를 한다.

"토오호오요오하이(동방요배―국왕이 있는 동쪽을 향해 큰절을 올리
는 것)!"

하마노 선생님이 목에 힘을 주고 근엄하게 외친다. 그러자 어
린이들이 의자 옆으로 나와 동쪽을 향해 바닥에 엎드려 큰절을
올린다. 물론 하마노 선생님도 큰절을 올린다. 1교시 수업 시작
전 행하는 의식이다. 아키모토 하이키치는 아주 소극적으로 맨
늦게 인사를 올리고 의자에 앉는다. 하마노 선생님에게는 아키

모토가 눈엣가시로 여겨진다. 하마노 선생님이 인상을 쓰며 아키모토를 아니꼽게 쏘아본다. 그렇지만 아키모토는 크게 신경쓰지 않는다. 아키모토는 하마노 선생님이 밉다.

"코오코쿠신민노 세에시(황국 신민의 서사)!"

하마노 선생님이 왼손을 펴서 옆구리에 대고 우렁차게 외친다.

"코오코쿠신민노 세에시(황국 신민의 서사)!"

그러자 어린이들은 일어선 자세로 오른손을 펴서 옆구리에 대고 입을 모아 씩씩하게 따라 외친다.

"소리가 작다. 소리를 작게 내는 어린이는 후테이센징(비국민)으로 엄히 다스릴 것이다. 알았나?"

하마노 선생님이 바락바락 악을 쓴다.

"하이!"

어린이들이 몸을 막대기처럼 꼿꼿하게 세우고 굵고 짧게 외친다.

1. 우리는 황국 신민이다. 충성으로써 군국에 보답한다.
2. 우리 황국 신민은 서로 친애 협력하고 단결을 굳게 한다.
3. 우리 황국 신민은 인고 단련, 힘을 길러 황도를 선양한다.

위의 세 서사문도 항목별로 선생님이 선창하면, 어린이들이 후창하는 방식으로 절도 있게 이루어진다. 매일 일상적으로 해오던 것이어서 어린이들은 눈을 감고도 달달 외울 수 있다. 대부분 어린이들이 큰소리로 후창을 했지만 아키모토 하이키치만 유일하게 입을 다물고 멍하니 서 있었다. 그래도 누구 하나 탓하지 않는다. 아키모토는 오랫동안 말을 할 수 없었으면 좋겠다고 생각한다. 입을 다물고 가만히 있을 때 속이 후련하고 기분이 통쾌했다. 그 기분을 들키면 안 된다고 생각하고 아키모토는 심각한 표정으로 정면 칠판만 뚫어져라 바라본다.

어머니 아키모토 상은 깊게 한숨을 내쉰다. 자고 일어나 눈만 뜨면 아들 아키모토 걱정이다. 길에서 동네 아낙을 만나 죽는 소리를 한다.

"의원에서 준 약을 먹이고 주사도 맞혔지만 하나도 차도가 없다니까. 용한 의원이 없을까? 우리 아키모토가 말을 못하는 반편이로 평생을 살아가게 할 수는 없다니까. 왜 이렇게 가슴이 답답하대여. 킨잔노이에(금산댁), 나를 좀 도와 주어. 내가 그 은혜는 꼭 갚을게."

"내게 무슨 재주가 있어야지. 아들이 그러면 부모는 속 터지는 거여. 나도 아들을 키우는 부모로서 싯포오노이에(칠보댁)의 심정을 알 것 같구만. 참 안되었어. 츠츠츠."

킨잔노이에(금산댁)는 펑 뚫린 하늘을 응시하며 혀를 찬다.

어머니와 아버지가 한걱정하며 한숨으로 나날을 보내고 있지만 당사자인 아키모토 하이키치는 아직 어려서 철이 없는 탓인지

태연하다. 춤을 추듯 손짓, 발짓으로 의사 표시를 하면서도 싱글
싱글 웃는다. 개똥처럼 싫은 일본 말을 하지 않아도 되니 얼마나
좋냐는 표정으로. 그러한 아키모토의 태도를 보고 어머니와 아
버지의 한숨은 더 깊어진다.

　수업이 끝나자 어린이들이 복도로 우르르 몰려나온다. 어린이
들은 삼삼오오 모여 이야기도 나누고 바닥에 앉아 공기놀이를 하
기도 한다.
　"고드름 고드름 수정 고드름/ 고드름 따다가 발을 엮어
서……."
　사사야키 상이 팔을 흔들며 조선어로 동요를 흥얼거린다. 그러
자 곁에서 듣고 있던 구장 아들 쿠로다 하로우가 사사야키 상에
게 땅, 하고 손가락 총을 발사한다.
　"고멘네(미안), 나도 모르게 갑자기 초오센도오요오(조선 동요)
가 튀어나왔어. 한번만 봐주라."
　사사야키 상이 손을 모아 싹싹 빌며 봐달고 조른다.
　"안 된다고. 절대 안 돼. 상을 받아야 한다고. 어서 딱지를 한
장 내놓아."
　쿠로다 하로우는 사사야키 상의 멱살을 잡는다.
　"그래 줄게. 어서 멱살 놓아. 치사하다."
　사사야키 상은 울상을 지으며 주머니에서 딱지를 한 장 꺼내

　　　　　　　　　　　　　　우리는 이렇게 흘러가는 거야

건넨다.

"두 장 모았다. 헤헤."

쿠로다 하로우는 사사야키에게 혀를 낼름거리며 약을 올린다.

"어디 두고 보자고."

사사야키 상은 눈가를 훔치며 입을 삐죽거린다. 곁에서 이 광경을 아키모토 하이키치가 물끄러미 바라보고는 혀를 찬다. 말은 할 수 없지만 혀는 찰 수 있다는 것을 보여 주기라도 하는 것처럼. 아키모토 상은 사사야키에게 가까이 다가가 자신의 주머니에서 꺼낸 딱지 한 장을 건넨다. 어서 주머니에 넣으라는 손짓과 함께.

"왜 나를 주는 거야? 너도 필요하잖아."

아키모토 상은 두 팔로 ×를 표시하며 자기는 필요 없다고 한다.

"이제 알았다. 너는 말을 못하니까 필요 없겠다. 그럼 나머지 모두 나를 주면 안 되니?"

아키모토 하이키치는 양 검지로 ×를 표시하며 그건 안 된다고 한다.

"아키모토가 머리까지 조금 이상해진 건 아닐까?"

"그러게 말이야. 시도 때도 없이 실실 웃는 거라든가. 일요일 날 두문불출하며 방에만 박혀 있는 것을 보면 조금 이상해진 것 같기는 한데."

"소 꼴도 베어 오고 집안 일을 잘 도와주는 것을 보면 괜찮은 것 같기도 하고. 그래도 싫다고 하지 않고 학교에 꼬박꼬박 나가는 것을 보면 신통하다니까."

그날도 아키모토 하이키치는 밭둑에 바지게를 세워 놓고 소 꼴을 벤다. 제법 낫질을 잘한다. 파릇파릇한 바랭이들이 그의 손끝에서 싹둑싹둑 잘린다. 풀을 베다 그는 삼촌 생각이 나 먼 북쪽 하늘을 멍하니 바라본다. 파란 하늘에 흰 구름이 두둥실 떠간다. 북쪽으로. 저 구름을 타고 가면 삼촌을 만날 수 있을 텐데. 자동차 구름. 흰 구름은 자동차를 많이 닮아 있다. 삼촌이 사다 준다고 약속한 자동차 장난감은 저렇게 생기지 않았을까? 아니야 저보다 더 예쁠 거야. 파란색 몸체에 검은 바퀴가 네 개 달려 있을 거야. 아니야 노란 몸체에 파란 바퀴가 네 개 달려 있을 거야. 아니야 빨간 몸체에 연두색 바퀴가 여섯 개 달려 있을 거야. 손으로 밀면 부릉부릉 소리를 내겠지. 삼촌은 꼭 돌아오겠지.

"너희 삼촌은 이제 돌아오지 못해. 우리 아버지가 그랬어. 만약 돌아온다면 나카오카 형사가 바로 잡아간다고 했어."

동네 아이들이 말했다. 그러나 아키모토 하이키치는 동네 아이들의 말을 믿지 않는다.

"삼촌은 꼭 돌아올 거야. 기다리자꾸나. 조금 시간이 걸릴지도 몰라. 이걸 밖에 나가서 누구에게 말하면 안 돼. 알았지?"

어머니의 말에 아키모토는 고개를 끄덕거렸다.

　　　　　　　　　　　우리는 이렇게 흘러가는 거야

서쪽으로 기운 해가 매봉재 고갯마루에 핏빛으로 걸려 있다. 벌써 시간이 이렇게 흘렀나. 늘 삼촌을 생각하면 시간은 빠르게 지나갔다. 아키모토는 베어 놓은 풀을 주섬주섬 모아 바지게 위에 올린다. 바지게 위에 가지런하게 놓인 풀이 수북하다. 아키모토는 풀이 수북한 바지게를 지고 끙끙대며 밭둑을 내려오기 시작한다.

느티나무 위에서 매미가 그악스럽게 울어댄다. 태양이 중천에서 이글이글 타오른다. 느티나무 밑 그늘에 앉아 있어도 이마 위에서 땀이 버적버적 솟는다. 느티나무 밑에 동네 사람들이 모여 앉아 일본어 교육을 받고 있다. 여기에는 국민학교에 다니는 어린이들도 모두 나와 있다. 고령의 환자를 빼고는 대부분 마을 사람들이 참여하고 있다. 연신 손등으로 이마 위의 땀을 훔치기도 하고 손으로 부지런히 부채질을 해댄다. 순회 일본어 교육은 누구나 필수로 받아야 한다. 만약 핑계를 대고 교육에 빠지면 후테이센징(비국민)으로 인정하여 온갖 불이익을 준다. 징용이나 징병 시 일차적인 대상으로 착출하여 멀리 보내 버린다. 이게 동네 주민들에게는 무시무시한 공포다. 교육을 받을 때도 소극적이거나 방해하는 자는 콕 집어 경찰서로 끌고 가 가혹한 형벌로 다스린다.

"조센징이노 덴노헤이까(천황 폐하)를 모독하였으니 그 벌을 달게 받아야 한다."

경찰서로 끌려갔다 나오면 대부분 반편이로 전락하여 사족을 쓰지 못한다.

교육을 받는 주민들을 닛본도(일본도)를 찬 나카오카 형사가 감시하고 있다. 나카오카는 가끔 헛기침을 해대며 뒤에서 시계추처럼 왔다 갔다 한다. 구장 쿠로다 유수케는 옆에 막대기처럼 꼿꼿하게 서서 주민들의 일거수일투족에 매서운 눈초리를 꽂는다. 그러다가 경거망동한 이상 징후가 나타나면 멱살을 잡고 밖으로 끌어낸다. 주민들은 숨을 죽이고 출장 나와 앞에서 가르치는 일본인 하마노 타쿠야 선생님의 목소리에 귀를 기울인다.

"조선과 일본은 한 몸으로 코오코쿠신민(황국 신민-일본 국왕의 백성)임을 명심해야 합니다. 니혼고(일본어)는 코오코쿠신민의 역사를 담는 그릇이며 코오코쿠신민의 얼을 보존하는 대형 독입니다. 하루빨리 니혼고를 익혀 생활하는 데 불편함이 없어야 하겠습니다. 이제 초오센고(조선어)는 사라졌습니다. 우리의 국어는 니혼고입니다. 이걸 명심해야 합니다. 지금 장난치는 어린이가 있는데 누구입니까. 똑바로 앉으시오. 계속 덴노헤이까(천황 폐하)를 모독할 겁니까."

대다수 주민들이 귀를 쫑긋하여 듣고 있는데 조무래기 녀석 몇 명이 장난을 치자 일본인 하마노 선생님이 호통을 친다. 나카오카 형사가 눈을 부릅뜨고 가까이 다가가 닛본도를 빼 든다. 일시

우리는 이렇게 흘러가는 거야

에 쥐죽은 듯 조용해진다. 그러자 나카오카 형사는 닛본도를 슬그머니 칼집에 집어넣는다.

"지금부터는 언어를 구체적으로 배워보겠습니다. 내가 선창하고 여러분들은 후창하는 겁니다."

주민들은 미리 준비해서 나누어 준 인쇄물을 손에 들고 있다.

"초오센토 니혼와 미다."

"초오센토 니혼와 미다."

"조선과 일본은 한 몸이다."

"조선과 일본은 한 몸이다."

"와타시와 니혼진데스."

"와타시와 니혼진데스."

"나는 일본인입니다."

"나는 일본인입니다."

민안부락 느티나무 밑 또랑또랑한 목소리들이 한낮의 더운 열기를 들었다 놓았다 한다. 아키모토 부부도 큰소리로 따라 외친다. 오직 한 사람 아키모토 하이키치만 입을 꼭 다물고 있다. 그래도 누구 하나 탓하지 않는다.

갑자기 거센 굉음이 하늘을 갈기갈기 찢는다. 동시에 회색 물체가 매우 빠르게 하늘을 가른다.

"비이 니주우큐우다(B29다)!"

누군가 이렇게 큰소리로 외친다. 그러자 운동장에서 놀던 어린이들이 잽싸게 바닥에 엎드린다. 납작 엎드려 가슴을 졸이며 숨을 죽인다. 학교 일대에는 무서운 공포가 일시에 살포된다. B29는 빠르게 동쪽으로 사라진다. 어린이들은 일어나 옷을 툭툭 턴다. 다시 놀던 아까의 일상으로 돌아간다. B29가 뜰 때마다 이런 일은 다반사로 이루어졌다. 어린이들에게는 대수롭지 않은 일이다.

5교시 수업 시간이다. 하마노 선생님이 몽둥이를 들고 교탁 앞에 서서 한동안 말이 없다. 웅성거리던 교실이 갑자기 조용해진다. 어린이들이 꼿꼿하게 앉아 눈을 크게 뜬다. 앞에 서 있는 선생님을 말똥말똥 쳐다본다.

"요즈음 몰래몰래 언문(조선어)을 사용하는 녀석들이 많아졌다. 이것은 천황 폐하에 대한 도전이므로 묵과할 수 없다. 이제 초오센고(조선어)는 죽었다. 영원히 사라졌단 말이다. 조선과 일본은 한 몸이며 우리의 코쿠고(국어)는 니혼고(일본어)이다. 창씨개명한 이름만 사용할 수 있다. 마을에서 몰래몰래 조선식 이름을 사용하는 조센징은 학교나 주재소에 즉각 신고해야 한다. 알았나?"

"하이!"

어린이들이 합창하듯 입을 모아 대답한다. 그렇지만 아키모토 하이키치는 입을 굳게 다물고 있다. 하마노 선생님은 아키모토의 그러한 태도가 못마땅하다. 말을 할 수 없다고 하니 벌을 줄 수도 없다. 속에서 부글부글 화가 치밀어 오른다. 그는 교탁을 몽둥이로 내리친다. 긴장해 있던 어린이들이 움찔 놀란다.

"국체명징(천황 중심의 국가 체제를 분명히 하는 일)에 도전하는 불순분자는 색출하여 후테이센징(비국민)으로 엄히 처벌할 것이다. 알았나?"

"하이!"

힘차게 대답하는 어린이들과 달리 아키모토는 입을 굳게 다물고 있다.

"지금부터 딱지 검사를 하겠다. 자신이 가지고 있는 딱지를 모두 책상 위에 올려놓도록 한다. 실시!"

어린이들이 부스럭거리며 주머니에서 지난번 나누어준 딱지를 꺼내 놓는다.

"동작이 느리다. 신속하게 꺼내도록 한다."

하마노 선생님이 목소리를 높인다. 어린이들이 모아 놓은 딱지를 모두 책상 위에 올려 놓자 그는 몽둥이를 들고 자리를 순시하며 유심히 눈여겨 하나하나 살핀다. 그는 아키모토의 딱지를 보고는 고개를 갸웃거린다.

"아키모토 상, 왜 한 장이 모자라지? 말을 못해서 초오센고(조선어)를 못할 텐데 이상하지 않나."

하마노 선생님이 몽둥이로 아키모토의 책상을 탁탁 친다. 그러자 아키모토가 벌떡 일어나 손짓으로 의사를 표시한다.

"뭐라고 하는 거지?"

하마노 선생님은 연신 고개를 갸웃거린다.

"운동장에서 놀다 잃어버렸다는데요."

한 어린이가 대신 설명해 준다.

"선생님, 그것 거짓말인데요. 아키모토가 사사야키에게 한 장 주었어요. 제가 두 눈으로 똑똑히 보았다니까요."

구장 아들 쿠로다 하로우가 낱낱이 폭로한다.

"그래? 사사야키 상, 아키모토에게서 딱지를 한 장 받은 적 있나?"

"하이. 달라고도 안 했는데 그냥 주었어요. 저는 잘못이 없다니까요."

사사야키의 얼굴이 붉게 상기되어 있다.

"하여튼 딱지를 주고받은 것은 사실이구만. 그냥 딱지를 주고받는 것은 반칙이라는 것을 모르나. 너희들은 황국신민화 정책에 반기를 든 불순분자들이다. 두 사람 다 앞으로 나와 손들고 있도록 한다. 어서!"

하마노 선생님이 몽둥이로 책상을 치며 버럭 소리를 지른다. 아키모토와 사사야키가 어슬렁거리며 앞으로 나와 칠판 앞에 서서 두 손을 번쩍 든다. 사사야키는 고개를 푹 숙이고 울상인 반

우리는 이렇게 흘러가는 거야

면 아키모토는 대수롭지 않다는 듯 고개를 빳빳이 들고 여유로운 표정이다.

"딱지 10장을 나누어 주었는데 모자라는 어린이는 모두 나와 손을 들고 서 있도록 한다. 어서!"

하마노 선생님의 지시가 떨어지자 다섯 명의 어린이가 앞으로 나와 고개를 푹 숙이고 손을 든다.

"대신 10장이 넘는 어린이는 앞으로 나와서 상품으로 학습장을 한 권씩 받아가도록 한다. 이 학습장은 천황 폐하가 주신 선물이니 깨끗이 사용하도록 한다."

다섯 명의 어린이가 앞으로 나와 노트를 받는다. 그들은 노트를 들고 바닥에 엎드려 동방요배(국왕이 있는 동쪽을 향해 큰절을 함)를 올리고는 자리로 들어간다.

아침부터 날씨가 후덥지근하다. 하늘에는 구름이 잔뜩 끼어 있고 턱턱 숨이 막힌다. 교실 창가 쪽 화단 감나무 위에서 까치가 깍깍거린다. 수업 시작을 알리는 종소리를 듣고 교실로 들어온 어린이들이 웅성웅성 떠들어댄다. 그러자 반장이 큰소리로 외친다.

"시즈카니 시로(조용히 해)!"

반장의 호통은 효과가 미약하다. 시끄러운 소리가 잠시 잠잠해지는가 싶더니 다시 웅성웅성 떠들기 시작한다. 다른 때 같으면 진작 와 있을 하마노 타쿠야 선생님이 모습을 보이지 않는다.

"선생님이 왜 오시지 않지?"

어린이들이 고개를 갸우뚱거린다. 일찍이 이런 일은 없었다.

"병이 나신 게 아닐까?"

"그러게 말이야."

머리를 박박 깎은 어린이들이 줄 맞추어 앉아 있는 모습은 흡사 시장 바닥에 수박을 줄지어 진열해 놓은 형상이다. 머리에 까맣게 딱지가 앉아 있는 녀석들도 여럿이다. 흰 한복은 땟국이 흘러 꾀죄죄하다. 모시 적삼 자락으로 코를 쓱 훔치는 녀석도 있다.

"어제 오후 해 질 무렵 야마다 교장 선생님이랑, 하마노 우리 선생님이랑, 또 다른 많은 선생님들이 손가방을 들고 저기 학교 뒷산으로 올라가는 것을 내가 보았다니까. 자꾸만 뒤를 쳐다보면서 빠르게 올라가더라고."

사사야키 상이 학교 뒷산을 가리키며 말한다.

"그게 정말이야?"

"그렇다니까."

"왜 산으로 갔을까?"

"그건 나도 모르지."

"쿠로다 하로우도 안 보이네."

"어제 시골 할머니집에 간다고 부모님이랑 부산하게 동네를 나갔어. 내가 똑똑히 보았지."

우리는 이렇게 흘러가는 거야

카이토오 상이 제법 의기양양하게 말한다. 앞에서 두 번째 구장 아들 쿠로다 하로우의 자리가 텅 비어 있다. 계속 하마노 선생님이 나타나지 않자 자리에서 일어나 어린이들을 툭툭 치며 돌아다니는 녀석도 있다. 어린이들이 말을 듣지 않고 계속 떠들자 반장은 아예 포기하고 앉아 한숨만 내쉰다.

교실 앞문이 갑자기 드르륵 열리더니 옆 반 한국인 김필구(카메이 타꾸미) 선생님이 불쑥 들어선다. 돌아다니던 어린이들이 자리에 앉는다. 시끄럽게 떠들던 교실이 금세 조용해진다. 반장이 일어나서 열중쉬어, 차렷, 구령을 붙이자 한국인 김필구(카메이 타꾸미) 선생님이 손짓으로 인사하지 말고 그냥 앉으라고 한다. 반장이 일어났다 슬그머니 자리에 앉는다. 김필구 선생님은 붉게 상기된 표정으로 교탁을 끌어다 칠판 앞에 바싹 붙이더니 그 위로 올라가 교실 정면에 걸린 히노마루(일장기) 액자를 떼어낸다. 어린이들은 고개를 갸웃거린다. 김필구 선생님은 교탁 위에서 내려오더니 얼굴을 찡그리며 히노마루(일장기) 액자를 창밖 화단으로 거칠게 던져버린다. 화단 감나무 위에서 깍깍거리던 까치가 떼 지어 날아간다. 선생님은 뚜벅뚜벅 걸어가더니 칠판에 분필로 또박또박 이렇게 쓴다.

"대한 독립 만세!"

김필구 선생님은 몸을 돌려 어린이들을 향해 밝게 웃는다.

"내일부터 당분간 학교에 안 나와도 된다. 연락이 갈 때까지

집에서 기다리면 된다.”

김필구 선생님의 목소리가 조금 떨린다.

“왜 그러지요?”

사사야키 상이 당돌하게 큰소리로 묻는다.

“우리나라가 일본으로부터 해방이 되었다. 지금부터 조선 말과 글을 마음대로 쓸 수 있다.”

김필구 선생님의 눈에서 물방울이 흘러내린다.

“야아아!”

어린이들이 책상을 치며 입을 모아 일시에 탄성을 지른다.

“대한 독립 만세!”

김필구 선생님이 두 팔을 번쩍 들어 만세를 외친다. 자리에 앉아 있던 어린이들이 일어나 우우 앞으로 나가더니 선생님과 함께 대한 독립 만세를 외친다. 교실은 흥분의 도가니 속으로 빠져든다.

“병신 새끼들!”

아키모토 하이키치(박길수)도 자리에서 벌떡 일어나 투덜거리며 앞으로 뛰어나간다.

길 잃은 양

꼿꼿하게 선 날이 섬뜩하다. 손잡이를 힘 있게 움켜잡는다. 연장을 코앞에 대고 킁킁대자 날 위에서 햇빛 조각이 반짝하고 섬광을 발한다. 끝이 송곳처럼 뾰족해서 푹 찌르면 함석도 퍽, 하고 뚫릴 기세다.

'이 연장이 내 소원을 들어줄 거야.'

그는 그것에 대한 강한 믿음을 갖고 있다. 상황이 포착되면 순식간에 그만……. 그는 연장을 들고 요모조모 살피더니 이를 앙다문다. 그러더니 그걸 칼집에 넣고는 잠바 안주머니 깊이 푹 찔러 넣는다. 그러자 불안했던 마음이 조금 안온해진다.

그는 돌팍에 앉아 생각을 더듬는다.

'치밀한 계획만이 쥐도 새도 모르게 성공하게 할 거야.'

상대가 상대인 만큼 계획은 치밀할수록 좋을 것이란 생각을 한다.

"달균아, 그 인간이 한동서울병원에 입원해 있다고 그러는구나. 너를 찾을 게 분명해. 당분간 몸을 조심해야겠어."

어머니가 문자 메시지로 전해 준 소식이다.

'그래, 기다리던 때가 온 거야. K가 내 장기를 노리다니. 내가 당하기 전에 먼저 선제공격을 하는 거야. 그래야 내가 살 수 있거든. 이번이 처음이자 마지막 기회가 되어야 해. 공격이 최고의 방어라고 그랬지. 내일 병원으로 가서 깨끗이 해치우는 거야.'

그는 고개를 끄덕이며 가슴 위에 손을 얹는다. 두툼한 연장의 부피가 느껴진다. 그는 피식 웃는다. 뭔가 잘될 것 같다는 생각.

'나를 우습게 본 게 틀림없어. 이번 기회에 그 대가를 치르게 해주지.'

그는 집으로 가기 위해 발걸음을 옮기다 뒤에서 저벅저벅 들려오는 발자국 소리를 듣는다. 힐끗 뒤를 돌아보자 검정 양복을 입은 사내 둘이 먼 산을 쳐다보고 있다.

'그래 저자들이 나를 미행하고 있을 거야. K가 보낸 하수인이 분명해. 이것들을 먼저 요절내버려?'

그는 상의 주머니 속의 연장을 꽉 움켜잡는다.

'아니야. 지금 손을 쓸 때가 아니야. 정작 중요한 대목에서 본 게임을 놓칠 수 있거든. 참아야 해. 내가 과민 반응을 보이는 건지도 몰라.'

그는 뒤쪽에 신경을 쓰지 않기로 하고 앞만 보고 발걸음을 옮긴다. 그런데 이상하다. 자꾸만 뒤쪽에 신경이 쓰인다. 뒤쪽에서 저벅저벅 들려오는 발자국 소리가 더욱 명징하다.

'나를 미행하고 있는 게 분명하구만.'

누군가 뒤에서 목을 조이며 힘으로 제압한다면 속수무책으로 당할 수밖에 없을 것이다. 그렇게 해서 납치된다면 장기는 분해되어 냉동될 것이고 그건 바로 죽음이었다. 가까이에서 인기척이 느껴지자 오싹 소름이 돋는다. 그는 용기를 내어 우뚝 걸음을 세운다. 그리고는 동시에 뒤로 몸을 돌린다. 그러자 사내 하나가 멈춰 서서 그를 빤히 쳐다보고 있다.

"왜 자꾸만 따라오고 그러세요?"

그가 목소리를 높인다.

"뭐라고요? 내가 왜 당신을 따라갑니까. 당신이 내 진로를 막았지. 어서 비키시오."

오히려 사내가 역정을 낸다.

"아, 그랬나요?"

그는 뒷머리를 긁적이며 미안하다고 말한다.

"살다보니까 별꼴을 다 보는구먼."

사내는 어이없다는 표정으로 투덜거리며 총총히 멀어져 간다.

집으로 돌아와 땀으로 젖은 몸을 씻고 나오자 한층 기분이 개운해진 것을 느낄 수 있었지만 머리까지 상쾌한 것은 아니다. 머리에 주먹만 한 돌멩이 하나가 올려져 있는 것처럼 머리가 무겁다. 머리를 좌우로 세차게 흔들어 보지만 머리가 무겁기는 마찬가지이다. 머리가 무겁고 그냥 불안한 나날. 근래 쭉 그래왔다.

누워서 뒤척거려 보지만 쉽게 잠을 이루지 못한다. 먼동이 트는 새벽에 일어나 신문 배달을 나가야 하므로 일찍 자야 하는데도 불구하고 그는 저녁마다 잠을 이루지 못한다. 그는 눈을 감고 여러 채의 기와집을 지은 다음에야 잠깐 눈을 붙이곤 하였다.

'그래. 내일 계획대로 K를 제거하는 거야. 지국장한테는 감기 몸살로 신문을 배달할 수 없다고 메시지를 날리고 말이야.'

그렇게 결심을 굳히고 지그시 눈을 감는다. 잠을 자려고 할수록 그의 의식은 초롱초롱해진다.

방문이 슬그머니 열리더니 복면한 사내들이 나타나 그의 앞에 섬뜩한 칼을 들이댄다. 순간 누웠던 몸을 벌떡 일으켜 세운다.

"손들엇! 반항하면 찌른다."

뾰족한 칼끝이 그의 턱 밑에 바싹 다가와 있다. 그는 손을 들고 오들오들 떤다.

"너를 많이 찾아다녔다. 회장님이 너를 기다리고 있어. 너는 이제 편안한 곳에서 행복하게 살 수 있을 거야. 영원히 말이야. 얘들아, 어서 묶어!"

뚱뚱한 사내의 명령이 떨어지자 그를 뉘여 놓고 손들이 민첩하게 움직여 그의 팔과 다리를 묶기 시작한다.

'내가 이렇게 쉽게 죽을 수는 없지.'

그는 버둥거려 보지만 힘의 한계 앞에서 무력하다. 그가 낑낑대며 반항하자 사내들은 그의 입에 파란 테이프를 붙여버린다. 그러자 숨을 쉬기가 거북하고 가슴이 답답해진다. 나중에는 가

우리는 이렇게 흘러가는 거야

숨이 터질 것 같은 통증이 찾아온다. 그는 몸을 뒤틀며 최후의 발악을 하다 번쩍 눈을 뜬다.

온몸이 땀으로 흥건히 젖어 있다. 그는 누웠던 자세에서 벌떡 일어나 앉는다.

'날이 벌써 밝았군.'

"신문의 생명은 시간이야. 배달이 늦으면 그건 조간이 아니고 석간이란 말이야. 명심하라고."

평소 조금만 늦으면 이렇게 지국장의 호통이 떨어진다.

면도하고, 세수하고, 우유로 아침을 때우고 집 밖으로 나가는 데는 오랜 시간이 걸리지 않는다. 그는 늘 그렇게 서둘러 지국으로 나간다. 그러나 오늘은 아니다.

"지국장님, 감기 몸살로 출근할 수 없네요. 죄송합니다. 김달균 드림."

전송 버튼을 누르고 핸드폰을 주머니에 집어넣는다.

가릉거리는 그의 오토바이 소리가 거리의 소음을 움켜잡고 흔든다. 바락바락 악을 쓰며 달린다. 이른 새벽 희망을 전하는 전도사. 그는 그랬다. 신문이요! 신문을 대문 안으로 휙 던지면 그의 꿈과 불안과 절망도 툭 소리를 내면서 떨어졌다. 그가 처음 신문 배달을 막다른 생계 수단으로 생각하고 뛰어든 데에는 그럴 만한 이유가 있었다. 그는 사람들이 무서웠다. 만나는 사람 중 누가 K의 하수인인지 알 수 없었다. K의 지시를 받은 하수인이 언제 어느 곳에서 불쑥 나타나 그를 납치해 갈지 몰랐다. 그래서 그는 사람들을 피해 혼자 있기를 좋아했다. 혼자 있을 때 그는 내가 살아 있구나, 라고 생명을 확인할 수 있었고 그것은 그의 마음을 안온하게 해주었다. 대부분 사람들이 잠자리에 들어 있는 새벽, 텅 빈 거리는 그에게 참호처럼 아늑한 곳이었다. 어스름이 깔린 텅 빈 새벽 공간은 그의 생명을 지켜주는 방탄벽이었다. 새벽에 신문을 배달하고 사람들이 활동하는 낮에는 낮잠을 잤다. 밝은 대낮 사람들이 활동하는 활기찬 공간은 그에게 총알이 뿌옇게 날아드는 전쟁터처럼 불안하고 무서운 곳이었다. 언제 어느 곳에서 나타날지 모르는 K의 하수인. 그는 그게 두려웠다. 사람들의 인기척은 그에게 그의 생명을 노리는 무서운 어둠의 그림자처럼 여겨졌던 것이다.

부릉부릉 부릉! 그는 오토바이를 몰고 4차선 도로를 질주한다. 뿌연 아침 안개가 헬멧 위에 부딪쳐 증기처럼 날린다. 오토바이가 격앙된 감정으로 빠르게 안개를 가른다. 사거리 신호에서 잠시 멈춘 오토바이가 좌회전하여 속도를 내기 시작한다.

그는 평소 자신의 운명이 참으로 기구하다고 생각해왔다. 그건 모두 K 때문이었다. 그는 K를 용서할 수 없었다. 그런 K가 그의 생명을 노리고 있었으니. 그는 살고 싶었다. 그것도 걱정이나 불안감 없이 편안히. 자신의 생명을 노리는 누구도 용납할 수 없었다. 상대를 용서한다는 것은 곧 자신의 죽음을 뜻하고 있기에.

우리는 이렇게 흘러가는 거야

그는 이미 죽은 존재일 수도 있었다. 지금까지 용케 살아남아 맑은 공기를 마시며 아침 신문을 배달할 수 있었던 것은 순전히 어머니 덕분이었다. 타의에 의해서 강제로 자신의 장기를 이식해 주고 자신은 저 세상으로 자취를 감춘다고 생각하면 오싹 소름이 끼쳤다. 남들처럼 자신도 독립된 개체이며 소중한 생명체이기에 더욱 그랬다.

그가 염곡천사마을에서 어린 시절을 보내며 줄곧 그리워했던 것은 어머니였다. 시간이 가면서 그 농도가 점점 진해지기 시작했다. 염곡천사마을 빨랫줄에 널린 포대기를 보거나 너울거리는 보자기를 보면 불쑥 치미는 그리움. 어떠한 조건이나 처한 환경에 관계없이 무조건 안아줄 것 같은 어머니. 그의 머릿속에 한 점 기억조차 없는 어머니. 여자들의 뒷모습만 보면 자신의 어머니도 저렇게 생겼을 거라고 상상하며 보낸 염곡천사마을에서의 아픈 시간들. 우두커니 앉아 먼 산을 쳐다보고 있으면 상상 속의 어머니가 오롯이 모습을 나타내곤 하였다. 그는 미칠 지경이었다. 상상 속의 어머니는 둥글납작하고 코가 오똑했었다. 어머니가 그리워 염곡천사마을 화단가에 앉아 먼 산을 쳐다보고 있으면 검은 승용차들이 미끄러지듯이 들어오곤 하였는데 그때마다 차에서 유난히 말쑥한 노신사들이 내리곤 하였다. 그들이 다녀간 날에는 눈에 띄게 식탁이 풍요로웠고 간식들이 자주 나왔다. 그럴수록 염곡천사마을 친구들은 토실토실 살이 쪄 갔다. 그런데 그 노신사들 중 선글라스를 낀 분 하나가 화단가에서 놀고 있는 그를 찬찬히 쳐다보곤 했었으니. 어린 김달균이 좀 이상하다 싶어 고개를 갸웃거리며 상대를 빤히 쳐다보면 선글라스는 금세 고개를 돌려 딴청을 부렸다. 벌써 그러한 경우가 여러 번이었다. 그런데 좀 특이했던 것은 그런 일이 있었던 날은 원장 선생님이 따로 그를 불러 초콜릿이나 그가 좋아하는 붕어빵을 한아름 안겨주었다는 점이다. 그러면 그는 그것들을 친구들과 나누어 먹으며 우리 어머니와 아버지는 어떤 분일까, 어떤 사연 때문에 내가 염곡천사마을에서 살게 되었을까, 그런 궁금증을 어금니 위에 놓고 잘근잘근 씹었다. 그 무렵 그는 어머니의 손을 잡고 학교에 가거나 시장에 가는 친구들을 보면 그렇게 부러울 수가 없었다.

하루는 용기를 내어 원장 선생님을 찾아가 물었다. 어머니에 대해서. 그가 왜 염곡천사마을에서 자라게 되었는지를.

"내가 너의 어머니야."

박 마리아 원장 선생님은 그의 머리를 쓸어주었다.

"그리고 너의 아빠는 원장 선생님 남편이고. 알았지?"

원장 선생님은 그의 손에 초콜릿을 한 봉지 쥐어주었다. 그는 고개를 끄덕거리며 어서 빨리 달콤한 초콜릿을 먹고 싶다는 생각에서 서둘러 원장실을 나왔다. 초콜릿은 입 속에서 살살 녹으며 그의 기분을 황홀하게 해주었다. 그 순간 그는 행복했다. 그리고 즐거웠다. 하지만 그러한 기분은 오래 가지 못했다. 초콜릿을

우리는 이렇게 흘러가는 거야

먹은 후 입 속의 달콤한 맛이 사라질 때쯤이면 뒷맛이 씁쓸해지며 기분이 개운하지 않고 찜찜했다. 염곡천사마을 아이들이 모두 어머니라고 부르는 박 마리아 원장님. 그는 박 마리아 원장님이 어머니라는 말을 받아들일 수 없었다. 그녀는 통상적으로 불러주는 어머니이고 그의 실제 생모는 따로 있을 거라는 확신이었다. 그래서 그는 원장실을 찾아가 실제 어머니를 찾게 해달라고 졸랐다.

"한 번만이라도 어머니 얼굴을 보고 싶습니다. 아니면 아버지라도."

"그건 안 된다. 여기가 너의 집이고 나는 너의 어머니야. 너는 여기를 나가면 불행해져. 너는 여기에서 배부르게 실컷 먹을 수 있지 않니. 너는 여기를 나가면 그 순간부터 불행해져."

불행해진다는 말에 그는 발을 돌이켰다. 눈물을 찍어내며 원장실을 나왔다. 나가면 불행해진다는 말은 나가지 않으면 행복하다는 말인데 그 말에 그는 동의할 수 없었다. 그는 지금껏 행복감을 느껴본 적이 없었다. 배는 부르지만 왠지 무서웠고 염곡천사마을에 밴 분위기가 초겨울 공기처럼 차갑게 느껴졌던 것이다.

중학교를 졸업하면 독립한다는 명목으로 형들이 염곡천사마을을 하나둘 떠나갔다. 형들이 떠나가는 날은 염곡천사마을 모든 동료와 동생들이 박수를 치며 환영해 주었다. 더 좋은 곳으로 간다면서. 짜장도 배달하고, 신문도 배달하며 아르바이트해서 번

돈으로 고등학교도 가고 대학도 간다는 것이었다. 그런데 좀 이상한 것은 그러한 형들이 떠나가면 일체 염곡천사마을에 얼굴조차 내밀지 않는다는 점이었다. 그리고 거리에서나 어디에서도 형들을 본 적이 있는 사람이 없다는 점이었다.

"형들을 모두 마을 뒤에 사는 늑대가 물어 갔다고 하던데."

"아니야. 요즘 시대에 무슨 늑대. 당치도 않는 이야기 때려 치워. 형들은 분명 좋은 데로 갔을 거야."

깊은 밤 소쩍새가 소쩍소쩍 울어대면 그는 늑대가 나타나 물어 갈 것 같은 두려움에 몸을 바싹 웅크리고 새우잠을 자야 했다.

한동서울병원에 도착한 그는 오토바이를 주차장에 세우고 헬멧을 손에 든 채 계단이 있는 쪽으로 걸어간다. 걸어가면서 자신의 가슴을 더듬는다. 연장이 더듬는 손끝에 두툼한 부피감으로 다가온다.

'그래 이걸로 한번에 숨통을 끊는 거야.'

그는 연장이 믿음직스럽다.

"아저씨, 진료받으러 오셨나요?"

안내라고 명찰을 단 사내가 다가와 말을 걸자 그는 움찔 놀란다. 자신의 계획을 들키면 안 된다는 생각에 가슴이 조마조마하다.

"저는 환자가 아닙니다. 환자를 좀 찾으려고 그럽니다."

"아직 병원 업무를 시작하지 않았습니다. 기다리셔야 합니다."

"업무를 몇 시부터 시작하나요?"

우리는 이렇게 흘러가는 거야

"9시입니다."

그는 병원 로비 의자에 앉아 시간을 보낸다. 가슴 위에 손을 얹어 연장을 만지작거리며. 긴장한 탓인지 몸이 막대기처럼 빳빳하게 굳어 있다. 머리를 좌우로 연신 저어보기도 한다.

시간이 되자 그는 안내 데스크로 가기 위해 또각또각 발걸음을 옮긴다. 살기 위해서 거사를 시도하는 그의 가슴이 두근거린다. 양팔을 벌려 크게 심호흡을 한번 하고는 걸음을 재촉한다.

예고 없이 불쑥 떠오르는 얼굴. 누르면 누를수록 더 세게 올라오는 그리움. 그는 어머니로부터 자유롭지 못했다. 그는 어머니로부터 한 치도 벗어날 수 없었다. 참고 참는 데도 한계가 있었다. 염곡천사마을에서 아무리 배가 불러도 그리움이라는 또 다른 배는 채워지지 않았다. 그리움의 허기진 배를 움켜잡고 그는 원장 선생님을 찾았다. 그리고는 형사가 죄인을 신문하듯 조금은 신경질적으로 물었다.

"우리 어머니는 어디 있지요?"

원장 선생님은 그의 진지한 눈을 빤히 쳐다보더니 말했다.

"나도 거기까지는 알 수가 없다. 다만 네가 태어난 곳은 알고 있다. 안양에 있는 보영산부인과, 라고 기록되어 있다. 너는 한 살 때 그 산부인과에서 우리 염곡천사마을로 입양되어 왔단다."

그는 다음 날 바로 학교에서 수업을 마치고 돌아오는 길에 보영산부인과를 찾았다. 거기에는 그가 태어난 기록이 상세히 나와 있었다. 그러나 병원 측에서는 그에게 난색을 표시했다. 어머니에 대한 정보를 그에게 건네줄 수 없다는 것이었다. 개인정보보호법에 저촉된다는 것이었다. 그래서 그는 중학교 학생증을 제시하고 본인임을 확인 받은 후 어머니를 찾는다는 자신의 처지를 설명하고 나서야 가까스로 어머니에 대한 정보를 건네받을 수 있었다. 그러나 그는 건네받은 어머니에 대한 인적 사항을 전혀 읽을 수 없었다. 글씨가 줄지어 기어가는 개미떼처럼 보였다. 그래서 그는 주머니에서 돋보기를 꺼내 코에 걸쳤다. 그에게 돋보기는 필수품이었다. 그는 언제나 주머니에 돋보기를 넣고 다녔다. 그렇지 않으면 유사시에 통 글을 읽을 수 없었기 때문이었다. 이름 장길자, 혈액형 O형, 주소-안양시 만안구 안양1동 별장빌라 2동 202호. 병원 측에서 건네준 어머니에 대한 인적 사항을 손에 들고 밖으로 나오자 세상이 훨씬 밝게 보였으며 꽃과 나무와 풀들이 생동감 있게 다가왔다. 어두운 세상에서 헤매다 밝은 세상으로 나와 새로운 인생을 찾은 사람처럼 마음이 달떴다. 가슴이 설레고 당장 어머니를 찾기라도 한 것처럼 기쁨으로 충만되었다. 그는 인적 사항을 들고 하늘을 향하여 야호, 라고 외쳤다. 그리고는 뛰기 시작했다. 어머니가 계신다는 안양1동 쪽을 향하여. 인적사항이 나와 있는 주소지에는 어머니가 계시지 않았다. 별장빌라 2동 202호에는 젊은 신혼부부가 살고 있었다. 젊은 신혼부부는 전에 살던 장길자 씨를 아느냐고 물어도 모른다

우리는 이렇게 흘러가는 거야

는 것이었다. 그는 고개를 숙이고 절망적으로 터덜터덜 걸어 언덕을 내려왔다.

경찰서를 찾아가 가까스로 어머니에 대한 최신 정보를 알아낼 수 있었다. 찾아간 부서에서는 어머니를 찾는다는 말에 협조적이었다. 담당 직원은 말했다. 어머니가 가정을 갖고 있다고. 그러므로 잘 생각해서 만나야 한다고.

"얼굴만 한번 보면 됩니다. 저도 이제 클 만큼 컸으니까요."

어머니의 새 주소지를 들고 경찰서 정문을 나오자 느티나무에 앉은 까마귀들이 까악까악 울어대었다. 까치가 아니고 까마귀라니. 불길했다. 그렇지만 그는 대수롭지 않게 생각했다. 늘 염곡천사마을 주변에서 울어댔던 게 까마귀였던 것을.

그는 새 주소지를 찾아가 설레는 마음으로 초인종을 눌렀다. 손에는 피로회복제를 한 박스 들고.

"누구세요?"

안에서 낭랑한 여자의 목소리가 들렸다.

"장길자 씨 댁인가요?"

"누구신데요?"

'어머니의 목소리가 분명해. 내 직감은 틀림없어.'

목에서 울컥 주먹만 한 것이 치밀고 올라왔다. 그것은 그동안 쌓이고 쌓인 그리움이 한 순간 복받치는 감정의 응어리였다. 문이 열리기도 전에 그의 눈에 벌써 그렁그렁 눈물이 고였다.

"저는 김달균이라고 합니다."

문이 열리자 그는 넙죽 고개를 숙였다.

"누구라고 했지요?"

낯선 여자가 그를 빤히 쳐다보며 물었다.

"김달균입니다."

"들어와요."

그녀의 목소리는 차분했으며 낮게 가라앉아 있었다. 반가워서 감정이 격해 있는 그와는 대조적이었다.

"제 어머니가 맞나요?"

그는 격해진 감정을 이기지 못하고 다짜고짜 물었다.

"그런 셈이지."

그 말이 떨어지자마자 그는 피로회복제를 땅에 놓고 울음을 터뜨리며 바닥에 엎드려 큰절을 올렸다. 그러자 그녀가 일어난 그를 꼭 안아주었다.

"그만 울 거라. 그동안 건강하게 잘 자라주었구나."

그녀는 냉혈동물처럼 침착한 태도를 보였다. 그녀에게서는 초가을 아침 바람 같은 서늘한 냉기가 감지되었다. 그는 한참 시간이 지난 다음에야 감정을 추스를 수 있었다. 두 사람은 거실 소파에 손을 잡고 나란히 앉았다. 그리고는 그녀가 냉장고에서 꺼내온 주스를 마시며 지나온 이야기들을 조금씩 꺼내 서로의 상처를 확인했다.

우리는 이렇게 흘러가는 거야

"그렇지 않아도 언젠가 내가 찾아가 너를 만나려고 그랬다. 너에게 꼭 해주고 싶은 이야기가 있었거든."

에어컨을 켜놓은 상태여서 거실이 쾌적했다. 마치 그를 맞이하기 위해 미리 에어컨을 켜놓기라도 한 것처럼.

"김양봉 그 사람이 참 몹쓸 짓을 한 거야."

이 대목에서 그녀는 잡았던 그의 손을 슬그머니 놓더니 눈가를 훔쳤다. 그러더니 주스를 한 모금 꿀꺽 마시고는 말했다.

"사실 나는 너의 에미가 아니다."

그에게는 충격적인 말이었다.

"그러니까 너는 어머니가 이 세상에 없는 셈이지. 다만 내 몸속의 양수를 먹고 자랐기 때문에 거기에 대한 애착을 갖고 있다. 너는 나의 유전자를 0.000001%도 갖고 있지 않단다. 너는 김양봉의 복제 인간이야. 나는 다만 돈을 받고 대리모 역할을 했을 뿐이야. 지금 크게 후회를 하고 있으며 너에게 큰 죄를 지은 셈이다. 미안하다. 돈에 미쳐 큰 죄를 지은 이녁을 용서해다오."

이 대목에서 그녀는 눈물을 흘리며 그의 손목을 꼬옥 잡았다. 그녀의 손은 차가웠다. 건강이 나빠서 그런 것인지 그의 느낌이 그런 것인지 그로서는 알 수가 없었다.

"복제 인간들은 복제 원본이 부르면 자신의 장기를 이식해주고 저 세상으로 조용히 사라져야 한단다. 그 덕분으로 복제 원본들은 긴 생을 오래오래 영유할 수 있지. 되도록 빨리 내일이라도 당장 염곡천사마을을 뛰쳐나오도록 해라. 나는 너에게 이 말을 꼭 해주고 싶었단다. 네가 나의 양수를 먹고 자랐는데 내가 어떻게 너를 잊을 수가 있겠니. 네 얼굴이 영 말이 아니구나. 불쌍한 것. 생각해보니 그럴 만도 하겠구나. 실제 나이는 십대이지만 몸의 나이는 육십 대이니까 말이야."

"돋보기가 없으면 조금도 글자를 읽을 수가 없습니다."

"그러겠지. 네가 나보다 더 늙은 셈이지."

그녀는 쯧쯧, 혀를 찬다.

"오늘은 그만 일어나도록 하거라. 다음에 또 만나기로 하고. 애들이 들어올 시간이야. 너의 존재를 식구들은 아무도 모르고 있거든."

"알았습니다."

그는 그녀가 불러준 핸드폰 번호를 전화기 메모난에 저장하고 몸을 일으켰다.

"내가 말한 대로 속히 염곡천사마을에서 나와 굳세게 살도록 하거라."

그녀는 돌아서 나오는 그의 등을 토닥거려주었다. 그는 구십 도로 고개 숙여 인사를 하고는 밖으로 나왔다. 그의 표정은 어두웠으며 처음 만났을 때의 설렘과 흥분은 차분하게 가라앉아 있었다. 언덕길 중간쯤 내려오자 길가에 긴 의자 하나가 놓여 있었다. 그는 거기에 앉아 단독 주택들이 조개껍질을 엎어 놓은 것처

우리는 이렇게 흘러가는 거야

럼 다닥다닥 붙어 있는 마을을 하염없이 내려다보았다. 그의 감정은 착잡했다. 막연한 기대가 무너지면서 바람 빠진 풍선처럼 마음 한 구석이 허전했으며 자신의 존재가 너무 절망스러웠다. 애타게 기다리던 그리움이 물거품으로 산산이 부서졌으며 기대고 싶었던 마음 속의 기둥이 와그르르 무너져버렸으니. 그는 철저히 혼자인 셈이었다. 어머니도, 아버지도 없는 복제 인간. 외톨이. 애늙은이. 그는 그랬다. 염곡천사마을에서 살다가는 언제 김양봉 복제 원본의 희생양이 될지 모른다. 염곡천사마을을 당장 나와야 하는데 어디 가서 산단 말인가. 또한 염곡천사마을을 나와 산다고 해도 문제였다. 김양봉이 사람을 시켜 그의 소재를 파악하려고 할 텐데. 그게 문제였다. 만약 김양봉의 하수인에게 그가 잡힌다면 그는 장기를 이식해주고 비참하게 최후를 맞이해야 할 것이었다. 그는 김양봉이 두려웠다. 세상이 무서웠다. 김양봉이 수명 연장을 위해서 자신의 생명을 복제한 인간 김달균. 그는 한낱 김양봉의 도구에 불과하였다. 그는 그게 싫었다. 언제 붙잡혀 죽게 될지 모르는 그. 그는 불안했다. 그리고 김양봉이 미웠다. 그는 주머니에서 껌을 하나 꺼내 김양봉이라고 생각하고 잘근잘근 씹었다.

긴 의자 둘레에 저녁 어스름이 칙칙하게 내려앉기 시작했다. 그는 손으로 팔과 다리를 툭툭 털며 몸을 일으켰다. 그는 어둠의 일부가 되어 어둠 속을 절망적으로 터덜터덜 내려오기 시작했다. 언덕을 다 내려오자 장대한 전봇대 하나가 떡 버티고 서 있었다. 그것은 가슴에 하얀 전등을 끌어안고 있었다. 그 불빛이 주위를 대낮처럼 밝혔다. 전봇대에 붙은 신문배달원 모집이라는 광고 문구가 언뜻 시야에 들어왔다. 그는 눈을 홉뜨고 가까이 가서 들여다보았다.

그가 접근해 가자 병원 안내 데스크 직원이 일어나 꾸벅 절을 한다.

"무얼 도와드릴까요?"

"입원 환자를 찾고 있습니다."

"성함이 어떻게 되시는데요?"

"김양봉입니다."

"삼공그룹 김양봉 회장님이 계시는데 그분을 찾나요?"

"네, 맞습니다."

"입원해 계시다가 오늘 새벽 돌아가셨습니다. 간암으로 별세하셨다고 합니다. 장례식장은 본 병원 지하 1층 101호 특실입니다."

"친절한 안내 고맙습니다."

그가 꾸벅 고개를 숙이는 순간 가슴이 덜컥 내려앉는다. 뜻을 이루지 못하고 모든 계획이 수포로 돌아가버렸다는 사실 때문이다. 누군가한테 뒤통수를 얻어맞은 것처럼 머릿속이 먹먹하다. 기쁜 것도 아니고 슬픈 것도 아니다. 김양봉은 엄밀히 말하면 아버지도 아니고 형도 아니며 그와 유전 형질이 똑같은 복제 원본

　　　　　　　　　　　　우리는 이렇게 흘러가는 거야

일 뿐이다. 부자지간도, 형제 사이도 아니었으니. 표현하기 어려운 묘한 기분이다.

　그는 병원 복도 의자에 한참을 멍하니 앉아 있었다. 김양봉의 죽음은 분노와 좌절과 증오로 훨훨 타올랐던 그에게 갑자기 찬물을 끼얹었다고나 할까. 그의 가슴은 이미 썰렁하게 식어 있었다. 그의 장기를 노렸던 대상이 사라졌으니 그는 이제 원초적인 생명의 안전을 확보한 셈이다. 그렇지만 그는 조금도 기쁘지 않았다. 비 맞은 장닭처럼 옷이 후줄그레하게 젖어 온 몸이 끕끕하다고나 할까. 목표가 사라졌으니 방법과 도구도 무용지물이 된 셈이다. 팔과 다리에 힘이 좍 빠진다. 그는 자리에서 부스스 일어나 쓰레기통이 있는 곳으로 터덜터덜 걸음을 옮긴다. 상의 안주머니 속에서 연장을 꺼내 손에 든다.

　"이제 너는 나하고 인연을 끊어야 할 시간이다. 잘 가거라."

　그는 서슬이 시퍼런 연장을 쓰레기통에 던진다. 집으로 돌아가야 할 시간이다. 그러나 발걸음이 잘 떨어지지 않는다. 자기와 똑같은 사람이, 자신의 복제 원본 김양봉 회장이 죽었다는 사실이 그에게는 목에 걸린 가시처럼 느껴지면서 마음 한 구석이 찝찝하다. 장기를 채취할 목적으로 복제된 김달균. 그를 제물로 삼아 생명을 연장하고자 했던 김양봉. 유전 형질이 똑같은 인간인데 김양봉은 죽었고 그는 살아 있다. 살아 있는 그로서는 죽은 김양봉의 마지막 모습을 확인해보고 싶다. 미움 반, 연민 반으로 그는 김양봉의 마지막 모습을 보고 싶다. 복제 인간이라 김양봉과 얼굴 생김새가 똑같아 가족들이 보면 깜짝 놀랄 것이 뻔하므로 얼굴까지 덮어주는 바이크헬멧을 머리에 쓰고 몸을 돌이켜 에스컬레이터가 있는 쪽으로 걸음을 옮긴다. 안내 화살표를 따라 지하로 내려가는 에스컬레이터에 몸을 싣는다. 에스컬레이터를 타고 내려가자 장례식장이라고 쓰여진 글자가 하나씩 모습을 드러내기 시작한다. 지하는 오전 이른 시간이어서 그런지 한산하다. 삼단 조화가 속속 배달되어 들어온다. 그가 특실 101호 안을 기웃거리자 검은 상복을 입은 신사가 그에게 말을 건다.

"여기는 김양봉 회장님 상가인데 어디서 오셨나요?"

그는 헬멧을 쓴 채 대꾸가 없이 손만 내젓는다.

국화로 분향대를 분주히 꾸미고 있는 중이다. 꽃 속에서 그의 복제 원본 김양봉이 활짝 웃고 있다. 김양봉의 영정에는 검은 띠 두 개가 내려와 있다. 그는 김양봉과 똑같은 복제 인간으로서 동격이다. 그가 헬멧을 벗는다면 김양봉이 살아돌아왔다고 사람들이 아우성을 칠 것이다. 그는 그런 상상을 하면서 피식 웃는다. 김양봉의 마지막 모습을 확인한 그는 몸을 돌이킨다. 상복을 입은 신사는 그의 태도를 보고 연신 고개를 갸웃거린다. 에스컬레이터를 타고 지상으로 올라가기 위해 발걸음을 떼어놓는다. 그에게 다가올 죽음을 미리 보고 돌아가는 기분이다. 에스컬레이터에 올라타자 몸이 부웅 떠오른다. 그러면서 진한 향

우리는 이렇게 흘러가는 거야

냄새와 웅성거리는 사람들의 말소리가 조금씩 멀어져 간다.

오토바이를 몰고 병원 밖으로 나온다. 바지 주머니에서 핸드폰이 덜덜거린다. 그는 잠시 오토바이를 길가 나무 그늘 밑에 세우고 핸드폰을 꺼내 메시지를 확인해본다. 그러나 글자가 눈에 들어오지 않는다. 까만 점들의 집합일 뿐이다. 그는 돋보기를 꺼내 코에 걸친다.

"내일 새벽 늦지 않게 출근해. 신문이 조금 일찍 온다고 했어."

지국장의 메시지다. 그는 돋보기를 접어 주머니에 넣는다. 실제 나이와 몸의 나이가 몹시 다른 그. 그에게는 비극적인 일이다. 그렇다면 그는 오래 살 수 없다는 이야기이다. 그로서는 결혼하기도 용이하지 않다는 이야기이다. 그는 현재 노년기에 있으므로.

'누가 만들어놓은 슬픈 비극인가. 나는 누구인가. 내 존재의 번지수는 어디인가. 부모가 없는 고아. 그게 나의 현존재지. 시험관 아기처럼 대리모에 의해서 태어난 나는 고아가 분명해. 염곡천사마을을 도망쳐나와 용케 살기는 했지만 나의 미래는 어둡고 현존재는 휘청거리고 있는 게 분명해. 나는 길 잃은 양이고 날개 잘린 슬픈 백로야.'

부릉부릉! 앞으로 질주하는 그에게 도로 지면이 자꾸만 기우뚱거린다. 거리의 가로수와 횡단보도 앞에 서 있는 사람들과 건물들 그러한 것들 모두가 밉다. 방관자였으므로. 김양봉과 공범자였으므로. 저돌적으로 돌진해 받아버리고 싶다. 받아버리고 싶은 충동을 간신히 뿌리친다.

집으로 돌아온 그는 냉장고에서 소주병을 꺼내 거꾸로 들고 물처럼 벌컥벌컥 마시기 시작한다. 보이지 않는 미래. 무엇을 할수 있단 말인가. 꿈을 펼쳐보기도 전에 육십 대의 육신으로 퇴락해 있는 김달균. 그는 그 자신이 밉다. 그는 식탁에 앉아 연신 소주병을 꺾는다. 벌건 얼굴이 화끈거린다. TV 화면이 물결처럼 흔들린다. 그가 화면 속으로 미끄러지듯이 빨려 들어간다. 그는 지푸라기마저 놓친 채 흐르는 강물을 따라 둥둥 떠내려간다. 허푸거리며 얼굴을 덮치는 물을 속수무책으로 받아 마신다. 배가 불러오고 의식이 혼미해진다. 그러다가 번쩍 눈을 뜬다. 머리가 무겁다.

'벌써 새벽이구만. 출근을 서둘러야지.'

새벽 먼동을 가르며 오토바이가 달린다. 정적에 빠져 있는 도시의 새벽을 흔들어 깨우며. 부릉부릉 부릉! 오토바이가 기지개를 켜는 새벽의 가슴을 꾹꾹 찌른다. 마신 술이 덜 깨 머릿속이 지끈거린다.

"내일 새벽 늦지 않게 출근해. 신문이 조금 일찍 온다고 했어."

지국장의 말이 귓가에 맴돈다.

'신문은 배달해서 뭐 하나. 결혼도 못하게 늙어버린 망가진 육신. 이게 무슨 비극인가. 이렇게 만들어 놓은 김양봉이 저 세상

우리는 이렇게 흘러가는 거야

으로 가버렸으니 누구를 원망하고 미워하겠는가.'

미워할 대상이 사라진 지금 그로서는 허탈하고 망가진 육신과 남은 생이 저주스러울 뿐이다. 부릉부릉 부릉! 화풀이라도 하듯 세차게 가속을 가하자 오토바이가 텅 빈 새벽의 도로를 날아간다. 뿌연 매연을 흩뿌리며.

"경찰이다, 오토바이를 갓길로 세워라. 과속이다!"

확성기 소리가 뒤에서 들린다. 백미러를 응시하자 교통순찰대 차량이 따라오고 있다.

"엿 먹어라!"

그는 자세를 낮추고 움켜잡은 핸들을 돌려 더 세차게 가속을 가한다. 오토바이가 자지러질 듯한 소리를 내며 도로 위를 대포 알처럼 날아간다. 긴 회색 대교가 입을 벌리고 그에게 빠르게 다가온다. 다리 위로 올라서자 굽이쳐 흐르는 강물이 그의 가슴에 덥석 안긴다. 오토바이가 굽이쳐 흐르는 강물 위를 달린다.

돛단배

　그는 어두운 긴 동굴 속을 통과해 나온 셈이었다. 장마가 지속
된 습한 날씨 탓으로 언제나 턱턱 숨이 막혔다. 텔레비전에서는
연일 불쾌지수가 30년 만의 최고 수치라고 떠들어대었다. 병실을
찾아오는 사람은 별로 없었다. 아내와 두 아이들이 가끔 찾아와
그의 손을 잡아주었다. 그에게는 그게 그의 외로움을 달래주는
큰 몫을 하였다. 병실 침대에 누워 아픈 다리를 부여잡고 몸을 좌
우로 뒤척거리면 그의 시야에 큰 파도가 성난 사자처럼 눈을 부릅
뜨고 덤벼들었다. 그때면 그는 질끈 눈을 감아버렸다. 생각하기
조차 싫은 장면이 그의 영상에 불쑥불쑥 덤벼들곤 하였다.

　병실 창밖으로 비가 내렸다. 지루한 장마였다. 주말마다 태풍
이 올라와 창밖 버드나무 줄기를 잡고 오도깝스럽게 흔들어대었
다. 그 바람에 버드나무 몸통이 아예 똑딱 부러져버렸다.

　그는 밤에 잠을 자면서 거센 바람으로 돛이 찢어진 난파한 배
를 목격하곤 하였다. 선원들은 무인도로 올라와 절벽을 물어뜯
는 성난 파도를 바라보며 무력감에 빠져 있었다. 뭍으로 돌아갈
일이 걱정이었다. 배가 고프면 나무껍질을 벗겨 먹으며 파도가

　　　　　　　　　　　우리는 이렇게 흘러가는 거야

잠들기를 기다렸다.

"우리는 굶어 죽을지도 몰라."

누군가 말했다.

"안 돼. 나는 처자식이 있어서 안 돼."

그가 말했다. 그의 옷은 바닷물로 흠뻑 젖어버렸다. 시간이 경과하면서 체온이 내려가기 시작했다. 그는 추위를 느꼈다. 몸을 오들오들 떨었다.

"차동권 씨, 오늘 퇴원하는 날입니다. 알고 계시지요? 오늘 마지막 주사입니다."

흰 가운을 입은 간호사가 그의 옆에 서 있었다. 손에 주사기를 들고. 그는 빠르게 정신을 수습하고는 침대에 엎드렸다. 그러고는 환자복 하의를 조금 내렸다. 그러자 엉덩이에 따끔한 통증이 전해졌다.

"옷을 올리세요."

간호사가 뒷모습을 보이며 병실 밖으로 총총히 사라졌다. 퇴원날이 다가왔지만 그로서는 반갑지 않았다. 직장마저 잘리고 실업자가 되었으니. 집에서 쉴 나이도 아니고. 그게 문제였다. 머리를 회전시켜 봐도 마땅한 일자리가 떠오르지 않았다. 내가 잘아는 제과점을? 그럼 제과점은 성공할 수 있을까? 자꾸 머리가 지끈거렸다.

"여보, 나와요. 가자구요. 퇴원 수속을 마쳤어요."

창밖 평촌 시내에는 어스름이 빽빽하게 내려와 있었다. 그는 그 어둠을 응시하고 있다가 문 쪽에서 들려온 아내의 음성을 들었다.

"그래 당신이구만."

그는 평촌 시내 명멸하는 불빛들을 뒤로 하고는 아내를 맞이했다.

"옷을 갈아입어야지요."

"그래, 알았어."

그는 옷을 주섬주섬 꿰어 입기 시작했다.

병원 밖으로 나오자 상큼한 공기가 콧속으로 밀려들어왔다. 이제 동굴 생활을 청산하는 셈이었다. 동굴 속에서 긴 여름을 끝내고 나오는 그의 기분이 날아갈 것만 같았다. 유난히 더운 여름이었다. 지난 여름은 동굴 속에서 보낸 고통스러운 한철이었다. 생각조차 하기 싫은 추억의 빛바랜 사진이었다.

"아직 완전히 치료되지는 않았습니다. 당분간 통원 치료를 받으세요. 별 문제는 없을 겁니다. 뼈가 잘 붙었으니까요. 무리하지 말라고 목발을 드리니 당분간 이걸 짚고 생활하세요."

목발이 그에게는 익숙하지 않았다. 낯선 이물질. 그에게는 강한 거부감이 들었다. 그렇지만 그는 그걸 멀리 할 수 없었다. 당분간 무리하면 안 되니까. 그는 목발을 겨드랑이 깊숙이 집어넣고 불안스레 걸음을 옮겼다.

우리는 이렇게 흘러가는 거야

"나 먼저 갈게요. 이마트에 볼 일이 있어서요. 가까우니까 혼자 갈 수 있겠지요."

영세정형외과에서 집까지는 800m 정도 되는 거리였다.

"그래, 알았어. 걱정 말고 당신 먼저 가. 이제 다리의 상처가 다 아물었으니 걱정할 것 없다고."

병원에서 나와 왼쪽으로 10m 정도 올라가자 횡단보도가 나왔다. 인도에는 가로등 불빛이 질펀히 깔려 있었다. 저녁 바람에 은행나무 가로수 잎들이 파들거리며 물고기 비늘처럼 반짝반짝 몸을 뒤척이었다. 8차선 도로에는 차들이 꼬리를 물고 계속 이어졌다. 강물이 흐르듯 차들이 밤바람을 가르며 질주해갔다. 귓불을 스치는 저녁 바람이 제법 서늘했다. 눈을 부릅뜬 차들이 밤바람을 몰고 과천 쪽으로 달렸다. 목발을 짚고 걸음을 옮기면 겨드랑이 밑에서 삐걱거리는 소리가 들렸다. 길 건너 삼호아파트 베란다마다 노란 불빛이 내걸려 있었다. 신호등 불빛이 초록으로 바뀌자 그는 좌우를 둘러보았다. 차들이 정지선에 일렬로 멈추어 서자 그는 조심스레 걸음을 옮겼다. 그와 같이 출발한 사람들이 그보다 몇 걸음 앞서 걷고 있었다. 답답했다. 동작을 민첩하게 하기 위해 팔에 힘을 주고 서두르지만 생각만큼 속도를 낼 수 없었다. 마음 같아서는 목발을 던져버리고 날렵하게 뛰어가고 싶었지만 참았다.

"무리하지 말라고 목발을 드리니 당분간 이걸 짚고 생활하세요."

의사의 말이 그의 귓전에 맴돌았다. 조금 걷자 몸에서 더운 열기가 치밀었다. 목발을 옮길 때마다 주먹만 한 어둠이 뭉텅뭉텅 뽑혀 가로등 불빛 속으로 산산이 부서졌다. 그가 횡단보도를 건너 인도로 들어서자 보행 신호등 불빛이 빨간색으로 바뀌었다. 그러자 기다리고 있던 차들이 미끄러져 가기 시작했다. 가릉거리는 엔진 음을 흩뿌리며. 차들은 냉정하고 매섭게 달렸다. 차들은 거센 물줄기처럼 줄을 지어 흘러갔다. 그는 횡단보도 앞에 서서 거세게 흘러가는 차량들을 하염없이 바라보았다. 나에게도 그렇게 잘 흘러갔던 시절이 있었지.

"환영합니다. 우리 회사에 잘 입사하셨습니다. 배는 고프지 않을 겁니다. 그렇다고 시도 때도 없이 빵을 드시면 안 됩니다."

삼모식품 입사 환영회 자리에서 그는 뿌듯한 희열을 느꼈다. 경쟁자들을 물리치고 회사에 취직을 했으니 그로서는 그 감회가 남달랐다. 잔을 받고 주고 그러다 보니 흥건하게 취했다. 기분이 업 되어 있는 만큼 그는 잔을 비웠다.

첫날의 흥분은 오랫동안 그를 설레게 하였다. 열심히 일했다. 달을 따오라고 하면 달을 따왔다. 진짜 달보다 효용성이 있는 멋진 달을. 그것도 만인이 좋아하는 맛있는 달을. 온 국민이 즐겨 먹는 둥근 빵을. 아니 둥근 달을.

"참 신기한 빵입니다. 기존의 빵과는 비교가 안 됩니다. 입에 들어가면 혀에 착 감지되는 그 맛이 종전의 빵과는 차원을 달리

우리는 이렇게 흘러가는 거야

합니다. 차동권 씨, 수고하셨습니다. 차동권 씨는 우리 회사의
보물입니다."

　그가 회사에서 잘 나가던 그때도 장마가 있었고 태풍이 있었
다. 아침에 출근하기 위해 차를 몰고 고속도로를 달리면 차창에
부딪치는 바람이 모기 울음소리를 내었다. 바람은 그에게 분명
장애물이었다. 그렇지만 그는 그 바람을 잘 피해 목적지에 도달
하곤 하였다. 늘 바람은 불어왔고 바람 속에서는 낯선 냄새를 풍
겼다. 그럴 만도 했다. 늘 바람은 그와 관계가 없는 낯선 곳에서
그에게 불어왔으므로. 바람 속에서는 타국의 흙먼지와 비릿한
바다 냄새까지 감지되었다. 바람은 거기서 멈추지 않았다. 그의
냄새를 싣고 타인이나 먼 타국까지 날아갔다. 날개를 달고. 바
람은 날개를 달고 훨훨 날아서 정처 없이 이동했다. 힘이 다하여
기진맥진한 상태로 길바닥에 질펀히 주저앉을 때까지. 그게 바
람의 성깔이었다. 생성과 소멸을 반복하며 바람은 늘 그의 곁에
머물렀다. 그는 두려웠다. 바람이 무서웠다. 거센 바람이 불면
돛단배는 기우뚱거리다 암초에 부딪쳐 난파할 수밖에 없지 않은
가. 그는 그게 일말의 공포감으로 다가왔다. 무사히 목적지에 도
달하여 나무도 심고, 꽃도 심고, 축의금도 전달해야 할 텐데. 그
리고 목적지에 빵이 도착하여 제과점이 문을 닫지 않게 해야 할
텐데.

　"너무 걱정하지 마세요. 인생은 고, 라고 하지 않았습니까. 그

렇게 살다 가는 겁니다. 그것은 우리가 선택한 업보입니다."

산사에 들렀을 때 말씀하신 산광 스님의 말씀이 바람을 타고 날아와 그의 귓가에 머물렀다. 그는 고개를 끄덕거렸다.

바람이 거세게 불었다. 그는 배가 뭍 쪽으로 향하게 돛줄을 힘 있게 잡아당겼다. 그래도 속수무책이었다. 배는 제 마음대로 움직이었다. 배는 자꾸만 큰 바다로 미끄러져 갔다. 돛단배를 타고 가다 표류하여 실종된 사람들이 어디 한둘인가. 무서운 공포가 그를 덮쳤다. 집채만 한 파도가 밀려와 돛단배를 삼켰다. 그는 짠 바닷물을 뒤집어쓰고 허푸거리다 눈을 떴다.

"아버지, 요즈음 건강이 많이 안 좋아졌습니다. 큰 병원에서 검진을 한번 받아보세요. 얼굴이 많이 헬쑥해졌습니다."

큰아들이 그의 안색을 찬찬히 살폈다.

"나는 걱정 말거라. 밥도 잘 먹고 건강한데 뭐. 가끔 설사를 하는 것 빼고는 건강한 편이다. 나는 옛날부터 장이 조금 약했지. 커피만 마셔도 설사를 했으니까."

"그러니까 건강 검진을 한번 받아보아야지요."

아내가 한마디 거들고 나섰다.

아침이면 차를 몰고 새벽바람을 가르며 일터로 나갔다. 저온 숙성 빵의 숙성 시간을 단축하기 위해서. 시간은 곧 돈이므로. 그는 시험관 앞에 앉아 하루 종일 꺾은선그래프의 위치를 그렸다 지우곤 하였다. 일이 잘 안 풀리고 성과가 없으면 창밖을 쳐

우리는 이렇게 흘러가는 거야

다보며 멍하니 앉아 있었다. 그러다가 그는 창 옆에 걸린 달력에서 돛단배를 발견하였다. 돛단배는 위태위태하게 바다 가운데 떠 있었다. 바람 앞의 촛불처럼. 그것은 불안이었다. 달력에는 25란 숫자에 사인펜으로 동그라미가 그려져 있었다. 그때야 깨달을 수 있었다. 25에 왜 동그라미를 해놓았는지를. 그는 문득 결과란 낱말을 떠올렸다. 그래 잊어버리면 안 된다. 숙성 시간을 놓치면 안 되듯이 예약된 시간을 놓치면 안 된다.

바람이 잔잔하게 가라앉은 화창한 날이었다. 그는 창을 열어놓고 차를 몰았다. 시원한 바람이 안면을 때렸다. 사과를 한 입 베어 물었을 때 같은 상큼한 맛을 느낄 수 있었다.

그는 흰 가운을 입은 사내 앞에 앉았다. 사내는 그의 위아래를 찬찬히 훑어보더니 물었다.

"밖에 바람이 많이 부나요?"

"아닙니다. 차창을 열어놓고 운전을 했거든요."

그는 두 손으로 흐트러진 머릿결을 빗었다. 사내는 차트와 모니터 화면을 번갈아 쳐다보더니 심각한 표정을 지었다.

"설사를 자주 하십니까?"

"자주는 아니구요, 가끔 합니다. 장이 조금 약합니다."

"대장암이네요. 너무 놀라지는 마세요. 수술하면 완치가 가능합니다. 이제 시작 단계라서. 걱정하지 마세요."

그는 귀를 의심했다. 잘못 들은 건 아닌가 하고. 갑자기 번개가 일고 천둥이 쳤다.

"대장암이라구요?"

그는 다시 한번 확인했다.

"네, 맞습니다. 서두르세요. 수술해야지요."

사내가 가물가물 흐려 보였다.

"진정하세요."

사내의 말이 잘 들리지 않았다. 그로서는 대 충격이었다. 이제 끝이구나. 난파하는 것만 남았구나. 밖으로 걸어 나오자 다리가 후들후들 떨렸다. 그는 나무 그늘 밑에 쪼그리고 앉아 대학병원 건물을 하염없이 바라보았다. 대학병원 건물이 돛단배처럼 심하게 좌우로 기우뚱거렸다.

대림대학 방향으로 조금 걷자 국민은행 비산동 지점이 나왔다. 횡단보도에서 국민은행까지는 멀지 않은 거리였다. 그렇지만 목발을 짚고 걷는 그에게는 멀게만 느껴졌다. 겨드랑이 밑이 화끈거렸다. 은행 앞에는 농밀한 어둠이 검은 고양이처럼 웅크리고 있었다. 까만 물체 하나가 은행 앞 계단을 급히 뛰어내려왔다. 순간 까만 물체와 부딪쳤다. 힘에 밀린 까만 물체 하나가 순간 길바닥에 널브러졌다.

"아이쿠, 죄송합니다. 제가 서두르다가 그만."

까만 물체가 까만 물체를 일으켜 세웠다.

"괜찮습니다. 놓으세요."

그는 혼자서 옷을 툭툭 털고 일어났다. 목발에 의지하지 않고도 혼자서 일어나는데 큰 지장을 느끼지 못했다. 까만 사내는 고개를 주억거리며 미안하다고 하면서 총총히 사라졌다. 그는 잠시 쉬어갈 요량으로 은행 앞 계단에 앉았다. 가로수 플라타너스 잎사귀들 사이로 자동차 불빛들이 언뜻언뜻 나타났다 사라지곤 하였다. 그의 주위에 포진된 어둠들이 그를 따돌린 채 돌아앉아 있었다. 따돌림을 당한 희끄무레한 그가 조심스레 몸을 일으켜 세웠다. 그는 목발을 짚고 가던 걸음 옮겨놓기 시작했다. 아이마트안경원 방향으로. 어둠을 헤치며.

하룻밤 자고 날 때마다 암세포가 대나무 뿌리처럼 쭉쭉 뻗어 온몸으로 번져가고 있는 것만 같은 환상으로 몸을 떨었다. 103번 종점이 예사롭게 보이지 않았다. 버스들이 빠르게 종점으로 달려가면 그는 다급함을 느꼈다. 누구보다 아내가 서둘렀다.

"시간을 너무 지체하면 안 됩니다. 서울까지 갈 필요 없습니다. 서울로 가면 많이 기다려야 하니까요."

그는 아내의 말을 들었다.

많이 낯이 익은 건물이었다. 주차장에 수백 대의 차량들이 즐비하게 딱정벌레처럼 엎드려 있었다.

"안양에서는 여기가 제일 커요. 결코 작은 규모가 아니어요."

그는 아내의 말이 무엇을 뜻하는지 알아들을 수 있었다.

그의 방에 흰 가운을 입은 여자들이 수시로 들랑거렸다. 링거

병에서 뚝뚝 떨어지는 수액이 고무관을 타고 그의 혈관 속으로 포복해 들어갔다. 그는 밤이면 악몽에 시달렸다. 널브러진 시체들을 발로 밟고 가기도 하고 총을 맞고 쓰러지기도 하였다. 그는 내장을 꺼내놓고 시내를 활보하기도 했다. 소름이 돋았다. 살아 있는 오리의 목을 칼로 자르면 피를 뿌리며 비틀비틀 걸어가다 팍 고꾸라지곤 하였다. 불길했다. 섬뜩했다. 몸도 마음도 무거웠다. 어두운 터널 속을 통과하는 기분이었다. 시야가 잘 가늠되지 않았다. 터널을 무사히 통과하기는 할는지. 불안했다. 초조했다. 암울했다. 나에게 다가온 시련을 극복할 수 있을지. 좌초하여 영원히 난파하는 것은 아닌지.

"눈을 감으세요. 그리고 하나에서 열까지 세어보세요."

둔부에 바늘로 찌르는 것 같은 예리한 통증이 전해졌다. 그는 움찔 몸을 떨었다. 다섯을 세니까 천장이 가물가물 흐려 보였다. 그러다가 어느 순간 아득히 의식을 놓아버렸다.

"수술은 잘 되었습니다. 성공적입니다. 걱정 안 하셔도 됩니다."

수술을 해도 5년 이내에 재발할 수 있다고 하지 않았던가. 그에게는 잠깐 동안의 유예 기간이 주어진 셈이었다. 그는 그렇게 생각했다. 깊은 잠을 자다 깬 기분이었다. 잠을 자고 난 뒤끝이 개운하지 못했다. 가시 침대 위에 누워 있는 기분이었다. 1시간 정도 지나자 수술 부위가 조금씩 따끔거렸다.

초기 단계이므로 수술이 잘 되었다면 희망이 전혀 없는 것도 아니었다. 그는 어두운 터널 속으로 들어온 한 줄기 가느다란 빛줄기를 잡고 어둠 속을 걸어 나왔다. 돛을 움켜잡고 기술적으로 바람을 잘 가르면 목적지 선착장에 도달할 수 있다는 꿈. 그것은 작은 소망이었고 살아있는 동안만 느낄 수 있는 생명에 대한 희열이었다.

긴 시간 자리를 비우고 오랜만에 출근했다. 역시 승용차를 몰고 아침 바람을 가르며. 그의 얼굴은 핼쑥했고 표정은 어두웠다. 밝게 웃으려 노력해도 그게 잘 되지 않았다. 동료들이 그를 시한부 생명처럼 가련하게 쳐다보는 것 같았다. 왠지 기가 죽었다. 그의 얼굴에는 어두운 터널 속을 통과할 때 겪었던 고통과 불안과 절망의 잔해가 하늘거렸다. 그의 얼굴에는 시련을 겪을 때 자욱이 배어 있었던 어둠이 희미한 잔영으로 남아 어른거렸다.

"차 과장 힘을 내."

동료가 그의 어깨를 툭 치며 말했다.

"그래야지."

그는 피식 웃으며 말했다. 그러나 왠지 어색했다. 직장 분위기와 흐름에 자연스럽게 섞이지 못하고 배도는 느낌이었다. 새로운 직장에 부임해 온 기분이라고 해야 할까. 전에 근무했던 당시의 분위기와 흐름은 이미 저만큼 흘러가버린 추억의 이름이었다. 오랜만에 출근한 그에게는 생소했고 담장에 박힌 모난 벽돌

돛단배

이었으며 검은 콩 속의 흰 콩 한 알이었다.

"차 과장, 서운하게 생각 말아. 이것은 어디까지나 회사 방침이니까. 회사가 작년에 흑자를 내지 못하고 적자를 냈어. 잘 알고 있을 거야. 온 나라 경제 사정이 좋지 않은 것도 잘 알고 있을 거야. 회사로서는 인건비를 줄여야 살아남을 수 있어. 그래서 뼈를 깎는 기분으로 결단을 내린 거야. 차 과장, 몸도 좋지 않고 그러니까 집에서 푹 쉬라고. 이번에 명예퇴직자는 100명이야. 그 속에 차 과장이 들어가게 됐어."

번쩍 그의 눈이 크게 떠졌다.

"그래요?"

그로서는 불만스러운 것이 사실이었으나 더 이상 언급을 하지 않았다. 회사 생리를 잘 아는 그로서는 할 말을 잃고 멍하니 앉아 있었다. 부장은 그의 어깨를 다독거려주고는 총총히 사라졌다. 그의 목 밑에서 욱 치밀어 오르는 것이 있었다. 몸 바쳐 일한 회사에서 갑자기 해고 통지서를 받은 것이나 다름없었다. 말만 명예퇴직이지 실제는 해고라고 생각했다.

"당신 몸도 좋지 않고 너무 신경 쓰지 마. 회사 안 다녀도 밥 먹고 살 수 있잖아. 그동안 수고했어, 당신. 몸이 회복되면 무슨 식당이라도 한번 해보자구. 아니면 제과점을 해보든가."

아내가 그의 손을 꼭 잡아주었다. 아내가 그런 태도로 나오자 그로서는 훨씬 심적으로 부담이 덜했다. 그러나 엎친 데 덮친 격이라고 할까. 수술에 이어서 사직이라니.

　표류하는 그에게 아내가 돛을 잡고 방향 점을 잡아주었다. 그로서는 아내가 고마웠다. 아직 학교에 다니는 아들도 있고 한데 그냥 집에서 빈둥빈둥 놀 수는 없지 않은가. 그게 부담이었다. 그랬으므로 아내의 위로도 그의 정신적 부담을 완전히 해소시켜주지는 못했다. 무슨 식당을 해야 할까? 식당은 잘 될까? 경험은 있는가? 자본은 충분한가? 아니면 제과점은? 하다가 실패하면 대책은 있는가? 그는 머리가 무거웠다.

　규칙적인 생활을 하려고 노력했다. 몸과 마음의 건강을 위하여. 일찍 자고 일찍 일어나고. 줄곧 집에 박혀 생활하니까 답답했다. 그래서 아침 산책도 하고 테니스도 쳤다. 산길을 걸으면 낙엽들이 팔랑팔랑 떨어져내렸다. 아니 푸른 지폐가 팔랑팔랑 떨어져내렸다. 그에겐 그렇게 보였다. 산책을 해도 마음이 여유롭지 않았다. 늘 등에 머리통만 한 돌멩이를 지고 다니는 기분이었다. 생계라는 낱말이 강아지처럼 그의 뒤를 촐랑촐랑 따라다녔다. 테니스 라켓을 휘두르면 날아간 노란 공이 벽을 맞고 다시 날아왔다. 그렇게 벽치기를 하다 보면 잿빛 시멘트벽에는 생계라는 노란 낱말카드가 덕지덕지 붙어 있었다. 그는 그 벽에다 노란 공을 연속적으로 날렸다. 그렇게 운동을 하다가 서서 시멘트벽을 쳐다보며 휴우, 하고 한숨을 내쉬면서.

　아이마트안경원을 지나자 가락공판장이 나왔다. 그는 잠시 가락공판장 앞에 서서 가게에 들랑거리는 사람들을 바라보았다. 양손에 물건을 잔뜩 사서 들고 나오는 사람들의 표정은 밝았다. 이야기를 나누며 나오는 사람들의 밝은 미소는 가로등 불빛을 받아 노란 꽃송이처럼 아름다웠다. 저런 것이 행복이로구나. 연신 노란 꽃들이 활짝 피어났다. 오순도순 이야기를 나누며. 노란 꽃들이 모여 꽃밭을 이루었다. 향긋한 방향이 그의 콧속을 후비고 들었다. 빨간 꽃도 한 송이 피어났다. 꽃들은 생기로 가득했다. 한 여자가 꽃밭에 서서 노란 핸드백을 열고 지갑을 꺼냈다. 푸른 지폐 한 장을 꺼내 앞에 서 있는 청바지 차림의 사내에게 건넸다. 그러자 사내가 활짝 웃었다. 사내는 알고 있었다. 왜 그걸 주었는지를. 사내는 그걸 받아 상의 겉주머니 속에 푹 찔러 넣었다. 그게 필요했다. 그에게도. 사랑하는 가족들과 함께 벌과 나비가 날아오는 노란 꽃밭을 만들기 위해. 그러나 그는 지금 실직 상태이다. 몸도 부실하다. 그렇다고 포기할 수는 없다. 부양가족을 위해서라도. 벌과 나비가 날아오는 꽃밭을 만들어야 한다. 향긋한 방향으로 가득한 꽃밭을 만들어야 한다. 그는 알 수 있었다. 그 자신이 나아가야 할 방향을.

가락공판장을 지나 24시 이조돌솥밥 앞. 이조돌솥밥이란 고딕체 글씨에 하얀 불빛이 선명했다. 식당 안에서 가족끼리 마주 앉아 담소를 나누며 식사를 하는 모습이 창유리를 통해 확연하게 보였다. 할아버지, 할머니까지 끼어 3대가 마주 앉아 식사하는

우리는 이렇게 흘러가는 거야

모습도 눈에 띄었다. 상·하행선 8차선 도로에는 불을 밝힌 차량들이 꼬리를 물고 물처럼 줄줄 흘렀다. 검은 하늘에 떠 있는 별들이 무리를 지어 이 광경을 내려다보았다. 그 멀리에서. 외로운 밤 별들은 모여앉아 속삭였다. 자기들만의 은어로. 세상의 이치를. 세상의 사랑을. 아니었다. 별들은 듣고 있었다. 별들은 보고 있었다. 지상의 이야기를. 지상의 살아가는 모습을. 지상의 사랑과 갈등과 절망과 기쁨을.

병원 앞은 매우 어두웠다. 그는 목발을 조심스럽게 옮겨놓으며 조금씩 앞으로 나아갔다. 한양신경외과는 문을 닫은 지 오래되었다. 문에 붙은 주먹만 한 자물통이 굳게 입을 다물고 있었다. 사람의 발길이 끊긴 지 오래되었다. 소문에 의하면 원장이 사기 사건에 연루되어 감옥에 있다고 하였다. 방치되어 있는 건물이었다. 어둠 속에 또 하나의 어둠으로 어둠을 안고 거인처럼 서 있었다. 지하 주차장 입구는 까만 어둠이 떡 입을 벌리고 있었다. 오싹 소름이 돋았다. 밝은 이조돌솥밥 식당과 어두운 한양신경외과. 밝음과 어두움. 불빛 속에서 가족과 이야기를 나누며 맛있게 식사하는 사람들의 환한 미소. 그리고 문이 굳게 닫힌, 어두운 건물에 썰렁한 밤바람만이 서성거리는 무서운 공포와 암울한 절망. 참으로 세상은 팔자소관이었다. 누가 어둠을 원했겠는가. 누가 암울한 절망을 가슴으로 안고 싶어 하겠는가. 세상에는 어두운 그늘이 비일비재한 것을. 누구의 탓도 아니었다. 어느 날

눈 떠보니까 병원이었고 꿈을 꾸다 창을 열어젖혀 보니까 밖에는 까만 밤이었다. 그렇게 밤은 자기 혼자 우리 곁을 찾아왔다. 자기의 규칙대로. 어김없이. 내 마음대로 되는 것이 아니었다.

그는 걸음을 옮기다 우뚝 서서 휴우, 하고 한숨을 내쉬었다. 그러고는 그윽이 밤하늘을 쳐다보았다.

"어둠이여, 물러가 다오. 아침이 오면 찬란한 꽃을 피우려 하노니. 그게 꿈에 불과한 것이라고 하더라도 간절히 소망하노니. 별들이여, 밤은 길고 지루하옵니다. 깊은 잠 속에 고운 꿈을 내려주소서. 참으로 밤은 고통스러웠습니다. 어두운 밤 먼 산에서 들려오는 소쩍새 울음소리를 기억합니다. 밤마다 피를 토하며 울고 있는 사람들이 있습니다. 사람이 그리워, 사람이 미워, 사람이 원망스러워. 모두 우리의 노래인 것을. 우리의 가까운 이웃인 것을. 아니 나의 노래인 것을."

그가 걸음을 옮기자 길바닥에 깔린 어둠이 출렁출렁 몸을 흔들었다. 바닥이 약간 경사를 이루고 있어서 걷기가 불편했다. 대림아파트 앞이었다. 대림아파트 정문 앞을 지나야 삼성래미안으로 갈 수 있었다. 빨간 신호등이 떡 하니 앞을 가로막았다. 신호가 바뀌기를 기다렸다. 대림아파트로 진입하는 좌회전 차량들이 가릉거리며 언덕길을 올랐다. 산비탈에 자리 잡은 대림아파트가 어둠 속에 우뚝 서서 키 재기를 하고 있었다.

어둠은 시한부 인생이었다. 어두움에는 반드시 종점이 있었

우리는 이렇게 흘러가는 거야

다. 인위적으로 변화를 주지 않는 한. 종점에 도착한 차가 차체를 돌리면 거기가 바로 기점이었다. 종점은 기점의 다른 이름이었다. 그럼 나에게도 아침이 반드시 온다는 이야기지. 그에게 희망이 없는 것도 아니었다. 다시 직장에 취업할 수도 있고 아내 말대로 식당을 하여 전화위복의 기회로 삼을 수도 있었다. 모든 것은 가능성으로서 그의 앞에 있었다. 가만히 앉아 있을 수 없었다. 노력한 만큼 기회는 보다 확실하게 그의 앞에 다가올 것이기 때문이었다.

그는 뛰었다. 일자리를 잃어버린 절절한 아픔을 가슴에 묻고. 한참 움직이면 이마에서 땀이 흘렀다. 한 푼이라도 벌기 위해 부지런하게 움직이면 육체적 건강에도 좋고 희망이 벌겋게 달구어져 정신적 건강에도 좋았다. 다만 두려운 것이 있었다. 아는 지인을 만났을 때. 그때는 두려웠다.

"아니 이게 누구야. 차동권이 아니야? 전철 속에서 신문을 주우면 몇 푼이나 벌겠어. 때려치워라 야. 나하고 사업이나 같이 하자구."

그래서 그는 차양이 긴 모자를 푹 눌러쓰고 아침이면 전철 칸을 누볐다. 노컷 뉴스, 새벽 뉴스, 긴급 뉴스, 합동 뉴스, 연예인 뉴스 등. 전철 선반 위에 너절하게 올려져 있는 뉴스들이 그의 손을 기다렸다. 새벽을 열고 버려진 뉴스를 잔뜩 주워 종착역에 도착하면 아침 해가 둥실 솟아 그를 맞았다. 그는 뉴스가 들어 있는 자루에 아침 햇살도 손가락에 도르르 말아 함께 집어넣었다. 그러고는 그 햇살들이 긴 시간 동안 발효되어 튼실한 꿈으로 자라주기를 기다렸다. 그의 창고에는 발효되기를 기다리는 햇살들이 차곡차곡 쌓여갔다. 뿐만 아니었다. 새벽을 열고 거리로 나가면 아침 찬바람이 그의 앞을 가로막기 일쑤였다. 그때마다 그는 자라처럼 목을 잔뜩 움츠리고는 종종걸음을 쳤다. 바람은 끈질긴 데가 있었다. 바람은 종착역까지 그를 따라왔다.

"그래. 너도 이 속으로 들어가거라."

그는 찬바람을 손으로 움켜잡고는 자루 속에 집어넣어 버렸다. 그는 바람을 그렇게 다스렸다. 그러나 그의 뜻대로 바람은 요리되지 않았다. 바람의 잔당 일제히 일어섬. 바람의 반란. 바람은 떼 지어 수시로 그의 뱃전을 때려왔다. 기우뚱거리며 위태위태한 상황에서 돛단배는 희미하게 보이는 뭍을 향하여 앞으로 나아갔다. 조금씩. 발효되기를 기다리는 꿈을 간직하고. 그러나 그의 꿈은 그렇게 오래 가지 않았다. 뉴스와 아침 햇살과 아침 찬바람을 넣은 자루를 들고 비산사거리 횡단보도를 건너고 있을 때였다. 갑자기 들려온 퍽, 하는 소리와 동시에 그가 쓰러졌다. 자루 속에 든 뉴스와 햇살과 바람이 채 발효되기도 전에 산산이 부서졌다. 그의 꿈들이 길바닥에 산산이 부서져 유리 파편처럼 반짝거렸다.

"불행 중 다행입니다. 기사가 만취 상태였더군요. 브레이크를 밟기는 했더군요. 그렇지 않았다면 생명을 잃을 뻔 했습니다. 다리에 골절이 생겨 철심을 넣고 수술을 끝냈습니다. 치료가 되면 정상인처럼 활동할 수 있을 겁니다. 너무 걱정하지 마세요."

의사의 말은 그에게 한 가닥 희망을 주었다. 날씨가 덥고 습도가 높아 병실 생활이 고역이었지만 그 희망이 그의 중심을 흔들리지 않게 꼭 잡아주었다.

침대에 앉아 창밖을 쳐다보면 평촌 시내가 한눈에 내려다보였다. 평촌 시내 아파트 옥상 위로 두둥실 떠가는 흰 구름이 환상적으로 아름다워 보였다. 나도 훨훨 날아갈 수 있을 거야. 치료를 끝내고 나면. 고통스러운 나날 속에서도 그의 마음이 활기를 찾을 수 있었다. 그는 기다리고 기다렸다. 그 흰 구름을 보면서. 그러니까 어두운 동굴 속에도 창이 하나 있었던 셈이었다. 그 창으로 빛이 들어오고 나가고 했다. 그때마다 그의 꿈과 희망도 함께 들어오고 나가고 했다. 창으로 그의 한 가닥 희망이 들락거리며 황금빛으로 빛을 발했다.

대림아파트 앞 횡단보도를 건너자 식당 명성숯불갈비가 나왔다. 갈비 4인분 드시면 냉면은 공짜, 라는 글귀가 눈에 띄었다. 명성숯불갈비 바로 옆에는 장길상 제과점이었다. 가로등 불빛으로 제과점 앞이 대낮처럼 밝았다. 가로등 하나가 제과점 앞에 우뚝 서서 노란 빛살을 꽃가루처럼 흩뿌리고 있었다. 진열장 안에는 보름달 같은 둥근 빵들이 질서정연하게 누워 있었다. 제빵 회사에 근무했던 그로서는 먹음직스런 빵들이 예사롭게 다가오지 않았다. 입 안에 단침이 돌았다. 그는 침을 꿀꺽 삼켰다. 누런 빵들이 강한 흡인력으로 그를 끌어당겼다. 그는 제과점 앞으로 한 걸음 성큼 다가갔다. 안에서는 댓 명의 사람들이 빵을 고르고 있었다. 그는 또 한 번 꿀꺽 단침을 삼켰다. 자신도 모르게 문을 열고 안으로 들어서는 자신을 발견했다. 방금 구워낸 듯 구수한 빵 냄새가 그의 콧속을 후비고 들었다. 그는 쿵쿵 냄새를 맡아보았다. 오랜만에 빵을 한번 먹어보자. 그는 목발을 제과점 구석에 세워놓고 집게로 빵을 집어 쟁반에 담았다. 목발 없이 실내에서 살살 걷는 데는 지장이 없었다. 이걸 갖다 주면 아내도 좋아하겠지. 소보로빵, 통단팥빵, 크림빵, 야채빵, 소시지핫도그빵, 크림치즈빵, 앙금빵, 계피빵, 아몬드 크로아쌍트리 등. 표기된 빵 이름들이 그의 눈에 익었다. 그는 아내와 아이들이 좋아하겠다 싶은 빵들을 들고 계산대 앞으로 갔다.

"고급 빵들만 고르셨네요."

"그래요? 식구들에게 오랜만에 맛있는 성찬을 마련해주려고 그럽니다."

"아, 네."

아가씨가 계산대 자판을 타다닥 두드려대고 있었다.

"장사가 잘 됩니까?"

"네. 늘 손님이 버글거려요. 우리 사장님이 제빵 계에서 유명

우리는 이렇게 흘러가는 거야

한 분이시거든요. 우리 사장님은 제과기능사, 제빵기능사, 제과기능장까지 갖고 계시는 유명한 파티셰(제빵전문가)셔서요, 실제로 빵이 맛있습니다. 빵집의 생명은 첫째가 맛 아니겠어요?"

"그건 그렇지요."

전문 파티셰로서 관심이 가는 대목이었다. 그는 계산을 끝내고 밖으로 나왔다.

"그래, 제과점을 해보는 것도 괜찮지. 내가 제일 잘 아는 것이니까. 방황에 종지부를 찍고 내 사업을 시작해보는 거야. 용기를 내야지. 아내와 상의해보아야겠어."

그는 밖에 서서 제과점 안을 유심히 바라보았다. 실패해 문 닫은 제과점도 많다고 들었는데. 그게 좀 부담스러웠다. 만약 문을 닫게 되면 실내 인테리어 비용 등 경제적인 손해가 클 것이다. 그게 그의 마음을 무겁게 만들었다. 그것 때문에 사직 후 곧바로 제과점을 오픈하지 못했다. 그는 빵 봉지를 들고 자리에 서서 꼼짝하지 않았다. 참으로 어느 것 하나 만만한 것이 없었다. 가로등을 등지고 선 그가 조금씩 움직일 때마다 제과점 창유리에 비친 그의 그림자도 함께 어른거렸다. 바지 주머니에서 벨소리가 들렸다. 그는 핸드폰을 꺼내 다급하게 전화를 받았다.

"왜 안 와요? 또 사고라도 당했나요? 이마트에 다녀온 나보다 늦어지다니 이상하네요."

"다 왔어. 빵을 조금 사 가지고 가느라고. 곧 도착할 거야. 자기 너무 걱정 말아. 별일 아니니까."

그는 전화를 끊자마자 몸을 돌이켰다. 목발에 체중을 싣고 샘모루초등학교 방향으로 발을 성큼 옮겨놓았다. 빵, 그것을 위해서.

샘모루초등학교를 지나 우회전하였다. 샘모루초등학교 담장을 끼고 35도 각도로 비탈진 오르막길이 길게 누워 있었다. 오르막길 끝 지점에 그가 살고 있는 160동 아파트가 우람하게 버티고 있었다. 160동 1501호 베란다 불빛이 확연하게 그의 시야에 들어왔다. 이제 조금만 가면 되는군. 오른손에 빵봉지를 들고 그 손으로 목발을 잡은 채 오르막길을 저벅거리며 오르기 시작했다. 찬란한 불빛을 향하여. 내일의 생사를 까마득하게 모른 채 오직 활활 타는 뜨거운 불꽃에 몸을 던지는 불나방처럼. 사랑하는 가족들 품 가까이 조금씩.

서둘러 걷는 그의 몸에서 후끈후끈 더운 열기가 오르기 시작했다. 그는 잠시 멈추어 서서 단추를 풀고 상의를 열어젖혔다. 시원한 바람이 파도처럼 가슴으로 밀려왔다. 돛단배가 항해를 하기에 딱 좋은 바람이었다. 가슴이 후련했다. 생의 활기로 가득했다. 내가 이렇게 서 있을 때가 아니지. 아내와 아이들이 나를 기다리고 있는 집으로 가야지. 그는 끄응, 힘을 쏟아놓으며 언덕길을 오르기 시작했다. 목발을 짚고 불안하게. 휘청휘청 어둠을 가르며. 반짝거리는 160동 1501호 베란다 불빛을 향하여.

우리는 이렇게 흘러가는 거야

고모의 저녁

알람곡 '못 잊어'(김소월 작사, 장은숙 노래)가 흘러나와 이른 아침 방 안의 정적을 흔든다. 그녀는 눈을 번쩍 뜬다. 날이 밝았군. 머리맡에 손을 뻗어 핸드폰 덮개를 열고 버튼을 누른다. '못 잊어' 노랫소리가 뚝 끊긴다. 그녀는 벌떡 일어나 옷을 툭툭 턴다. 절룩거리며 창가로 다가가 커튼을 열어젖힌다. 비산사거리가 십자 모양으로 벌렁 누워 있다. 비산사거리는 평소 차량 통행이 많아 상습적으로 정체되는 곳이다. 지금은 이른 아침이어서 신호 대기 차량들의 꼬리가 짧지만 출근 시간이 되면 길게 꼬리를 문다. 하늘엔 회색 구름이 잔뜩 끼어 있어 우중충한 날씨다. 날씨가 흐린 날이면 관절이 욱신욱신 쑤셔 오고 머리가 지끈지끈 아프다. 참 젬병이군. 그녀는 머리를 흔들다 귓속을 파고드는 함성 소리를 듣는다.

도로 중앙으로 시민들과 학생들이 구호를 외치며 몰려든다. 차량들은 전면 통제되어 있고 시위대가 도로 중앙을 점거한 채 격렬하게 구호를 외친다. 금남로는 공수부대와 시위대가 서로 대치하고 있다. 공수부대는 방패와 소총과 곤봉으로 투석전을 벌이는 시위대에 맞선다. 먹구름이 낀 하늘에서 빗방울이 듣기 시작한다. 그녀와 남편은 금남로 인도를 지나가다 탕, 하고 들리는 총소리에 움찔 놀라며 바닥에 납작 엎드린다. 총소리는 연속 금남로 일대를 쥐흔든다.

금남로에는 무장한 계엄군이 벌떼처럼 몰려들기 시작한다. 시민들은 시체 두 구를 리어카에 싣고 구호를 외치며 계엄군 앞으로 전진한다. 시체를 보자 시민들이 격분하여 투석전을 벌이며 격렬하게 저항한다. 탕, 탕, 탕탕탕……. 연속적으로 총소리가 들린다. 시민, 학생들이 나무토막 쓰러지듯 나동그라진다. 골목으로 몸을 숨기던 남편이 비명을 지르며 가슴에 손을 얹고 쓰러진다.

"여보, 안 돼!"

그녀가 다가가 남편의 가슴을 손바닥으로 누른다. 남편의 가슴은 벌건 피로 흥건하다.

"죽일 놈들, 천벌을 받을 놈들!"

용감한 시민이 남편을 들쳐 업고 골목으로 뛴다. 탕, 탕, 탕탕탕……. 남편을 부축하며 뒤따라가던 그녀가 픽 쓰러진다. 그녀의 다리와 머리에서 벌건 피가 흘러내린다.

"죽일 놈들, 죽일 놈들!"

그녀는 다리를 움켜잡고 악을 쓴다.

그녀는 세차게 머리를 흔든다. 총상으로 인한 남편의 사망과

우리는 이렇게 흘러가는 거야

그녀의 다리 부상. 문득문득 그때 일이 떠오르면 진저리를 친다. 잊으려 해도 몸속에 잠복해 있다 불쑥 의식의 수면 위로 떠오르는 어두운 과거에 포위되면 그녀는 종일 우울한 기분과 만난다.

'내가 이러고 있을 때가 아니지. 아침을 준비해야지.'

그녀는 문을 열고 절룩거리며 거실로 나온다. 식구들은 새벽잠에 빠져 있는지 기척이 없다. 거실이 고즈넉하다. 그녀는 큰 양푼에 쌀을 꺼내 놓고 물을 부어 손으로 박박 문지르기 시작한다. 압력밥솥에 쌀을 안친다. 냄비에 된장을 풀어 국을 준비한다. 멸치도 넣고 무도 썰어 넣는다. 국이 보글보글 끓는 동안 고무장갑을 끼고 설거지를 하기 시작한다. 다리가 불편해서 오래 서 있기가 어려워 회전식 높은 의자에 앉아 설거지를 한다. 설거지가 끝나면 호박 무침, 가지 무침, 갈치구이를 식탁에 올릴 생각이다. 그녀를 포함한 여섯 식구의 먹거리를 매일 새롭게 준비하기가 쉽지만은 않다. 그녀는 정성을 다해 최선을 다하지만 역부족일 때도 있다.

"화정아 우리 집에서 함께 살자. 너희 올케가 직장에 나가고 나는 약국을 하기 때문에 아기를 맡길 사람이 필요해. 함께 살다 좋은 자리가 나오면 재혼을 할 수도 있어. 너의 생각은 어떠니?"

"생각해 보자고."

다리가 불편한 그녀로서는 뾰족한 수가 없었던 터여서 오빠의 요구를 뿌리치지 못했다. 그렇게 시작된 생활이 10년을 넘겼다.

그녀가 힘들게 차린 아침 식탁에 식구들이 앉아 식사를 하고 있다. 2층에 살림집이 있고 아래층에 약국이 있어서 오빠가 제일 시간적 여유가 있다. 다음은 막내 은세다. 은세는 초등학교 5학년이어서 학교가 집에서 가깝다. 아침에 가장 촉박하게 서두르는 사람은 올케다. 올케는 안산에 있는 초등학교에 재직하고 있어서 출퇴근 거리가 가장 멀다.

"나 먼저 일어날게."

1등으로 아침을 먹고 자리에서 일어난 올케가 부산하게 출근 준비를 서두른다.

장남 영균이와 차남 철균이는 평촌에 있는 중학교에 다니고 있어서 거리가 멀지도 가깝지도 않다. 마을버스 한 번 타면 바로 학교 앞에서 하차하기 때문에 등교가 용이하다.

"고모, 국이 너무 짜다. 나 안 먹어. 왜 내가 싫어하는 멸치를 꼭 넣는 거야."

차남 철균이가 인상을 찌푸리며 투정이다.

"먹을 만한데 그러니. 멸치는 칼슘이 많이 들어 있어 몸에 좋단다. 먹어두거라."

약사인 오빠가 충고조로 한마디 한다.

"왜 아빠는 맨날 고모만 두둔하는 거야. 호박무침도 매워서 못 먹겠어."

차남 철균이는 던지듯 숟가락을 놓고 일어난다. 장남 영균이와 막내 은세가 차분하게 앉아 말없이 식사를 하고 있는 것과 대조적이다.

"철균아, 미안하다. 고모가 내일은 멸치도 넣지 않고 고춧가루도 조금 넣을 게. 앉아서 조금만 더 먹어."

그녀가 다가가 철균이의 손목을 잡고 식탁 쪽으로 끈다.

"싫다니까. 나 그만 먹을 거야."

철균이는 그녀의 손을 뿌리치고 방으로 들어가더니 책가방을 메고 나온다. 그는 서둘러 신발을 신는다.

"철균아, 그럼 학교에 잘 다녀와."

철균이는 그녀의 말에 대꾸가 없이 꽝당 소리가 나게 현관문을 닫고 밖으로 나가 버린다.

"배고플 텐데."

그녀는 안타까운 표정으로 죄라도 지은 사람처럼 현관문을 쳐다보고 중얼거린다.

"동생 밥 먹어. 다 컸으니까 알아서 할 거야. 너무 그러면 배짱으로 더 안 먹는다니까."

"알았어요."

그녀는 식탁에 앉아 밥을 먹으면서도 마음이 편치 않다. 굳은 표정으로 밥을 입에 넣고 우직우직 씹는다. 모래알을 씹는 기분이다.

"영균이하고 은세는 듣거라. 엄마와 아빠가 맞벌이를 하고 있기 때문에 집안일은 고모가 다 하고 있다. 그것은 너희들도 잘 알 거야. 매일 눈으로 보니까 말이야. 빨래하고, 설거지하고, 반찬 준비하고, 청소하는 등 고모가 하는 일이 많아. 고맙게 생각해야 해."

오빠가 식사를 마치고 훈계조로 땀직땀직 말한다.

"알았어요."

장남 영균이는 고개를 끄덕거리며 대꾸한다. 막내 은세는 대꾸가 없이 밥을 씹으며 듣고만 있다.

점심을 먹고 청소기를 끌고 다니며 거실 바닥을 청소하고 있다. 청소기에서 나오는 거센 소음이 청신경을 신경질적으로 자극해 온다. 윙윙거리는 소리가 장갑차 소리를 많이 닮았다. 청소기는 자잘한 쓰레기를 사정없이 흡입하여 꿀꺽 삼켜 버린다. 청소기에는 바퀴가 달려 마치 장갑차 같다. 자잘한 쓰레기는 청소기 앞에서 무력하다.

금남로에 진출한 장갑차 앞에서 시민과 학생들은 무력했다. 장갑차는 굉음을 내지르며 앞으로 나아갔고 총성이 연속적으로 하늘을 찢었다. 시민들이 맥없이 풀잎처럼 누웠다. 주인을 잃은 운동화와 구두와 샌들들이 어지럽게 나뒹굴었다. 분노한 시민들이 거리로 쏟아져 나와 소리를 높였다.

그녀의 귓속으로 그날의 함성이 쟁쟁하게 들린다. 머리가 지끈

　　　　　　　　우리는 이렇게 흘러가는 거야

거린다. 그녀는 청소기를 끄고 두 새끼손가락으로 양 귀를 틀어
막아 버린다. 한참을 그렇게 하고 있자 그날의 함성이 잠잠해진
다. 그녀는 양 귀에서 새끼손가락을 빼내고 베란다로 나간다. 창
밖으로 비산사거리가 한눈에 들어온다. 과천으로 가는 관악대로
쪽에 주공아파트가 보이고 수원으로 가는 경수대로 쪽에는 삼익
아파트가 버티고 있다. 차들이 길게 꼬리를 물고 정체되어 있다.
추적추적 비가 내린다. 거리는 촉촉하게 물기로 젖어 있고 차량
와이퍼가 부지런히 움직이고 있다. 우산을 쓴 사람들이 인도를
부산하게 걷는다.

'비가 오면 우산이 필요하지. 다른 사람은 아침에 미리 다 우산
을 준비해서 나갔는데 철균이만 그냥 나간 것 같은데. 우산이 없
으면 비 맞은 생쥐 꼴이 되어 귀가해야 하겠지. 어떡하나. 우산
을 학교로 갖다 주어야 할 텐데 말이야. 그래, 빨리 학교에 갔다
와서 저녁을 준비해도 늦지 않겠지.'

그녀는 서둘러 청소를 끝내고 대충 옷을 차려입은 뒤 우산 2개
를 들고 2층 계단을 내려가기 시작한다. 철책을 움켜잡고 조심스
레 계단을 내려간다. 1층에는 오빠가 운영하는 사거리약국이 있
다. 그녀는 문을 열고 사거리약국 안으로 들어간다. 몇 명의 사
람들이 의자에 앉아 대기하고 있다.

"고모님이 웬일이세요?"

오빠와 함께 일하는 아가씨가 인사를 건넨다.

"일이 있어서. 오빠 안에 있지?"

"네."

"오빠, 철균이 학교에 좀 다녀올게. 우산을 갖다 주고 와야 할 것 같아."

그녀가 안쪽에 대고 소리쳐 말한다.

"그래. 알았어."

오빠의 대꾸가 조제실에서 들린다.

그녀는 사거리약국을 나와 우산을 펼쳐 들고 하나는 손에 든 채 인도를 따라 걷는다. 빗발이 거세어지기 시작한다. 총상으로 부상을 당한 오른쪽 다리가 불편해 멀리 걸을 수 없다. 절룩거리며 걸을 때마다 우산도 함께 기우뚱거린다. 똑바로 가볍게 걷는 사람들이 부럽다. 그녀는 횡단보도를 건너 주공아파트 정류장에서 택시를 기다린다.

그녀는 부흥중학교 교무실로 찾아가 2학년 김철균을 찾는다.

"2학년 4반이네요. 이 건물 뒷동으로 가셔서 2층으로 가세요."

선생님인 듯한 사내가 학생 명부라고 쓰인 장부를 뒤적거려 자세하게 안내해 준다.

"고맙습니다."

그녀는 절룩거리며 복도로 나와 뒷동으로 걸음을 옮긴다. 거센 빗발은 멈출 기미가 안 보인다.

2학년 4반 복도는 그녀처럼 우산을 든 어른들이 댓 명 눈에 띈

우리는 이렇게 흘러가는 거야

다. 교실 안쪽에서는 강의를 하는 선생님의 말소리가 우렁우렁 복도로 흘러나온다.

'아침을 서너 숟가락 먹고 갔는데 얼마나 배가 고플까. 배를 움켜잡은 채 수업을 받고 있는지도 몰라.'

그녀는 철균이의 모습이 궁금해 창 쪽으로 바싹 다가가 까치발을 하고 안을 기웃거린다. 철균이는 눈을 말똥말똥 뜨고 앞을 주시하며 선생님의 말에 귀를 기울이고 있다.

'휴우, 다행이군. 등교하면서 빵이라도 사 먹었겠지. 그래야지. 공부도 먹기 위해서 하는 건데 말이야.'

그녀는 길게 안도의 한숨을 내쉰다. 얼굴에 빙긋 미소를 머금고 돌아선다.

수업 끝을 알리는 음악 소리가 들리자 학생들이 교실에서 복도로 우우 쏟아져 나온다. 그녀는 철균이를 찾기 위해 눈을 크게 뜬다. 한참을 기다려도 철균이가 모습을 드러내지 않는다. 그녀는 조금 열린 뒷문 틈으로 고개를 쑥 들이밀고 안을 엿본다. 그러다가 복도 쪽을 바라보던 철균이와 시선이 맞닥뜨린다. 그녀는 손을 까불어 나오라고 신호를 보낸다.

"비가 와서 우산을 가져왔어."

복도로 나온 철균이에게 그녀가 우산을 건넨다.

"이딴 것 누가 가져오라고 그랬어. 도로 가져가. 필요 없다니까."

철균이는 잔뜩 화가 난 사람처럼 인상을 찌푸리며 손을 내젓는다.

"계속 비가 많이 온다는데. 집에 올 때 어떡하려고."

"그럼 주어."

그때야 철균이는 낚아채듯 거칠게 우산을 가져간다.

"앞으로는 절대 이딴 것 가져 오지 마. 창피하다고."

"알았어."

집으로 가기 위해 몸을 돌이켜 걸어가는데 뒤에서 친구들이 철균이에게 묻는 말이 들린다.

"너희 어머니니?"

"아니야, 우리 집 밥해 주는 식모 아줌마야."

그 소리를 듣자 뒤통수를 한 대 얻어맞은 기분이다.

'그래 절뚝거리는 고모가 철균이에게는 부끄럽겠지. 철균이의 잘못은 없어. 절뚝거리는 내 꼬락서니가 처량한 것이지. 아이구 내 팔자야.'

복도를 벗어나 우산을 쓰고 밖으로 나오자 눈물인지 빗물인지 뿌옇게 앞을 가린다.

5월 18일 TV에서는 광주 5 · 18 민주화 운동에 대해 떠들어댄다. 그때의 참혹했던 사진 자료도 종종 등장한다. 광주 5 · 18 민주 항쟁 묘소에서는 유가족이 비석을 잡고 먼저 간 아들을 생각

우리는 이렇게 흘러가는 거야

하며 통곡한다.

'누가 아픔을 보상해 줄 수 있는가. 그건 절대 불가야.'

그녀는 세차게 도리질을 한다. 가슴이 답답하고 머리가 지끈거린다. 갑자기 집이 폭삭 무너져 내릴 것 같고 강도가 나타나 면전에 칼을 들이댈 것만 같이 불안하다. 그녀는 리모컨으로 보고있던 TV를 꺼 버린다.

'처량한 내 신세! 절뚝거리며 살아야 하는 내 설움! 잃어버린세월, 잃어버린 청춘, 잃어버린 가정, 잃어버린 사랑, 잃어버린행복!'

말로는 표현할 수 없는 그녀의 가슴 속 응어리. 그녀로서는 노력도 많이 했었다. 당시의 기억을 잊어보려고. 그러나 그것은 그녀의 마음대로 되지 않았다. 잊으려 하면 할수록 더욱 생생하게떠오르는 당시의 장면들. 무심코 구경을 나갔다가 당해야 했던아픔들. 그녀로서는 억울하다. 누구를 원망하고 공격하지도 않았는데 왜 상처를 입어야 했었는지. 그리고 분하다. 거대한 공권력이 이유 없이 폭력을 행사했다는 그것이. 강자가 약자를 사정없이 짓밟아 버렸다는 그것이. 눈물로 세월을 보내기에는 너무큰 시련이다. 떡을 먹고 체한 것처럼 가슴 한복판이 무지룩하다.그녀는 손바닥으로 가슴을 탁탁 때려 본다. 목구멍 속에 주먹만 한 것이 걸려 있는 것 같기도 하다. 그녀는 목을 휘휘 돌려 본다. 그래도 결과는 마찬가지이다. 깊게 숨을 들이쉬었다가 서서히 내쉰다. 그래도 가슴이 답답하다. 일정한 공간에 강제로 구속되어 있는 것처럼 압박감을 느낀다. 사방 벽이 아주 조금씩 그녀 곁으로 다가온다. 그녀가 서 있는 공간이 조금씩 좁아진다. 칵칵 숨이 막힌다. 나중에는 그녀가 작게 으깨어져 직사해 버릴 것 같은 공포가 밀려온다.

'그래 벗어나야 해. 여기를 벗어나야 한다고.'

방향을 알 수 없는 곳에서 탕, 일발의 총성이 들린다. 그녀는 움찔 몸을 떤다. 그녀는 손가방을 하나 들고 부리나케 거실을 나서 계단을 내려가기 시작한다.

밖으로 나온 그녀는 절룩거리며 인도를 따라 걷는다. 밖으로 나오니 폐부 깊숙이 한결 상쾌한 공기가 파고든다. 가로수 은행나무 잎들이 파릇파릇 햇빛을 받아 반짝거린다. 조금은 살 것 같다. 그렇지만 사람들로부터 멀리 떨어져 홀로 서 있다는 고립감이 그녀를 흔든다. 그녀는 주공아파트 건너편 정류장에서 무작정 버스를 탄다. 어디로든 멀리 떠나고 싶다. 버스가 부릉거리며 힘차게 앞으로 질주해 간다. 반쯤 열린 창으로 쏟아져 들어오는 5월의 시원한 바람이 안면을 간질인다. 그녀는 입을 크게 벌리고 심호흡을 해본다. 버스는 굉음을 내지르며 언덕길을 재우쳐 오른다. 조금 오르자 바로 내리막길이다. 버스는 브레이크가 풀린 듯 내리막길을 질주한다. 점점 가속이 붙는다. 버스는 무법자처럼 부릉거리며 횡단보도 행인을 덮치고 달린다. 비명 소리가 하

우리는 이렇게 흘러가는 거야

늘을 찌른다. 버스는 앞에 가는 승용차를 올라타 깔아뭉개고 질주한다. 버스는 무서운 장갑차로 둔갑한다. 장갑차는 거리로 쏟아져 나온 시민들을 무차별 들이받고 부릉거리며 질주한다. 탕, 탕, 탕탕탕……. 연속적으로 총소리가 들린다.

경찰 2명이 사거리약국 안으로 들어선다. 그들은 제복을 입고 허리에는 권총을 차고 있다. 약국 안에는 대기 손님 1명이 의자에 앉아 기다리고 있다.

"김복성 씨 계십니까?"

키가 큰 경찰이 손에 장부를 하나 들고 묻는다.

"제가 김복성입니다."

조제실에서 가운을 입은 사내가 모습을 드러낸다.

"실종신고 하셨지요?"

"네, 맞습니다."

"조사 좀 할 게 있어서요."

"손님이 있으니까 한적한 밖으로 나가서 이야기할까요?"

"그러지요."

그들은 약국 뒤 느티나무 밑으로 가서 마주 보고 선다.

"실종된 지가 3일째라고 했고 신고하신 분은 실종자의 오빠 김복성 씨라고 알고 있습니다. 그리고 실종자는 42세 김화정 씨라고 하셨지요?"

"모두, 맞습니다."

"짚이는 실종 동기 같은 것 있나요?"

"해마다 5월 18일이면 복받치는 울화를 이기지 못하고 가출을 합니다. 광주 5·18 때 남편이 죽고 본인은 다리 부상을 당하여 신체에 장애가 있습니다. 과거에는 가출을 해도 당일 늦은 밤 귀가를 했거든요. 그런데 이번에는 3일이 지나도 연락이 없네요. 불길한 생각이 들고 해서 실종 신고를 했지요. 속히 불쌍한 제 동생을 찾아 주세요."

키 큰 경찰이 장부에 부지런히 받아쓰고 있다.

"최선을 다 하겠습니다. 누구하고 다툼으로 원한을 산 적은 없나요?"

"그런 것은 일체 없습니다."

"죽어 버린다든가, 누구를 죽여 버리겠다든가 하는 그런 말을 한 적은 없나요?"

"5·18 때문에 약간 우울증은 있지만 그런 말을 입에 담은 적은 없었습니다. 저하고 같이 살면서 집안 살림을 열심히 하며 잘 살아왔습니다. 저희가 맞벌이를 하니까 집안 살림은 동생이 다 맡아서 하는 편입니다. 우리 아이들 셋을 튼실하게 잘 길러 주었거든요. 저에게는 동생이 꼭 필요합니다."

"근래 이상한 전화를 받은 적은 없었나요?"

이번에는 키 작은 경찰이 묻는다.

"제가 알기로는 없었습니다."

"사채를 썼다든가 누구에게 돈을 빌려 준 적은 없었나요?"

"동생은 그런 채무 관계가 깨끗합니다. 원래 돈에 관심이 없었거든요."

"지금 실종자의 핸드폰은 전원이 꺼진 상태라 위치 추적이 불가합니다. 우리로서는 최대한 노력해 보겠습니다. 혹시 어디서 연락이 오면 바로 전화해 주세요."

경찰 2명은 허리를 굽혀 정중하게 인사를 하고는 총총히 떠나간다.

그녀가 집에 돌아온 것은 무단가출한 지 닷새 만이다. 머리가 부스스하고 옷차림이 꾀죄죄하여 그동안 고생이 적지 않았음을 짐작하게 해준다.

"오빠, 미안해. 연락도 없이 오랫동안 집을 비워서. 워낙 심적으로 고통이 커서 견딜 수 없었어. 광주, 전주, 여수 등을 좀 돌아다녔어. 자세한 것은 묻지 마."

"알았다. 앞으로는 어려운 것 있으면 오빠하고 이야기하자."

"알았어."

가족들 누구도 그녀의 돌출 행동을 타박하지 않는다. 그녀에게는 그럴 만한 상처가 있었기 때문이다. 경찰에는 그녀가 무사히 돌아왔음을 알려 신고한 실종 사건을 일단락 짓는다.

"고모가 없으니까 반찬이 부실하고 집도 더럽고 못 살겠던데. 고모, 앞으로는 절대 집 나가면 안 돼. 알았지?"

막내 은세가 그녀의 손을 만지작거리며 애교를 떤다.

"그래, 알았다."

오랜만에 그녀는 활짝 웃으며 은세의 볼에 뽀뽀를 해준다.

"고모가 없어서 우리 아침을 빵으로 때웠다. 고모를 눈이 빠지게 기다렸어. 무척 아침밥이 그리웠다니까."

먹성이 좋은 과체중 장남 영균이 한마디 한다.

"앞으로는 이 고모가 아침을 잘 챙겨 줄게."

그녀는 장남 영균이의 등을 가볍게 토닥거려 준다.

"고모가 없으니까 하루도 못 살겠던데. 직장 다니면서 집안일을 하려고 하니까 힘들어서 미치겠더라고."

올케도 그녀의 귀환이 여간 반갑지 않은 눈치다.

"동생이 없으니까 집 기둥이 하나 빠진 것 같은 느낌이 들더라니까. 너희들 앞으로는 고모에게 잘 대하거라."

오빠가 싱글벙글 웃으며 말한다. 저녁 식사 후 거실에 모인 식구들이 오랜만에 밝게 웃으며 이야기꽃을 피운다. 둘째 철균이만 제 방에 들어앉아 모습을 보이지 않는다. 철균이는 닷새 만에 집에 돌아온 그녀에게 일언반구도 없다. 인정이 없고 매정한 녀석이라는 생각이 든다. 그렇지만 녀석이 밉지 않다. 제 딴에는 바쁜 일이 있어서 그럴 거라고 짐작한다.

우리는 이렇게 흘러가는 거야

일요일 외출하려던 철균이 청바지를 입으려다 난처한 표정을 짓는다. 바지 엉덩이 부위에 구멍이 뻥 뚫려 있었기 때문이다. 그는 바지를 들고 영균이 방으로 간다. 거칠게 문을 열어젖힌다.

"살살 열어라. 깜짝 놀랐다."

영균이가 인상을 찌푸린다.

"형이 지난주 내 바지 입었지?"

철균이는 볼멘소리로 따지듯 묻는다.

"그랬지. 왜?"

"여기 봐. 구멍이 뻥 뚫렸잖아."

"내가 벗어 놓을 때는 말짱했었는데. 이상하다."

영균이가 고개를 갸웃거린다.

"사기 치지 마. 옷을 망가뜨렸으면 사과를 해야지. 기분 더럽네."

철균이가 바지를 피아노 위로 집어던진다.

"사기 친다고? 너 말을 그렇게 막 해도 되니? 나는 니 옷을 망가뜨린 적이 없어."

"전에도 그러고 시치미 뗐잖아. 형은 상습범이라고. 사과를 해야지. 방귀 뀐 놈이 성낸다고 하더니, 참."

"너 말 다 했니? 상습범? 이 새끼가 눈에 보이는 게 없나."

"새끼? 내가 형 새끼야?"

"요게 뵈는 게 없나. 그냥?"

영균이 철균의 면상에 주먹을 들이댄다.

"때려 봐. 때려 보라고."

철균이가 머리로 영균이의 턱을 들이받는다.

"너 받았어! 이 거지발싸개 같은 새끼가."

화를 이기지 못한 영균이가 철균이를 업어치기로 방바닥에 메어꽂는다. 두 사람은 욕설을 내뱉으며 서로 엉겨 붙어 방바닥을 뒹군다. 그 바람에 오빠와 올케와 은세와 그녀까지 모든 식구들이 화들짝 놀라 모여든다.

"그만두지 못해!"

오빠가 근엄하게 큰소리로 외친다. 그때야 두 사람은 손을 놓고 부스럭거리며 자리에서 일어난다. 두 사람은 일어나서도 서로 노려보며 계속 씩씩거린다.

"왜 싸운 거야?"

올케가 자초지종을 묻는다. 철균이가 먼저 숨을 몰아쉬며 선은 이렇고 후는 이렇다며 설명한다.

"세탁기가 고장이 나 요즈음 옷들이 가끔 망가지던데."

자초지종을 듣고 난 그녀가 새로운 사실을 밝힌다.

"그럼 범인은 세탁기구만."

은세도 한마디 한다.

"동생 철균이가 먼저 사과해. 네가 잘못 알고 형에게 덤볐잖아. 형은 잘못이 없어. 철균이가 잘못한 거야. 설사 형이 실수했

우리는 이렇게 흘러가는 거야

다고 해도 형에게 덤비고 그러면 안 된다."

오빠가 목에 힘을 주고 단호한 목소리로 지적한다.

"철균이 너 앞으로는 그런 일이 없도록 해. 철균이 너 때문에 집안 분위기가 엉망이 되었잖아. 형이 평소 너에게 잘 해주던데. 은혜를 원수로 갚으면 안 돼."

올케도 철균이를 따끔하게 혼낸다.

"철균이 오빠가 화나면 평소 나도 막 때린다니까. 나는 철균이 오빠가 싫어."

은세도 작은오빠 철균이를 타박한다. 이쯤 되자 코너에 몰린 철균은 할 말을 잃고 눈물을 짠다. 그러면서 말한다.

"미안해."

"영균이도 같이 사과해야지."

그녀도 지켜보고 있다가 한마디 끼어든다.

"나는 잘못한 게 없다고."

영균이는 반말조로 눈을 부릅뜨고 그녀에게 대든다. 그는 끝내 사과를 거부한다.

그녀는 몸을 돌이켜 자신의 방으로 향한다. 방구석에 쪼그리고 앉는다.

'건방진 녀석.'

생각 같아서는 당장 오빠 집에서 뛰쳐나가고 싶다. 그렇지만 아이들처럼 가볍게 행동할 수도 없다는 것이 부담으로 다가온다. 밝게 웃는 남편의 영상이 오롯이 떠오른다. 아무 죄도 없이 총을 맞고 저 세상으로 가야 했으니. 창유리에 헐떡이며 마지막 숨을 거두는 그때 마지막 남편의 모습이 어른거린다. 눈가에 핑 눈물이 돈다. 그녀는 연신 눈가를 훔친다.

"고모 왜 울어?"

언제 방으로 들어왔는지 막내 은세가 그녀의 등에 손을 얹는다.

"불쌍하게 죽은 너희 고모부가 생각나서 그런다."

이마트에서 장바구니를 들고 밖으로 나오자 하늘이 어둡게 내려앉아 있다. 음산한 날씨다. 머리가 무겁고, 가슴이 답답하다. 그녀는 잠시 인도 은행나무 밑에 서서 심호흡을 해본다. 장바구니를 땅에 놓고 주먹으로 가슴을 탁탁 때려 준다. 그래도 가슴이 답답하기는 마찬가지이다. 오른쪽 무릎이 욱신욱신 쑤시기 시작한다. 그녀는 길바닥에 쪼그리고 앉는다. 귓속에서 잉잉거리는 벌떼 울음소리가 들린다. 살려 달라는 아우성 소리가 점차 가깝게 들려온다. 탕, 땅을 흔드는 총소리가 지척에서 들린다. 구호를 외치는 시민들의 함성이 단말마처럼 들린다.

'계엄군이 몰려오고 있다. 붙잡히면 죽는다. 도망치자.'

그녀는 벌떡 일어나 장바구니를 들고 이마트 앞 횡단보도 쪽으로 달리기 시작한다. 대기선에 서 있다 신호가 바뀌자 그녀는 맨 앞으로 나와 뒤를 흘깃흘깃 쳐다보며 횡단보도를 달린다. 오직 계엄군을 피해 살아야 한다는 일념으로 뛴다. 절룩절룩.

"빨리 피해야 삽니다! 뛰세요!"

그녀는 뒤따라오는 사람들을 향하여 소리쳐 외친다. 사람들이 그녀의 행동을 보고 이해할 수 없다는 듯 고개를 갸웃거린다. 절룩거리며 뛰자 산과 나무와 건너편 상가 건물이 기우뚱거리며 몸을 흔든다. 거대한 물체가 그녀 쪽으로 미끄러져 온다. 횡단보도 끝 지점을 통과할 무렵 퍽, 하는 소리와 동시에 그녀가 비명을 지르며 공중으로 붕 떠오른다. 집채만 한 육중한 물체가 찌익, 소리를 내며 앞으로 굴러가다 멈춘다. 길 가던 사람들이 쓰러져 있는 그녀의 주위를 에워싼다.

비산사거리 사거리약국으로 한 통의 전화가 걸려온다. 벨소리는 고즈넉한 실내를 뒤흔들어 놓는다. 오빠 김복성이 다가가 전화를 받는다.

"여기 성심병원인데요. 김화정 씨라고 아시지요?"

"제 동생인데 왜 그러시나요?"

"김화정 씨가 교통사고를 당하여 지금 병원 중환자실에 있습니다. 환자의 주머니에서 선생님의 전화번호가 나왔습니다. 속히 오셔야겠습니다."

"알았습니다."

전화를 끊고 김복성은 함께 근무하는 아가씨에게 사실을 알린 뒤 약국을 부탁한다. 그는 가운을 벗고 양복 상의를 걸친 채 서둘러 약국을 나온다.

택시를 타고 가면서 김복성은 불쌍한 동생을 생각한다. 억울하게 남편을 잃고, 본인은 심신의 장애를 견디면서 어렵게 살아가고 있는데 또 시련이 다가오다니. 김복성은 불공평한 세상을 원망하면서 연신 한숨을 내쉰다.

'중환자실에 있다면 많이 다쳤다는 이야기인데 이걸 어떻게 해야 하나.'

택시에서 내려 성심병원 중환자실을 향해 허둥지둥 빠르게 걷는다. 중환자실은 출입자를 제한하고 있다. 출입 금지, 라는 빨간 글씨가 선명하게 시야에 들어온다.

"김화정이가 많이 다쳤나요?"

김복성은 담당 간호사에게 다급하게 묻는다.

"김화정 씨는 교통사고를 당하여 119 구급차에 실려 올 때부터 의식이 없었습니다. 호흡과 맥박은 있지만 약간 불안합니다. 왼쪽 다리에 골절이 있고 머리에서 출혈이 발견되었습니다. 들어가셔서 김화정 씨가 맞는지 확인부터 해보시지요."

오빠 김복성은 간호사의 안내를 받아 중환자실로 들어간다. 흰 가운을 입고 마스크를 한 채. 여기저기서 끙끙 앓는 소리가 들린다. 그녀는 머리에 붕대를 칭칭 감고 있다. 눈을 감은 채 시체처럼 누워 있다. 김복성이 다가가 그녀의 손을 잡고 흔들어 보아도

우리는 이렇게 흘러가는 거야

반응이 없다.

"동생 분 김화정 씨가 맞지요?"

"맞습니다."

"그럼 나오시지요."

간호사의 말에 따라 김복성은 중환자실 밖으로 나온다.

"빨리 조치를 취해야 할 텐데요."

"더 궁금한 것은 담당 의사 선생님께 문의하세요."

담당 간호사는 업무적으로 딱딱하게 대꾸한다.

그녀가 눈을 뜨자 하얀 천장이 시야에 들어온다. 여기저기서 신음이 들린다. 그녀의 손에는 주사 바늘이 꽂혀 있고 머리 위에서는 링거액이 뚝뚝 떨어진다. 복부 쪽에서 콕콕 찌르는 듯한 통증이 전해진다. 그녀는 복부를 움켜잡고 신음을 토해낸다. 계속 통증을 호소하자 간호사는 의사의 지시를 받아 그녀에게 진통제를 투여한다. 그때야 그녀는 조금 살 것 같다는 생각이 든다. 의식이 돌아오자 그녀는 일반 병실로 옮겨져 치료를 받는다.

"동생, 괜찮아?"

"불행 중 다행이야. 큰일 날 뻔 했어."

오빠 김복성과 올케 차영순(오빠의 아내)이 병실로 찾아와 그녀의 손을 잡는다.

"오빠, 언니, 미안해요. 또 사고를 쳐서."

그녀는 제법 또랑또랑한 목소리로 말을 한다.

"무슨 소리야. 동생 잘못이 아닌데. 재수가 없어서 그렇지."

"보험사 직원의 이야기를 들어보니까 사고 친 트럭 기사가 100% 과실이던데. 신호 위반에 과속이라니까."

올케 차영순의 이야기를 듣고서야 그녀는 그날 사고의 원인과 상황을 어느 정도 파악한다.

"집안 청소며, 빨래며, 반찬 등 준비하려면 언니가 고생하시겠네요."

"그거야 아무것도 아니지. 고모가 고생이지. 건강에 큰 문제가 없어야 할 텐데 걱정이구만."

"복통이 있었는데 진통제 주사를 맞았더니 지금은 살 것 같네요."

"의사의 이야기는 장출혈이 의심된다고 하더라고. 그래서 복부 MRI를 해볼 모양이야. 뇌를 다친 줄 알았는데 거기는 외상만 있다고 하니까 다행이구만. 그리고 왼쪽 다리에 골절이 있는데 심하진 않은 모양이야. 동생은 아무 걱정 말고 치료만 잘 받아. 집안일은 잊어버리고. 아이들도 이제 다 컸고 또 언니가 있잖아."

"알았어요. 오빠, 언니를 힘들게 해서 미안해요."

"그런 소리 하지 말아. 동생은 우리와 한 식구잖아."

MRI 검사 결과 그녀의 복통 원인은 장 파열로 밝혀져 긴급 수

우리는 이렇게 흘러가는 거야

술을 하려 하였으나 수혈할 혈액이 부족해 잠시 지연되고 있다. 그녀는 D항원이 없는 RH 음성으로 밝혀져 혈액이 부족하다는 것이다. RH 음성은 우리나라 전체 인구의 0.3%로 백인 인구 16%보다 현저하게 낮아서 혈액을 구하기가 용이하지 않다고 병원 측은 설명한다. 병원 측은 쉽게 혈액을 구하기 위해서 그녀의 주변 가족들부터 혈액 검사를 실시하기로 했다. 유전적인 요인 때문에 가족 중에 RH 음성이 있을 가능성이 높다는 것이다. 가족들이 모두 병원을 방문하여 혈액 검사를 받았다. 누구도 채혈 거부 의사를 표시한 사람은 없다.

"차남 김철균 군이 RH 음성으로 밝혀져 다행입니다. 바로 김철균 군을 채혈실로 데리고 오세요."

담당 간호사가 보호자인 오빠 김복성을 불러 밝힌 내용이다.

"잘 알겠습니다. 혈액 채취가 이루어지면 바로 수술을 할 수 있겠네요."

"그렇습니다."

오빠 김복성은 대기하고 있던 차남 김철균을 불러 사실 내용을 밝힌다. 이야기를 듣고 난 철균은 의외라는 듯 얼굴을 붉히며 조금 당황하는 표정을 짓는다.

"채혈을 해도 건강에는 지장이 없다고 알고 있는데 맞나요?"

철균은 옆에 서 있는 간호사에게 묻는다.

"맞습니다. 건강에 지장이 없을 정도만 피를 뽑습니다."

철균은 입을 굳게 다물고 고개를 끄덕거리며 채혈실로 들어간다.

"김화정 님, 지금 수술실로 이동합니다. 가족 중 차남 김철균 군이 RH 음성이어서 혈액을 확보했습니다."

"다행이네요."

병실 침대가 복도로 나가면서 삐거덕거리는 소리가 들린다. 그녀는 복부 통증 때문인지 연신 눈가의 물기를 훔친다.

철균은 몸을 뒤척거리며 잠을 이루지 못한다. 창유리에 머무는 희읍스름한 달빛으로 방 안이 희끄무레하다. 철균은 침대 위에 일어나 앉아 손으로 턱을 괴고 천장을 응시하며 골똘한 생각에 빠진다.

"혈액 검사 결과를 보고 철균이 의아해 할 텐데 이제 사실을 알려 주어야 하지 않을까?"

"철균이도 클 만큼 컸으니 한번 생각해 보자고."

"고모의 요구로 철균이의 장래를 생각해서 우리 호적에 올린 것을 이해하겠지?"

"그럼. 유복자로 태어난 것도 알려 주어야 할 걸."

어제 수술실 앞에서 우연히 엿들은 어머니와 아버지의 대화 내용이다.

엄청난 죄를 지었다는 중압감, 갑자기 호수의 둑이 무너져 물

우리는 이렇게 흘러가는 거야

이 밀려오고 있을 때의 긴박감, 새로운 사실을 알고 나서의 허탈감, 낯선 나라에 툭 떨어졌을 때의 당혹감, 이산가족이 수십 년 만에 만났을 때의 뜨거운 감동과 눈물, 그런 감정들이 소용돌이처럼 몰려와 그의 밤을 조각냈다.

뜬눈으로 밤을 새우고 아침이 되자 철균은 집에서 나와 비산사거리 택시 승강장으로 뛰기 시작한다. 수술을 받고 회복 중인 어머니를 만나기 위해.

아침 서늘한 바람이 빠르게 뛰는 그의 가슴으로 상큼하게 밀려온다. 헉헉거리는 거친 숨결이 턱을 치받는다. 둥실 떠오른 아침해가 눈부신 햇살을 길 위에 뿌린다. 길바닥에 깔린 황금빛 햇살이 멍석처럼 도르르 말려 자꾸만 그의 가슴에 안긴다. 그의 가슴이 두근두근 설렘으로 가득하다.

오블라디 오블라다[1]

　못방산과 조당산이 서로 으르렁거리며 마주 보고 있는 그 한
가운데 느티나무 두 그루가 서 있다. 그 느티나무 밑에는 네모진
돌들이 올망졸망 놓여 있는데 그곳에 마을 사람들이 엉덩이를 붙
이고 잠시 쉬었다 간다. 특히 면 소재지 장날이면 보따리를 손에
든 사람들이 마을로 들어오기 전 어김없이 여기 쉼터에서 땀을
닦으며 잠시 숨을 고르고 간다. 돌팍에 앉아 훤하게 트인 마을
밖을 바라보면 길게 뻗은 신작로가 보이고 그 신작로 위로 딱정
벌레 같은 차들이 미끄러져 달린다. 목덜미의 땀을 훔치며 돌아
앉으면 산들이 병풍처럼 둘러선 미나리골이 보인다. 숨이 콱 막
힐 것 같은 동네이지만 위로 파란 하늘이 뻥 뚫려 있어 그 구멍으
로 휴우, 하고 긴 숨을 내쉰다. 그러니까 여기 쉼터는 마을 초입
에 위치한 미나리골의 목인 셈이다.
　바락바락 악을 쓰며 경사길을 올라온 1톤 트럭 한 대가 쉼터 느

1　나이지리아 부족의 말로 '인생은 그렇게 흘러가는 거야.'라는 뜻.

티나무 밑에 멈추어 선다. 트럭 꽁무니에서는 시커먼 매연이 줄기차게 쏟아져 나온다. 트럭 짐받이가 달달달 떨린다. 짐받이에는 배추, 양파, 무, 시금치, 계란, 당근 등이 실려 있다. 갑자기 시동이 꺼지더니 달달거리던 차체의 떨림도 멎는다. 시커먼 매연이 떼를 지어 조당산 쪽으로 달아난다. 운전석 문이 열리더니 남편 현길재가 내려온다. 조수석 문으로는 아내 류찡이 내려온다. 그들은 쉼터 돌팍에 마주 보고 앉는다.

"저그 깃발이 빨간색일 때 여그 쉼터를 통과허면 안 된당게. 되게 위험허지."

현길재가 조당산 중턱에 있는 금굴 옆 깃발을 가리킨다. 금굴 옆 깃대에는 파란색 깃발이 펄럭이고 있다. 지금은 다이너마이트를 터뜨리지 않아 지나가도 좋다는 표시이다. 또 금 채굴 작업을 하지 않고 쉴 때도 파란색 깃발이 펄럭인다. 오늘은 일요일이어서 작업이 없는 날이다.

"그 정도는 나아도 아알지."

류찡은 한국말이 약간 서툴다. 그렇지만 대화하는 데는 큰 지장이 없다. 류찡은 22세 때 현길재와 18년 나이 차이를 극복하고 국제결혼하기 위해 중국 난징에서 한국으로 왔다.

"류찡, 이렇게 단 둘이 앉아 있은께 연애 시절로 돌아간 기분이구먼. 자기 사랑혀."

현길재가 류찡을 그윽이 바라보며 애틋한 눈길을 보낸다.

"징끄러어워."

류찡은 시선을 피해 쉼터 아래 흐드러지게 피어 있는 아카시아 꽃을 응시한다.

"부끄러움을 타기는. 자기는 그게 좋단 말이여. 그 순수헌 점이 말이여."

현길재는 가까이 다가가 류찡의 볼에 키스를 한다.

"아이, 징끄럽단게."

두 사람은 깔깔거리며 웃는다. 봄의 상큼한 바람이 두 사람의 몸을 휘감는다. 느티나무 잎새들이 제법 파릇파릇 돋아나 향긋한 풋내가 물씬 풍긴다.

"류찡, 한국으로 시집 온 것 시방도 후회혀?"

"이제 그런 말 하아기 싫어용. 왜 맨날 묻지요오? 고향 부모님께 쌩활비를 부쳐주어야 하는데에 고게 항쌍 걱정이지요."

"무신 말인지 알아들었당게. 후딱 돈 많이 벌어 생활비를 부쳐 드리자구."

"진짜요?"

"그럼. 약속허지."

두 사람은 서로 새끼손가락을 걸어 약속을 하고 엄지로 도장까지 찍는다. 그러자 류찡의 얼굴에 화색이 돈다.

저음으로 부드럽게 언덕을 올라온 검은색 에쿠스 한 대가 느티나무 밑에 멈추어 선다. 반짝거리는 광택이 눈부시다. 문이 열리

우리는 이렇게 흘러가는 거야

더니 키가 훤칠한 사내 하나가 모습을 드러낸다.

"여기서 만나네요. 장보기 한 건가요?"

그는 활짝 웃으며 현길재 옆 돌팍에 앉더니 손수건으로 연신 이마의 땀을 훔친다. 금 채굴단 평화산업 차문철 사장이다.

"장을 보아야 내일 식사를 준비허지라우."

현길재는 퉁명스럽게 대꾸한다. 에쿠스를 몰고 다니면서 거드름을 피우는 것이 현길재에게는 눈엣가시로 여겨진다.

"류찡 새댁, 잘 부탁해요. 맛있게 반찬을 만들어 주세요."

차문철은 류찡에게 실실 웃으며 친절을 건넨다.

"그러엄요. 누구의 부탁인데."

쭉 찢어진 류찡의 입가에 미소가 걸려 있다.

차문철이 금 채굴단 평화산업 사장이라면 현길재는 함바집 사장인 셈이다. 평화산업 식구들이 현길재네 비닐하우스 속 함바집에서 대놓고 식사를 한다. 평화산업 식구들은 식사를 해결해서 좋고 현길재는 밥을 팔아 돈을 벌어서 좋다. 돈을 벌면 류찡과 약속한 중국 처가에 용돈도 좀 부칠 수 있으니 현길재로서는 여간 기대하고 있는 것이 아니다.

차문철은 돌팍에 앉아 담배를 뻑뻑 빨아댄다. 그러더니 류찡 옆으로 다가가 그녀 귀에 바싹 대고 속삭이듯 말한다.

"내일 월요일 반찬 메뉴가 뭐예요?"

"냄새야!"

류찡이 담배 냄새를 맡고는 코를 움켜쥐며 기겁을 한다. 그러자 차문철은 피우던 담배를 땅에 놓고 발로 문질러 버린다.

"내일 끼다려 보세요. 나도 몰라요. 어머님이 하시는 일을 나는 돕는 쪼력자에 불과하거든요."

옆에서 그 광경을 지켜보던 남편 현길재의 심사가 편치 않다.

'이 녀석이 유부녀에게 뭐허는 수작이여 시방.'

현길재가 주먹을 움켜쥐고 부르르 떤다.

"하여튼 잘 부탁합니다. 그럼 먼저 들어가 볼게요."

차문철이 손을 흔들며 에쿠스 문을 열고 승차한다. 곧 에쿠스가 부릉거리며 마을 안으로 부드럽게 미끄러져 간다.

"영 싸가지 없는 놈이구먼. 우리를 무시허는 게 분명혀."

현길재가 에쿠스 바퀴 자국에 찍 침을 뱉으며 얼굴을 붉힌다.

"여보, 무씨해요. 장사꾼이잖아요."

"그건 그리여."

류찡이 거들어 주자 현길재의 심사가 조금 누그러진다. 평화산업 식구들은 마을에 있는 두 개의 빈 집에서 기거를 하고 있다.

현길재는 류찡의 손을 잡고 트럭으로 다가간다.

"자기는 내 보물이여. 내가 행복허게 혀줄팅게 기다리라구."

현길재는 트럭 가까이 다가가서는 류찡을 꼭 끌어안아 준다.

"그럴 짜신 있어요?"

류찡이 반신반의하는 표정으로 현길재를 빤히 쳐다본다.

우리는 이렇게 흘러가는 거야

"그럼. 자신 있구 말구."

현길재의 대답은 명쾌하다. 두 사람은 마주 보고 서서 활짝 웃는다. 류찡을 바라보는 현길재의 시선은 그윽하다.

"어서 차에 타랑게."

현길재는 손을 잡아 류찡을 조수석에 태운다. 쾅당 문이 닫히자 현길재는 돌아서 못방산을 올려다본다. 못방산에서 내려온 아카시아 향이 콧속을 후빈다. 코끝을 벌름거린다. 현길재가 운전석 문을 열자 상큼한 아카시아 향이 그의 뒤를 종종걸음으로 따라온다.

"아, 이 그윽한 향기!"

류찡도 코를 벌름거리며 좋아라 한다. 부릉, 차가 진저리를 치더니 달달거리며 떨기 시작한다. 기어를 넣고 브레이크에서 발을 떼자 차가 앞으로 미끄러져 간다. 현길재는 시장에 가서 장보기를 할 때마다 류찡을 대동한다. 사랑하는 류찡을 차에 태우고 아스팔트 길을 씽씽 달리면 가슴이 행복감으로 충만된다. 류찡도 즐거운지 연신 콧노래를 흥얼거린다. 지금껏 그렇게 해왔다.

사실 현길재는 류찡을 만나면서 새로운 세상과 만난 셈이다. 나이 40이 되도록 결혼을 못하고 여자로부터 계속 퇴짜를 맞자 자살을 결심한 적도 있었다. 농촌에서 부모님 모시고 착하게 농부로 산 죄밖에 없는데 선을 볼 때마다 여자들이 싫다며 고개를 절레절레 젓고 떠나가면 그렇게 절망스러울 수가 없었다. 노총

각으로 부모님 모시고 살다가 죽을 수밖에 없다고 한숨을 푹푹 내쉬며 풀이 죽어 지내던 어느 날 마을에 보험설계사가 찾아왔다. 그녀가 말했다.

"상해보험도 들고 하셨으니 제가 결혼정보회사에 연락해서 중국 처녀를 한번 만나보도록 주선해 볼게요. 밑져야 본전이니까 만나 보세요."

"고맙구만이라우. 꼭 우리 길재의 짝을 찾아주시오잉. 그렇콤 되면 제가 그 은혜 잊지 않겠습니다."

어머니 농골댁은 보험설계사의 손을 힘주어 잡았다.

트럭이 현길재의 집 마당으로 들어선다. 검은 매연이 너울거리며 춤을 춘다. 차가 멈추고 현길재와 류찡이 차에서 내린다. 농골댁이 인상을 찌푸리며 손을 휘휘 저어 안면으로 덤비는 매연을 밀어낸다. 농골댁의 등에 업힌 순규도 그녀를 따라서 손을 젓는다.

"우리 순규, 쪼깨 기다렸지?"

현길재가 세 살 된 아들 순규의 머리를 쓸어 주며 반긴다.

"어머니이, 다녀왔어요."

류찡은 시어머니 농골댁에게 꾸벅 고개 숙여 인사한다.

"응, 고생혔다."

농골댁은 트럭 짐받이 위에 놓여 있는 장보기 물건들을 바라보며 눈으로 체크한다.

　　　　　　　　　　　　　　우리는 이렇게 흘러가는 거야

"순규가 보채지는 않았나요?"

류찡은 시장에서 장을 보면서도 순규가 엄마를 찾지 않을까 걱정했던 것이다.

"보채지 않았어야. 나허고 잘 놀았어야."

농골댁과 류찡의 시선이 교차한다.

"순규야, 엄마다!"

류찡이 농골댁의 등에 업혀 있는 순규의 볼에 뽀뽀를 해댄다. 순규가 엄마를 알아보고 싱글벙글이다.

현길재는 장보기 한 물건들을 비닐하우스 안 함바집으로 옮긴다. 농골양반도 거들어 물건들을 함바집으로 옮긴다. 비닐하우스이지만 공간이 꽤 넓은 편이다. 20여 명이 식탁에 앉아 식사를 할 수 있으며 싱크대, 수도, LPG 가스 시설이 되어 있어 취사를 손쉽게 할 수 있다.

농골댁은 순규를 농골양반에게 맡기고 팔소매를 걷어붙인다.

"아가야, 서둘러야 쓰겄다. 파도 다듬고, 양파도 까고, 감자도 깎고, 마늘도 까고, 배추도 씻고, 해야 헐 일이 태산 같구나잉."

오늘은 함바집이 쉬는 날이어서 한가하지만 내일부터는 20여 명의 금 채굴단 평화산업 식구들의 식사를 준비해야 하기 때문에 바쁘다. 밥을 하고 반찬을 준비하는 과정은 주로 농골댁이 맡아 처리하고 류찡은 보조자로서 도왔다.

"아가야, 시간이 많이 갔는디 준비가 다 되지 않았으니 어떻게

혀야 헌다냐잉. 궁둥이가 솔찬히 무겁구나. 싸게싸게 서둘러야
쓰겄다."

시어머니 농골댁은 때로 채근을 하며 이처럼 다그치기도 한다.

"알았어요, 어머니. 죄송혀요."

그러면 류찡은 다소곳한 표정으로 고분고분하다. 아침을 먹고
나면 바로 점심이고 점심을 먹고 나면 바로 저녁이다. 왜 그렇게
시간이 빠르게 지나가는지. 류찡은 최대한 분주하게 움직이지만
성미가 급한 농골댁의 마음을 흡족하게 해주지는 못한다. 때로
는 허리가 끊어지게 아파 "아이고, 나 죽네."하면서 고통을 호소
하기도 한다. 그러면 곁에서 듣고 있던 현길재가 안타까워한다.

"자기야, 힘들면 쉬었다 혀."

"끄건 안 돼요. 어머니의 호통은 어떡허구요."

"그럼 내가 도와줄까?"

"그껀 더 안 돼요. 남자헌티 부엌일을 시키면 어머니헌티 혼나
요."

현길재는 허리가 아프도록 고되게 움직이는 류찡을 생각하면
마음이 아프다.

밤이 되면 잠자리에서 류찡은 끙끙 앓는 소리를 낸다.

"허리, 어깨, 무릎이 쑤시고 아퍼요. 순규 아빠, 함바찝 때려
치우면 안 되어요? 너무 힘들어요."

류찡의 표정은 심하게 일그러져 있다.

우리는 이렇게 흘러가는 거야

"돈 벌어서 처갓집에 생활비를 조금이라도 부치려면 이거라도 혀야지. 어디서 돈이 나오냐구."

"끄럼 혀야지요. 쪼금 힘들기는 허지만 헐 수 있어요."

류찡의 일그러졌던 표정은 어디로 가고 없다. 친정을 도와야 한다는 이야기가 나오면 류찡은 금세 활기 있는 표정을 짓는다. 그러다가도 얼마나 하루 생활이 힘드는지 잠자리에 누우면 금세 코를 골며 깊은 수면 속으로 빠져든다. 그러면 순규를 돌보는 것은 현길재의 몫이다. 순규에게 밥을 떠먹이고, 물을 먹이고 같이 놀다 자장자장 잠을 재운다.

함바집을 하면서 어려운 것은 새참을 준비하는 일이다. 세끼 식사를 함바집에서 하기 때문에 배달하는 어려움은 없다. 그러나 새참은 현장으로 직접 배달을 가야 하기 때문에 어려움이 따른다. 그렇게 높은 산은 아니지만 산 중턱까지 새참을 들고 올라가야 한다. 바위를 져 나르고, 돌을 깨는 고된 작업이라서 새참을 먹어야 한단다. 오전 10시와 오후 3시 하루에 두 번씩 금 채굴 현장으로 새참을 나른다. 새참은 주로 컵라면이나 빵 등 가벼운 음식들이다.

류찡과 농골댁이 등에 배낭을 메고 조당산을 오른다. 길가에 기립해 있는 풀들이 파릇파릇 기지개를 켠다. 풀 숲은 밤에 내린 비로 촉촉하게 물기를 머금고 있다. 나뭇가지 위에서 직박구리 울음소리가 들린다. 아카시아 향이 조당산 마루 쪽에서 날아와 콧속을 후빈다. 류찡은 쿵쿵 냄새를 맡으며 상쾌한 기분과 만난다. 농골댁이 거칠게 숨을 몰아쉰다.

"어머니, 힘들면 쉬었다가 가시찌요."

류찡이 걱정스러운 표정으로 농골댁을 바라본다.

"나는 괜찮혀. 힘들면 너나 쉬거라잉."

"쩌는 괜찮습니다. 갈 만헙니다."

다복솔을 끼고 돌자 여우바위가 나오고 여우바위를 지나자 금굴 초록 깃발이 보인다. 초록 깃발은 안에서 지금 작업을 진행하고 있다는 표시이다. 금굴 주위의 주민들은 일상의 제약 없이 볼일을 볼 수 있다는 표시이기도 하다. 금굴은 산 중턱에 있으므로 멀지 않은 거리이다.

"아가야, 농촌 생활이 힘들지야잉? 어디 가든 사람 살기가 쉽지만은 않은게 고렇게 알고 있거라잉. 나도 처음 시집 와서 솔찬히 고생혔단다. 조금만 참거라잉. 그러면 생활이 활짝 펴지는 고런 날이 있을 것잉게."

"힘들찌 않습니다. 견딜 만헙니다."

류찡은 돈을 벌어 친정집으로 생활비를 조금이라도 부칠 수 있다고 생각하자 절로 힘이 솟는다. 굶기를 밥 먹듯 하는 친정 식구들을 생각하면 밥을 먹다가도 목이 멘다. 가족들을 살려봐야겠다는 일념에서 한국행을 고집했던 류찡의 꿈. 류찡은 산을 오

우리는 이렇게 흘러가는 거야

르면서도 고향에 남아 있는 가족들을 생각하며 고통을 견딘다.

여우바위를 지나 현장에 도착하자 일꾼들이 반긴다.

"어서 오세요. 오늘 메뉴는 뭡니까?"

"고생들 허구만요. 오늘의 메뉴는 컵라면이구만요."

"그것 좋지요."

금굴은 네 사람이 나란히 서서 걸어갈 수 있는 정도의 공간으로 구멍이 뻥 뚫려 있다. 금굴 옆으로는 산 중턱을 깎은 자리에 두 개의 텐트가 흡사 이글루처럼 엎드려 있다. 텐트는 위아래에 위치해 있는데 위에 있는 것은 평화산업 사장 차문철의 휴식처 겸 근무처이고 아래에 있는 것은 현장에서 일하는 노역자들의 휴식처이다. 위에 있는 것은 혼자 사용하므로 그 크기가 작은 데 비하여 아래에 있는 것은 비교적 큰 편이어서 대다수 노역자들이 다 들어가 새우잠을 자거나 우천 시 비를 피해 커피를 마시기도 한다. 텐트는 상태가 비교적 양호한 편이어서 지퍼를 내리면 뱀이나 벌레 침입을 막아주어 안방처럼 아늑한 휴식처로 사용할 수 있어 고된 일을 하는 노역자들에게는 꼭 필요한 공간이다. 또한 텐트 옆에는 수도 시설이 되어 있어 꼭지를 돌리면 물이 철철 흘러나온다. 모터를 사용해 아래 약수터 물을 금굴까지 끌어올려 식수나 손을 씻는 허드렛물로 사용하고 있다.

농골댁과 류찡은 버너에 주전자 물을 올려놓고 가열하고 있는 중이다. 물이 끓으면 컵라면에 물을 부어 새참으로 올린다. 농

골댁과 류찡은 등에 메고 올라왔던 배낭을 열어 컵라면을 진열해
놓는다.

"농골댁, 예쁜 중국 며느리를 얻고 이렇게 일을 해서 돈도 버
니 얼마나 기분이 좋으십니까."

평화산업 차문철 사장이 나타나 거드름을 피우며 농골댁을 추
켜세운다.

"다 사장님이 도와주신 덕분이구만요."

농골댁은 차문철에게 허리를 굽혀 굽실거린다.

정각 10시가 되자 휘리릭 호루라기 소리가 조당산 중턱에 사
선을 긋는다. 현장 감독 조덕팔이 새참 시간을 알리는 신호이다.
일꾼들이 꾸역꾸역 텐트 있는 곳으로 모여들기 시작한다. 그들
은 대기 시켜 놓은 컵라면을 각자 하나씩 들고 와서 농골댁이 따
라주는 뜨거운 물을 받아간다. 그걸 들고는 큰 텐트 속으로 들어
간다.

"나도 배고파요. 컵라면 주세요!"

작은 텐트 속에서 들려온 차문철 사장의 외침이다.

"아가야, 사장님 먼저 갖다 드려야쓰겠다."

"알았어요."

류찡이 물을 부은 컵라면을 들고 작은 텐트 속으로 들어간다.
차문철 사장한테는 류찡이 물을 타서 직접 갖다 대령해 왔다. 그
것은 현장 감독 조덕팔이 강력히 요구하는 사항이기도 하다.

우리는 이렇게 흘러가는 거야

"물 좀 주세요."

큰 텐트 속에서 일꾼들이 외친다. 농골댁이 뜨거운 물 주전자를 들고 큰 텐트 속으로 들어간다. 그녀는 일꾼들이 게걸스럽게 먹는 것을 지켜보고 있다가 물을 요구하면 즉시 따라준다. 농골댁은 그렇게 서서 일꾼들이 다 먹을 때까지 기다린다.

헐떡거리는 숨소리가 들린다. 이따금 신음소리가 들린다.

"뭔 소리여. 누구는 좋겠구만."

빙긋 웃으며 고개를 갸우뚱거리는 사람도 있다. 일꾼 하나가 게검스럽게 라면을 먹고 있다. 그는 라면 사리를 입에 물고 주먹으로 가슴 부위를 짓찧으며 고통스러운 표정이다. 눈을 부릅뜨고 천장을 노려보면서 숨을 헐떡거린다. 그러더니 물을 한 모금 마시고는 죽을 뻔 했네, 하면서 길게 숨을 내쉰다. 일꾼들이 라면을 다 먹자 농골댁은 텐트 밖으로 나온다. 빈 그릇을 물에 씻어 차곡차곡 쌓는다. 류찡이 보이지 않는다.

"아가야, 가야지!"

농골댁이 소리친다. 그때야 작은 텐트 속에서 류찡이 나온다. 빈 그릇을 손에 들고.

"시방까지 그 속에서 뭐 혔냐?"

농골댁이 질책조로 다그친다.

"기다렸다가 빈 그릇을 가져오는 중이어요."

"그렇코롬 혔어? 싸게 서둘러야 쓰겄구나. 얼른 내려가서 점심을 준비혀야지."

"네 어머님, 잘 알겠습니다."

류찡이 손으로 머리를 쓸어내리더니 옷을 툭툭 털며 옷매무새를 다듬는다. 물에 씻은 빈 그릇들을 모아 비닐에 담아서는 배낭에 넣는다. 볼록한 두 개의 배낭을 하나씩 등에 메고 농골댁과 류찡이 산을 내려온다. 뒤에서 찌이익 휘파람 소리가 들린다. 류찡이 자꾸만 발을 헛디디면서 걸음을 허둥거린다.

"아가야, 조심혀."

"네, 어머님!"

농골댁이 류찡의 손목을 꼭 움켜잡고는 부산하게 산을 내려온다.

식사 시간에는 함바집 비닐하우스 안이 시끌벅적하다. 현장 감독 조덕팔이 소매 끝을 걷어붙이고는 물을 쭉 들이켠다. 입가에 묻은 물기를 손끝으로 쓱 훔친다. 그러더니 입을 연다.

"내일 4시에 폭파 작업이 있습니다. 주민들의 동태를 잘 파악해서 그 시간에 느티나무 밑 쉼터를 지나가는 사람이 없도록 안전에 만전을 기해야 합니다."

웅성거리던 말소리가 멎고 찬물을 끼얹은 듯 조용하다.

"감독님, 지금 일장 연설을 한 거요? 우리 밥 먹으면서 그런 업무적인 이야기는 뺍시다. 밤에 배 위에 올라타 캄캄한 어둠 속에

우리는 이렇게 흘러가는 거야

서 헐떡거렸던 이야기를 해보자구요. 그래야 피로가 쫙 풀리지요. 안 그런가요?"

"우리 차문철 사장님이 역시 최고란게요. 멋져부렸어! 그런 의미에서 건배!"

일제히 물잔을 부딪친다.

"배 위에 올라가 더듬거리다 물컹한 것을 잡았지요. 그러고는 쭉쭉 빨았지요. 한참을 빨다 보니까 배가 부르더란 말입니다. 이건 사실이라니까요."

"에끼 그런 말 같지 않은 이야기는 집어치웁시다."

웅성웅성 떠드는 소리가 파도처럼 출렁거리기 시작한다.

"우리가 농사만 지어서 배부를 수 있나요. 부업으로 금굴에서 일하니까 용돈도 벌고 얼마나 좋은가요."

평화산업이 마을에 들어오면서 조금씩 달라진 점이 있다. 술 먹고 시비가 붙어 시끄러운 소리가 연일 이어지고 있다는 점, 집집마다 씀씀이가 커져 생활이 옛날보다 어려워졌다는 점, 아낙들이 술을 마시고 블루스를 땡기며 걸판지게 놀 줄 알게 되었다는 점 등이다.

식사가 거의 끝나가자 류찡이 주전자에 있는 보리차를 컵에 따라 차문철 사장의 밥상 위에 올린다.

"역시 우리 류찡 새댁은 미모가 출중해서 그런지 서비스가 만점이네요. 고맙구만요."

차문철이 날씬한 류찡의 몸매를 훔쳐보다 곁에서 파를 다듬고 있는 현길재의 시선과 맞닥뜨린다. 현길재가 눈을 부릅뜨고 차문철을 노려본다.

'건방진 새끼! 남의 부인을 불결허게 넘겨다보다니.'

그러자 차문철이 언제 그랬냐는 듯이 옷을 툭툭 털며 시치미를 떼고 딴청을 부린다.

그날 저녁 잠자리에서 현길재가 류찡에게 한마디 한다. 곁에서 세 살짜리 순규가 새근새근 잠을 자고 있다. 창으로 들어온 뿌연 달빛이 초록 이불 위에 은빛으로 뿌려져 있다.

"자기 차문철 사장 조심혀야겠더라구. 눈초리가 곱지 않어. 나만 보면 시선을 피허고 말허는 게 거칠더라구."

류찡이 누워 있다가 벌떡 일어난다.

"당씬 질투허는 거야? 남자가 장난기가 있어서 그렇지 나쁜 싸람은 아닌 것 같던디."

누워 있던 현길재도 벌떡 일어난다.

"당신 내 앞에서 차문철을 두둔허는 거야, 시방?"

현길재가 소리를 높인다.

"그건 당씬 오해여. 두둔허기는. 그렇다는 이야기지. 말이 거친 것은 사실이야. 당신 말대로 조심헐 테니까 걱정 마."

현길재가 욱, 하고 성깔을 부리자 류찡이 재빨리 감을 잡고 낮은 자세로 나온다.

우리는 이렇게 흘러가는 거야

"나헌티는 자기밖에 없어. 자기 싸랑혀."

류찡이 현길재의 손을 꼭 잡아 준다. 그러자 현길재의 욱, 했던 순간의 날선 마음이 눈 녹듯 사그라진다.

"마을 회관에서 알려드립니다요. 오늘 4시 금굴에서 폭파 작업이 있을 예정이랑게요. 다이너마이트 파편이 100미터 이상 날아간다고 허니까 그 시각 느티나무 밑 쉼터를 지나는 주민은 각별히 주의허시기 바랍니다. 이상 마을 회관에서 이장 장필구가 말씀드렸습니다."

해가 떠서 지낼재 너덜겅이 금색으로 덧칠되어 있다. 이른 아침 마을 확성기에서 울려나오는 소리가 미나리골 일대를 쥐흔든다. 폭파 작업이 있으면 꼭 이장에게 전달되고 이장은 확성기로 마을 주민들에게 알려왔다.

장필구가 안내 방송을 끝내고 마을 회관을 나오자 밖에서 기다리고 있던 황구가 꼬리를 치며 반긴다.

"너 황구 왔구나. 가자."

장필구가 집을 향해 걸음을 옮기자 황구가 꼬리를 살랑거리며 앞장선다. 개울가 미루나무 가지 위 까치 떼가 수선스럽게 깍깍거린다.

'기분 좋은 일이 있을려나. 아니야. 그럴 리 없어. 까치 떼가 방정맞은 것을 보면 말이여.'

집으로 들어서자 아내가 마루에서 화장을 하고 있다. 입술을 벌겋게 칠한 꼴이 꼭 쥐 잡아 먹은 고양이 입 같다.

"워딜 가려구?"

"오늘이 장날이잖아. 시장을 쪼깨 다녀와야 쓰겄어. 참기름이 없어서 말이여. 오후에 함바집 일을 도우려면 바로 와야 되겄당게. 간단허게 몇 개 사서 들고 바로 와야 쓰겄어."

"나는 고추 모종에 물을 조금 줄 팅게 잘 다녀오라구."

"그리여 잘 다녀올게."

장필구는 손에 물조리개를 들고 텃밭으로 향한다. 장필구의 아내 송장골댁은 부산하게 손을 놀려 화장을 끝내고는 자리에서 일어선다. 송장골댁은 농골댁의 간곡한 요청으로 오후에만 함바집에 나가 일을 돕는다. 그 대가로 약간의 수고비를 받는다. 송장골댁은 지갑이 든 핸드백을 들고 마당에 주차되어 있는 트럭 위에 올라 브레이크를 밟고는 키를 오른쪽으로 세차게 돌린다. 그러자 차가 부릉거리며 시동이 걸린다. 브레이크에서 발을 떼고 액셀러레이터를 지그시 밟자 차가 앞으로 나아간다.

오후 3시 55분이다. 느티나무 밑 마을 쉼터 주변이 팽팽한 긴장감으로 팽배되어 있다. 폭파 작업이 시작되기까지는 짧은 5분이 남아 있어 느티나무 밑 사람들의 출입을 통제하고 있다. 금굴 옆에는 빨간 깃발이 펄럭이고 있다. 금굴 주변이 적막하다.

"잠시 후 다이너마이트 폭파 작업이 진행됩니다. 주민 여러분

　　　　　　　　우리는 이렇게 흘러가는 거야

께서는 하던 일을 중단하시고 금굴에서 멀리 떨어진 곳으로 대피하시거나 바위 같은 엄폐물 뒤에 납작 엎드려 주시기 바랍니다."

메가폰을 잡은 현장 감독 조덕팔의 신경질적인 음성이 금굴 주변 적막을 흔들어댄다. 급박한 공포의 순간이 빠르게 다가오고 있다. 그 순간 부릉거리는 소리가 들리더니 트럭 한 대가 느티나무 밑으로 질주해 오고 있다.

"멈추세요, 그 자리에 멈추세요!"

현장 감독 조덕팔의 신경질적인 음성이 부릉거리는 자동차 엔진음을 갈기갈기 찢는다. 트럭이 찌이익 굉음을 내지르며 제자리에 멈추어 선다. 조덕팔이 메가폰을 들고 트럭 가까이 다가가자 운전석 문을 열고 송장골댁이 빠르게 트럭에서 내린다. 두 사람의 시선이 맞닥뜨리는 순간 두 사람의 표정이 갑자기 부드러워진다.

"아이고 나는 누구신가 했네. 송장골댁이구만."

조덕팔의 거친 말투는 어디로 간 곳이 없고 나긋나긋한 태도로 입꼬리에는 배시시 웃음이 걸려 있다.

"내가 시간을 깜박혔네요. 미안허구만요."

"별 말씀을. 사람이면 누구나 깜박할 수 있지요."

순간 쾅, 하는 소리가 조당산과 못방산 일대를 번쩍 들었다 놓는다.

"빨리 피합시다! 위험합니다!"

조덕팔의 다급한 말소리가 들림과 동시에 무언가 묵직한 물체가 송장골댁을 위에서 덮친다.

"아이고 나 죽네!"

송장골댁이 비명을 지르며 땅바닥에 나자빠진다. 쾅, 쾅, 쾅! 연속적으로 지축을 흔드는 폭발음이 이어진다. 금굴에서 뿌연 연기가 모락모락 피어오른다.

폭발음이 멎자 조덕팔이 부스럭거리며 몸을 일으켜 세운다. 조덕팔의 몸에 깔린 송장골댁도 부스럭거리며 일어나 옷을 툭툭 턴다.

"왜 외간 여자를 위에서 덮치고 그럽니까. 별꼴이구만요. 남우세스럽네요. 누가 보았으면 어떡허지요."

송장골댁이 불만 섞인 표정으로 중얼거린다.

"인도주의에 입각한 희생정신으로 한 목숨을 보호하기 위해 우발적으로 한 짓입니다. 의심을 삼가세요."

이렇게 변명한 조덕팔이 메가폰을 들고 외친다.

"주민 여러분, 폭파 작업이 완료되었습니다. 하시던 일 일상으로 돌아가 주세요. 평화산업에서 주민 여러분께 잠시나마 불편을 끼쳐 드려 대단히 죄송합니다."

금굴 옆에서 펄럭거리는 깃발은 어느새 초록색으로 내걸려 있다.

"나 갑니다."

우리는 이렇게 흘러가는 거야

송장골댁이 트럭 위에 올라 시동을 걸자 꽁무니에서 검은 매연이 시꺼멓게 기어 나온다.

"또 봅시다."

트럭이 앞으로 나아가자 시커먼 매연 속에서 조덕팔이 팔을 흔들어댄다. 잘 가라고 손을 흔드는 것인지 아니면 매연을 손으로 휘휘 저어 내쫓고 있는 것인지 알 수가 없다.

평화산업 금굴 작업장 오전 10시 새참은 농골댁과 류찡이 직접 들고 현장으로 나가고 오후 3시 새참은 류찡과 송장골댁이 들고 나간다. 송장골댁이 오후부터 일을 나오므로 오전 새참은 어쩔 수 없이 나이 지긋한 농골댁이 나간다. 류찡은 농골댁하고 새참을 내갈 때 여간 불편한 게 아니다. 다리가 아파도 아프다고 말 한마디 못하고 속으로 끙끙 앓기만 한다. 입으로 농담 한마디 할 수가 있나, 방귀가 나오려고 해도 마음대로 뿡뿡 뀔 수가 있나. 시어머니 농골댁하고 새참을 들고 현장에 갔다 오면 단단히 벌을 받고 온 기분이다. 어깨가 석고처럼 빳빳하게 굳은 기분이고 방귀를 참아 아랫배가 무지룩하다. 하지만 송장골댁하고 오후 새참을 나가면 마음이 편안하다. 심적으로 부담이 없어 농도 주고받으면서 새참을 들고 현장에 다녀오면 피로가 간 곳이 없고 몸이 가뿐하다. 류찡은 송장골댁 앞에서 방귀가 나오면 곧바로 방사한다. 그러면 속이 그렇게 시원할 수가 없다.

오후 2시 40분 류찡과 송장골댁이 새참을 손에 들고 산을 오른다. 3시 새참에 맞추려면 부산하게 움직여야 한다. 그래서 두 사람은 숨을 헐떡거리면서도 쉬어가자는 말을 꺼내지 않는다. 두 사람이 나누어서 들었기 때문에 새참이 무겁지는 않지만 경사진 오르막길을 올려다보자 아찔하게 현기증이 인다. 그러나 오순도순 이야기를 주고받으며 오르다 보면 금굴이 금방이다. 오후 새참은 쑥을 넣어서 만든 퍼런 개떡이다.

"새댁, 새참을 들고 가기가 힘들지 않남?"

송장골댁이 숨을 몰아쉰다.

"쪼금 힘은 들어요. 그렇지만 좋아요. 돈을 벌 수 있으니까요."

류찡도 숨을 몰아쉬기는 마찬가지이다.

"나도 그리여. 힘은 들지만 돈을 버니까 좋아. 재미도 있구."

경사길은 지그재그로 이어져 있다. 길가의 상수리나무나 싸리나무를 움켜잡고 앞으로 당기면 몸이 붕 떠오르며 한 걸음 앞으로 전진한다. 그렇게 가다 보면 이마와 목덜미에 땀이 방울져 흐르기 시작하는데 바로 그곳이 금굴이다. 류찡과 송장골댁이 각각 한 손에 개떡이 든 바구니를 들고 숨을 헐떡거리며 오르다 잠시 서서 목덜미의 땀을 훔치자 바로 코앞이 금굴이다. 현장에 도착하자 2시 50분이다. 류찡은 준비된 주전자에 물을 받아 버너 위에 올려 놓는다. 물을 끓여 차를 타서 올려야 개떡과 함께 인

우리는 이렇게 흘러가는 거야

부들이 새참을 먹을 수가 있다. 송장골댁은 텐트 속을 쓸고 닦는다. 그래야 인부들이 앉을 수가 있기 때문이다.

"안녕하세요?"

현장 감독 조덕팔이 불쑥 나타나 부드럽게 인사를 건넨다.

"깜짝이야. 나는 누구시라고."

걸레질을 하다 송장골댁이 움찔 놀란다.

"오늘 사장님은 출장이십니다. 오늘 작은 텐트는 제가 쓰는 겁니다. 사장님이 허락하셨거든요. 거기도 좀 닦아 주세요."

"알었당게요."

"저는 이따가 새참을 먹을 때 작은 텐트에서 먹을 거예요. 새참을 그리 가져다 주세요. 잘 부탁해요."

조덕팔이 송장골댁의 궁둥이를 요리조리 눈요기한다. 시선을 느낀 송장골댁이 발끈한다.

"워디를 그렇게 훔쳐봐요? 돈 내고 봐야지요. 공짜가 워딨어요."

"바닥에 개미 한 마리가 기어가서 그것을 보고 있었는데요."

조덕팔이 시치미를 떼고 잽싸게 둘러댄다.

3시 정각 새참 시간이다. 휘리릭 호루라기 소리가 조당산 중턱에 사선을 긋는다. 새참 시간을 알리는 신호를 듣고 작업하던 일꾼들이 하나둘 모여들기 시작한다. 송장골댁은 접시에 담긴 개떡과 특별히 준비한 커피를 들고 현장 감독 조덕팔이 쉬고 있는 작은 텐트 속으로 들어간다.

모여든 일꾼들은 큰 텐트 속으로 들어가 둥그렇게 모여앉아 쟁반 위에 놓인 개떡을 들고 우직우직 씹기 시작한다. 류찡이 주전자를 들고 여러 개의 종이컵에 보리차를 따라놓는다. 옆사람이 전달, 하고 외치자 손에서 손으로 옮겨져 저 쪽 멀리 있는 사람에게까지 금세 전달이 된다. 일꾼들은 류찡에게 뼈가 있는 말을 한다.

"오늘은 사장님이 출장을 가셨습니다. 말동무 해주실 분이 안계셔 적적하시겠습니다."

"적적하기만 헙니까. 보고 싶어 미치겠습니다. 사장님을 보려고 매일 여끼 산에 오는데 오늘은 허탕이네요."

류찡은 한술 더 뜬다.

"새댁의 말솜씨가 보통이 아니네요. 농담도 잘하시고."

"이껜 농담이 아닙니다. 찐담입니다."

그러자 일꾼들이 허허대며 웃는다.

위쪽에 있는 작은 텐트 쪽에서 가쁜 숨소리가 들린다. 여린 신음소리도 들린다.

"누가 저렇게 헐떡거리며 급하게 산을 오른대야."

"아니야 싸우는구먼. 목을 조이는 거라구. 그러니까 저렇게 계속 신음소리가 들리지."

"저러다가 사람 죽게 생겼는데 가보아야 되지 않을까."

우리는 이렇게 흘러가는 거야

"에끼 이 사람! 눈치코치도 없구만. 저건 목을 조이는 것이 아니라구. 간지럼을 먹여서 그러는 거라구. 간지럼을 심하게 타는 사람은 금방 죽을 듯 하거든."

"그건 맞아. 그러다가도 금방 헤헤거리며 웃더라구."

저녁 식사 시간이 되면 평화산업 일꾼들이 거처로 가서 작업복을 벗고 가벼운 체육복 차림이나 아웃도어 복장을 하고 현길재네 비닐하우스 함바집으로 모여든다. 목에 수건을 두른 사람도 있다. 류찡과 송장골댁이 분주하게 움직여 상 위에 반찬을 갖다 놓는다. 농골댁은 더 분주하게 손을 놀려 나물도 무치고 석쇠 위의 생선을 뒤집기도 한다.

출장 갔다 돌아온 차문철 사장과 현장 감독 조덕팔이 도착하자 식사가 시작된다.

"필요한 것 있으면 말씀하세요."

"맛있게 드세요."

류찡은 차문철 사장에게 그리고 송장골댁은 현장 감독 조덕팔에게 가까이 다가가 해낙낙한 표정을 지으며 갖은 아양을 떤다. 그러면 차문철 사장은 꼭 칭찬을 아끼지 않는다.

"미모가 출중한 류찡 새댁은 서비스가 프로라니까요."

거기에 질세라 금방 조덕팔이 토를 달고 나온다.

"미모나 서비스 정신은 우리 송장골댁이 으뜸이지요. 뒤로 가라고 하면 서럽지요."

"이러다가 우리끼리 싸우겠네. 그만 합시다."

이야기가 확대되는 것을 차문철 사장이 차단하고 나온다. 그렇게 말을 하면서 차문철 사장은 옆에서 파를 다듬고 있는 현길재를 힐끗힐끗 쳐다본다. 노려보는 현길재의 시선, 그게 차문철에게는 부담이 된다.

'남의 마누라를 소쿠리 비행기 태우는 의도가 뭐시냐구. 왜 남의 부인을 들었다 놓았다 하느냐구.'

현길재는 외간 남자들이 류찡을 언급하면 매우 기분이 나쁘다.

"우리 평화산업은 사업을 더욱 확장하여 중국과 미얀마까지 진출할 생각입니다. 지금 중국과 미얀마에 금굴 후보지를 물색하여 금이 다량으로 묻혀 있을 거라는 전문 지질학자의 견해를 확보해 놓은 상태입니다. 여기 미나리골 금굴 사업이 어느 정도 마무리되는 대로 현지로 나가 사업을 개시할 생각입니다. 여러분만 원하신다면 여기에서 일하신 모든 분들을 모시고 갈 계획을 갖고 있습니다."

현길재는 식사를 하면서 이렇게 떠들고 있는 차문철 사장의 과시욕에 심한 거부감을 느낀다. 평소 식사 때마다 거창하게 떠들어대는 차문철은 빈 콩깍지라는 말도 떠돌아다닌다. 겉만 번드르르하지 실제로는 속 빈 강정이라는 것이다. 덩치만 크지 실제로는 알맹이 없는 빈 쭉정이라는 것이다.

"사장님 말씀을 잘 귀담아 들어야 합니다. 우리 평화산업은 세계로 미래로 쭉쭉 뻗어가는 대기업으로 성장해 나갈 것입니다. 이건 실제 상황입니다. 우리 모두 사장님의 뜻을 받들어 우리의 목표를 반드시 실현시킵시다. 존경하는 사장님과 우리 모두를 위해서 박수!"

현장 감독 조덕팔이 이렇게 외치자 일꾼들은 밥을 먹다 잠시 수저를 놓고 박수를 친다. 그러자 차문철이 고맙다며 손을 흔든다.

"감독님 말씀은 시원시원해서 좋구만요. 막혔던 체증이 쏙 내려가네요."

"그런 의미에서 이거나 더 드시오잉."

송장골댁이 누렇게 구운 조기 한 마리가 담긴 접시를 조덕팔 밥그릇 앞에 갖다 놓는다.

"누구는 좋겠네요. 조기도 갖다 주고. 나도 저런 애인 하나 있으면 좋겠는데."

일꾼 하나가 비아냥거리는 투로 말한다.

"감독님만 드리나요. 사장님도 드려야지요."

옆에서 구경하던 류찡이 누렇게 구운 조기 한 마리가 담긴 접시를 차문철 밥그릇 앞에 갖다 놓는다.

"새댁, 고마워요."

차문철이 류찡을 향해 엄지손가락을 들어 보이며 최고라고 치켜세운다. 이걸 목격한 현길재가 파를 다듬다 목에서 치밀고 올

라오는 울화를 참지 못하고 발로 파가 담긴 양푼을 세차게 걷어
차 버린다. 그러고는 함바집 밖으로 휭, 하니 나가버린다. 일꾼
들이 밥을 먹다 움찔 놀라며 일제히 소리 난 쪽을 향해 고개를 돌
린다.

"양푼이 떨어진 소리랑게요. 별 것 아니랑게요. 싸게 식사 헙
시다잉."

농골댁이 이렇게 외치자 일꾼들은 아무 일도 없었던 것처럼 식
사를 하기 시작한다. 농골댁은 밥줄인 함바집을 애지중지하는
편이다.

'지랄 같은 저 성깔을 언제나 버릴라는지 모르겄당게. 철부지
랑게. 누구 덕에 지 목구멍으로 밥이 들어가는지도 모르고 성깔
만 부린당게.'

농골댁은 간신히 늦장가를 간 현길재를 원망하며 속을 끓인다.

평화산업 현장 감독 조덕팔이 자취를 감추었다. 혼자가 아니라
송장골댁과 함께. 그런 소문이 마을에 자자하다.

"두 사람이 다정허게 손을 잡구 중국행 비행기를 타기 위해 검
색대 앞에 서 있는 것을 내 두 눈으로 똑똑히 보았당게요."

직접 목격했다는 마을 사람의 말은 토끼처럼 이리 뛰고 저리
뛰며 미나리골 일대를 휘젓고 다녔다.

"이놈이 나쁜 녀석이더군요. 함바집 밥값도 떼어먹고 도망갔

우리는 이렇게 흘러가는 거야

다니까요. 울며 겨자 먹기식으로 우리 평화산업에서 밥값을 갚아야지요. 이 새끼가 순 사기꾼이더라구요. 남의 여자를 꿰차고 달아나지를 않았나. 열 길 물속은 알아도 한 길 사람의 속은 알 수가 없다고 하더니. 이걸 두고 한 소리였당게요."

차문철 사장은 일꾼들 앞에서 조덕팔 전 현장 감독을 사정없이 깎아내린다. 일꾼들도 불만으로 가득하다. 꾸어간 돈을 갚지 않고 자취를 감춘 것이다. 조덕팔은 여러 사람에게서 의도적으로 돈을 꾸고는 갚지 않고 자취를 감추었다.

"이 새끼를 내가 가만히 두지 않을 것이랑게요. 반드시 찾아서 멱살을 잡고 껍데기를 훌러덩 벗겨놓을 것이랑게요. 내 돈을 떼어먹구 지가 도망을 가? 거지발싸개 같은 새끼!"

이렇게 거칠게 역정을 내는 일꾼도 있다.

송장골댁이 조덕팔과 눈이 맞아 마을을 떴다는 소문이 팔팔 살아 못된 망아지처럼 미나리골 고샅을 뛰어다니자 남편 되는 이장 장필구가 두문불출이다.

"고게 원래 끼가 쪼끔 있었지. 처녀 시절에도 많은 남정네들을 울렸다고 하더라구."

아낙들이 모이면 수군수군 입방아를 찧어대자 그게 듣기 싫어 집에만 틀어박혀 지낸다는 말도 있다. 덥수룩하게 제멋대로 자란 수염이 꼭 산신령 같은 형상이어서 보는 사람마다 기겁을 한다고 했다. 누군가는 늦은 밤이면 가끔 집 밖으로 대성통곡하는 울음소리가 담장을 넘어오는데 그 음색이 처연하여 절로 눈가에 이슬이 맺힌다고도 했다.

비 오는 횟수가 많아지자 덤불이 우북하게 자랐다. 산과 들이 짙푸르러 여름색이 완연하다. 곳곳에서 못자리를 설치하느라 부산하다. 종산리에서 내려오는 미나리골 앞 도원천 물줄기가 눈에 띄게 굵어졌다. 물줄기가 제법 크게 재주를 넘으며 흘러간다. 물가 둑에 서 있으면 발밑을 때리는 거센 물살을 느낄 수 있다. 각시바위에서 조금 내려간 지점 저승바위 밑은 물결이 곤두박질쳐 흘러내려왔다가 바위에 부딪쳐 휘돌아 나가는 곳으로 물이 깊기로 유명한 곳이다. 거기 물가에서 어느 날 장필구가 시체로 발견되었다. 물에 불어 팅팅 부은 시체가 물 위에 둥둥 떠 있었다. 동네 아낙들은 고샅에 모였다 하면 끌끌 혀를 차며 안타까워하였다.

"아이들만 남겨졌으니 워떻게 혀야 헌대여. 간 사람은 훌훌 털고 갔지만 남은 아이들이 문제랑게. 한 동네에 큰아버지가 있으니 그래도 다행이여."

장필구의 넋을 건지는 날이다. 날씨가 흐려 우중충하다. 동네 사람들이 모여 입방아를 찧어댄다.

"다 쓸데없는 짓거리여. 그렇다고 가만히 손을 놓고 있을 수는 없당게. 망자의 넋을 건져 편히 모셔야 헌다구. 그렇게 혀야 제2의 장필구가 나오지 않는당게."

우리는 이렇게 흘러가는 거야

저승바위 옆 물가에 제물이 진설되어 있다. 영험하기로 소문난 운전부락 평사무당이 하얀 소창을 들고 흔들어댄다.

"오오 슬프구나. 어찌 아니 슬프더냐. 이 세월을 태산같이 믿었더니 백년을 못다 살고 죽었으니 어찌 아니 슬프더냐."

6월 말이 되자 연일 비가 내린다. 천둥 번개를 동반한 폭우가 극성을 부린다. 미나리골 골짜기마다 실개천이 요란하다. 마을 앞 도원천 물줄기도 몸이 불어 비만이다. 넘실거리며 흐르는 물줄기가 금방이라도 둑을 넘을 태세다. 평화산업 금 채굴 현장 일꾼들이 작업을 멈추고 일손은 놓은 것은 그 무렵이다.

"제가 중국에 급히 출장을 다녀올 일이 있어서 당분간 작업을 중단하려고 합니다. 감독도 없는 상태이고 해서 어쩔 수 없이 내린 결정입니다. 여러분들은 당분간 집에서 쉬고 계시다가 제가 부르면 그때 나와 주세요."

이게 차문철 사장이 밝힌 금 채굴 작업을 중단한 이유의 전부이다. 쾅쾅 다이너마이트가 터지고 시끌벅적하던 조당산 금 채굴 현장이 적막에 싸인 채 빗소리만 요란하다. 금굴 옆에서 펄럭이던 깃발도 내려진 채 깃대만 우두커니 서서 외롭게 빗줄기를 견딘다. 금굴 옆에 쳐놓은 텅 빈 텐트 위를 빗줄기가 요란하게 때려댄다.

시장에 갔다던 류찡이 며칠째 모습을 보이지 않고 있다. 세 살짜리 순규가 징징거리며 엄마를 찾자 농골댁이 등에 업고 마을 입구 느티나무 밑 쉼터로 나와 둥개둥개 어르며 달랜다. 농골댁은 순규를 업고 바장이면서도 멀리서 달려오던 버스가 멎을 때마다 힐끗힐끗 정류소를 응시한다. 그렇지만 류찡 같은 그런 자태의 여성은 모습을 나타내지 않는다.

현길재는 트럭 뒤에 류찡의 대형 사진과 "아내를 찾습니다."라는 문구를 붙인 채 읍내를 돈다. 류찡이 사라지고부터 집에는 어두운 그림자가 짙게 드리워 있다. 현길재의 얼굴에서 미소가 사라졌고 농골댁과 농골양반의 얼굴에도 수심이 가득하다. 국제결혼으로 간신히 늦장가를 가서 어렵게 순규까지 얻었는데 그 에미가 갑자기 사라졌으니. 어디에서도 류찡의 소식은 전해지지 않는다. 소문만 무성하다. 류찡이 차문철과 눈이 맞아 상하이에서 살림을 차렸다는 둥, 류찡이 한국 국적을 취득하는 것이 목적이었기 때문에 뜻이 이루어지자 마을을 떴다는 둥, 중국에 있던 원래의 애인이 찾아와 류찡을 데려갔다는 둥, 현길재는 류찡의 사기 결혼에 당한 피해자라는 둥.

"길재야, 경찰에 신고를 혀야 되지 않겄냐. 류찡에게 불행한 일이 일어났을 수도 있으니까 말이여."

농골댁이 줄곧 요구해왔던 사항이다. 현길재는 류찡을 찾는 것도 혼자로서는 한계가 있다고 판단하고 고심을 거듭하다 결론을 내린다.

우리는 이렇게 흘러가는 거야

"어머니, 후딱 경찰서에 다녀와야겠어요. 쇠뿔도 단김에 빼라고 혔거든요."

현길재는 잽싸게 트럭에 올라 시동을 건다. 트럭 꽁무니에서 나온 검은 매연이 허공에 삿대질을 해댄다. 농골댁 등에 업힌 순규가 현길재에게 손을 흔들어댄다. 현길재도 순규를 향해 손을 흔들며 지그시 액셀러레이터를 밟는다.

"류찡이 미나리골을 떠나던 날 산외 장터에서 차문철 사장의 에쿠스를 본 사람이 있당게."

"긍게 그 사람이 차문철 사장의 에쿠스 번호를 외우고 있었단 말이여?"

"그건 모르지."

"솔찬히 눈에 익은 차, 선팅 된 유리로 얼핏 보이던 인상착의에서 어떤 확신을 가진 모양이여. 또한 들리는 이야기로는 차문철 사장이 중국과 미얀마에서 펼치겠다던 사업 계획이 모두 새빨간 허구라고 허던디."

"그럼 사기였다는 이야그여?"

"그런 셈이지. 여기 미나리골 금 채굴 작업도 적자가 나서 평화산업이 도산혔다고 허던디."

"그럼 차문철 사장이 몰래 도망갔다는 이야그잖아."

"그렇지. 금방 알아듣는구먼잉. 그것도 류찡까지 꿰차고 말이여. 함바집 농골댁은 밀린 밥값을 받으려구 눈이 빠지게 차문철 사

장을 기다리고 있다고 허던디. 큰일이구먼잉. 차문철 그 놈이 사
기꾼이랑게. 나중에 이 내용들을 현길재와 농골댁이 알먼 얼매나
실망허겄어잉. 그걸 알먼 뒤로 벌렁 나자빠질 일이랑게. 쯧쯧."

"참말로 안되었구만. 시방 내 가슴도 벌렁벌렁헌디 나중에 당
사자들이 알먼 얼매나 충격이 크겄어잉."

마을 사람들은 삼삼오오 모여 앉으면 입방아를 찧는다.

일꾼들이 하나둘 마을을 빠져나간다. 일꾼들이 머물던 마을 빈
집에 적막만이 가득하다. 함바집도 문을 굳게 닫고 영업을 중단
한 상태다. 사람들이 들끓던 미나리골이 원래의 촌락으로 돌아
가 실개천 물소리만이 마을의 적요를 노크해댄다. 이따금 들리
는 장닭 울음소리가 마을 공간에 사선을 긋는다. 간헐적으로 골
짜기에서 골짜기로 날아가는 장끼 울음소리가 마을 공간에 못질
을 해댄다.

현길재는 느티나무 밑 쉼터 돌팍에 앉아 신작로를 뚫어져라 응
시한다. 종산리로 올라가는 버스가 모습을 드러낸다. 버스는 정
류소에 정차하지 않고 곧바로 종산리로 줄달음을 친다. 현길재
가 푹 고개를 숙이더니 담배만 뻑뻑 빨아댄다. 그러다가 고개를
들고 조당산을 하염없이 바라보며 휴우, 하고 한숨을 내쉰다. 그
의 옆에 정차해 있는 허름한 트럭 한 대가 애처로이 그를 내려다
본다. 트럭 뒤에서는 현수막이 펄럭이고 있다. "아내를 찾습니
다."라는 문구와 류찡의 사진이.

　　　　　　　　　　우리는 이렇게 흘러가는 거야

꿈의 나라

요즈음 할머니의 표정이 매우 어둡다. 칠십이 넘으셨으니 연세 탓으로 몸이 무겁고 노곤해서 그런 것은 아닐까? 근래 할머니는 일손을 놓고 먼 산을 쳐다보며 자주 한숨을 내쉰다. 그러다가 집배원 아저씨의 오토바이 소리가 마을 골목을 들썩이며 흔들어대면 재빨리 대문 밖으로 나가 외친다. 우리 집 편지 온 것 없어요? 없는데요. 집배원은 업무적으로 짧고 굵게 대답한다. 그럼 할머니는 중얼거린다. 참으로 이상한 일이야. 이런 일은 없었는데. 고개를 갸우뚱거린다. 집배원은 벌써 대문 골목을 사라지고 없다.

6시가 되자 하숙생들이 꾸역꾸역 모여들기 시작한다. 하숙집으로는 마을에서 우리 집이 제일 대규모다. 마을을 감싸고 있는 철조망을 넘으면 미군부대다. 거기 군무원으로 근무하는 사람들이 우리 집 주 고객이다. 젊어서는 할머니 혼자 부엌일을 다 해내었지만 지금은 도우미 아주머니를 한 명 두고 있다. 힘이 부쳐 끙끙대며 부엌일을 하시는 할머니에게 내가 이렇게 권한 적이 있다. 도우미 아주머니를 한 명 더 쓰지요. 할머니는 빤히 나를 쳐다보며 말한다. 그걸 몰라서 못 쓰고 있는 것이 아니다. 너희들 학비를 마련해야 할 것 아니냐. 대학교에 다니는 나와 재수를 하고 있는 형을 두고 하는 말이다. 일리가 있는 말이다. 할머니는 할아버지도 없이 혼자서 오직 하숙을 쳐서 나와 형을 지금껏 먹이고 입히고 가르쳐 왔으니까. 밥줄인 하숙업은 할머니에게 중차대한 일이었을 것이다. 별로 남는 것도 없는 하숙업에서 아주머니를 한 명 더 쓴다면 인건비가 배로 나갈 것이므로 타산이 맞지 않을 것은 뻔했다. 할머니는 지금도 나와 형을 보면 이렇게 말한다. 불쌍한 것들! 에미 애비가 얼마나 보고 싶겠냐. 내가 아무리 잘해도 에미 애비와 같겠냐. 할머니의 눈에는 우리들이 아직도 아기로만 보이는지 할머니는 우리 머리를 쓸어주며 혀를 차곤 했다. 할머니, 우리가 어린애인가요. 사람들 앞에서 머리 쓸어주는 것을 좀 삼가세요. 그래 알았다. 내가 또 깜박했구나. 너희들이 훌쩍 컸지만 할미의 눈에는 지금도 애기로 보여. 할머니는 우리에게 부모나 다름없다. 아기 때부터 기저귀를 갈며 뜨거운 애정으로 우리를 길러주셨으므로.

할머니는 일요일 오후 하숙생들이 모두 집으로 돌아가 쉬는 날 나와 형을 불러 앉혀놓고는 우리 앞에 편지 묶음을 내놓는다. 이게 모두 너희 아버지한테서 온 편지들이다. 근래 편지가 끊어져 소식이 없구나. 찾아보아야 될 것 같아서 너희들을 불렀다. 편지 중에는 누렇게 탈색된 것도 있었다. 군데군데 뽀얗게 먼지가 앉

우리는 이렇게 흘러가는 거야

아 있기도 했다. 주소가 있어야 찾아보지요. 그리고 찾는다고 해서 안면도 없는 아버지를 찾을 수 있겠어요. 형은 얼굴을 붉히며 손을 쩔쩔 내두른다. 우리를 버린 아버지를 지금 찾아서 뭐한다는 거여요. 찾을 필요가 있을까요? 그래도 어쩌겠니. 너희들 아버지 아니냐. 이 할미에게는 귀한 아들이고. 이 할미를 보아서라도 찾아보거라. 이 할미의 소원이다. 할머니는 형의 손을 꼬옥 잡고 울상을 짓는다. 알았어요. 너무 걱정하지 마세요. 그럼 찾아볼게요. 형은 할머니의 애원을 뿌리치지 못한다. 주소지는 여기 있다. 이건 통장이고. 할머니는 우리 앞에 발신지 주소가 적힌 편지 봉투와 통장을 내놓는다. 차비도 하고 밥도 사 먹고 하려면 돈이 필요할 게다. 찾아서 긴하게 쓰도록 하거라. 형은 손가락으로 나와 통장·주소지를 번갈아 가리키며 어서 주머니에 넣으라는 신호를 보낸다. 알았어. 나는 통장과 주소지를 들어 주머니에 넣는다.

TO. 어머님께

세계에서 제일 살기 좋은 나라 1위 노르웨이. 세계 142개국 중 1위 노르웨이. 1995년 영국의 링크탱크 페가룸 연구소가 발표한 내용입니다. 우리나라는 28위에 뽑혔네요. 노르웨이는 7년 연속 정상의 자리를 지키고 있습니다.

어머니, 그러니 너무 걱정하지 마세요. 제가 그런 나라에 살고 있거든요. 어느 것 하나 부족한 것이 없습니다. 사랑하는 어머니와 내 귀한 아들 성구·필구를 가까이에서 보지 못하고 있는 것이 가장 부족한 부분입니다.

제가 일하고 있는 곳은 자동차 회사 도장 공장입니다. 쉽게 말하면 차체에 도색 작업을 하는 부서입니다. 화려한 색감을 칠하는 곳이어서 멋져 보이지만 실제로는 그렇지 않습니다. 방청(자동차 부식을 막기 위해 도료를 도포하는 것), 방진(엔진 떨림 및 외부로부터의 진동을 경감시키는 장치), 방음, 색 도장을 하는 곳입니다. 복잡한 곳이지요. 페인트 등 휘발성 물질을 취급하는 곳이어서 보안이 삼엄합니다. 외부인은 일절 출입할 수 없습니다.

처음 오슬로 가르데르모엔 공항에 내려 캐리어를 밀고 시내로 나오니 도시가 평화롭고 화려했지만 낯설어 암담하더군요. 내가 잘 적응할 수 있을까. 많이 걱정이 되었습니다. 처음에는 그랬었는데 벌써 많은 시간이 지났습니다. 이제는 마음 놓고 힘껏 호흡도 하고 시내를 마음대로 돌아다니기도 합니다.

내가 아내와 함께 거주하는 곳은 오슬로 시내 변두리 5층 빌라입니다. 주거 환경이 잘 갖추어져 있어 불편한 것이 하나도 없습니다. 도둑도 없는 나라 노르웨이 오슬로입니다. 한 번쯤 살아볼 만한 곳이지요. 오슬로에서 만나 재혼한 교포 아내는 임신 6개월째입니다. 고국으로 돌아가면 귀여운 손주를 어머니의 품에 안

우리는 이렇게 흘러가는 거야

겨 드리겠습니다. 생활이 안정되면 곧 성구와 필구도 제가 데려
갈 겁니다. 힘드시겠지만 조금만 참아주세요. 효도는 하지 못하
고 자꾸만 어려운 부탁을 드려 죄송합니다. 모두 제가 못난 탓입
니다. 저도 언젠가 지나간 이야기를 동화처럼 들려드리며 효도
하는 날이 오겠지요. 그날을 손꼽아 기다리며 열심히 생활하고
있습니다.

　어제는 햇빛 좋은 날이었습니다. 모처럼 쉬는 날이어서 아내와
함께 마을 뒤 아보르공원으로 산책을 나갔습니다. 6월의 햇빛이
아보르공원 짙푸른 자작나무 이파리 위에 금가루를 뿌려대었습
니다. 바람을 타고 날아온 아카시아 향이 콧속으로 포복해 들어
와 후각을 간지럽혔습니다. 아이 좋아라! 아내는 자꾸만 코를 킁
킁거리며 활짝 웃었습니다. 당신이 좋아하니까 나도 기분이 좋
구만. 나는 아내의 손을 꼬옥 잡았습니다. 여보, 고국에 계신 어
머님께 당신이 부탁한 생활비를 부쳐드렸어요. 성구와 필구를
양육하는 데 넉넉한 돈은 못 되지만 보탬은 될 거예요. 당신 고
마워. 그리고 사랑해. 적은 돈이지만 잊지 말고 계속 부쳐야 될
거야. 잘 부탁해. 알았어요. 걱정 말아요. 당신 봉급 들어오면
양육비 먼저 부치고 쓸 거여요. 고마워. 당신은 나에게 천사야.
나는 아내의 볼에 키스를 해주었습니다. 군데군데 잔디 위에 돗
자리를 깔고 누워 햇빛을 즐기는 가족들이 화분 위의 꽃송이처럼
예쁘게만 보였습니다. 우리는 회양목이 길가에 늘어서 있는 길

을 지나가며 이따금 뒤돌아 아보르공원 아름다운 뒤태를 흘끔거렸습니다. 인상 깊은 하루였습니다.

어머니, 품성이 고운 아내를 가능한 빨리 인사시켜 드리겠습니다.

그럼 어머니를 비롯한 성구와 필구 모두 건강하기를 빌며 이만 줄이겠습니다.

○○○○년 ○월 ○○일

복길 올림

처음 할머니가 아버지를 찾아보아야 한다고 하셨을 때 거부감이 들었던 것이 사실이다. 아버지에게 애정이라고는 손톱만큼도 없었으니까. 우리를 버리고 떠나 호의호식하며 살고 있다고 생각해 강한 반감을 갖고 있었던 것이다. 성구와 필구 잘 들어라. 내가 너희들에게 편지를 보여주지 않은 것은 마음의 동요를 걱정해서였단다. 너희들이 재혼한 아버지를 원망하고 있어 그 원망이 더 커지는 것을 막기 위해서였단다. 그러나 이제는 너희들도 장성했으니 사실을 사실대로 알고 냉철한 이성으로 판단할 거라고 믿는다. 할미는 쌍둥이 너희들을 믿는다는 이야기이다. 할머니는 우리에게 우리가 맨 처음 여기 팽성읍 두정리 대농마을에 오게 된 이야기를 들려준 적이 있다. 대농마을은 아버지의 고향

우리는 이렇게 흘러가는 거야

인 셈이다. 초 · 중 · 고 시절을 대농마을에서 보낸 아버지에게는 소중한 유년의 기억이 곰실거리는 곳이다.

　그때만 해도 할아버지가 살아계셨다. 어느 날 아버지가 보자기에 싸인 핏덩이 둘을 양팔에 안고 집으로 들어섰다. 성구, 필구를 부탁합니다. 저에게 사정이 생겼습니다. 아내가 바람이 나 집을 나갔습니다. 저는 노르웨이 오슬로 공장으로 발령이 나 떠나야 합니다. 도저히 성구, 필구를 키울 수 없어 이렇게 찾아왔습니다. 안되었구나. 어떻게 너에게 그런 일이. 병색이 완연한 할아버지의 표정이 딱딱하게 굳어 있다. 야리꾸리하게 하고 다니는 꼬락서니를 보고 알아보았다. 불쌍한 것! 니 팔자가 개 팔자 되었구나! 할머니는 핏덩이를 받아 아랫목에 뉘여 놓고는 연신 한숨이다. 어떡하니, 이 에미가 키울 수밖에. 너무 걱정 말거라. 양 어깨가 축 늘어진 아버지는 고개를 떨구고 있다. 제가 양육비는 매달 보내드리겠습니다. 그리고 자리를 잡는 대로 데려가겠습니다. 하여튼 정신 차려서 잘 살도록 하거라. 밖이 쌀쌀하구나. 갓난아기를 키우는 방은 늘 바닥이 따뜻하고 안온해야 한다. 할머니는 벌떡 일어나 보일러 온도를 높인다.

　B형 간염으로 오래 고생하던 할아버지가 간암이란 진단을 받고 돌아가시자 더 이상 농사를 지을 수 없게 되었다. 그래서 할머니가 시작한 것이 하숙이었다. 갸가 보내준 양육비로는 절대 부족해. 하숙생을 치면 성구와 필구를 가르치고 먹고는 살겠지.

할머니는 대농하숙이란 간판까지 달고 이를 다그쳐 문 채 소매를 걷어붙였다. 누워서 놀던 나와 형 중에서 하나가 보채며 울기라도 하면 띠로 등에 꿰차고 도마질을 했다.

아버지를 찾기 위해 대농마을 대농하숙을 떠나려던 전날 밤 나는 잠을 설쳤다. 그날 밤은 왜 그렇게도 요란하게 소쩍새가 울어대던지. 옆에서 코를 골며 깊은 잠에 빠져 있었던 형과는 대조적이었다. 아버지가 살아 있기는 한 것일까? 잊어버릴 만하면 띄엄띄엄 소식을 전해주었던 아버지. 아버지의 실제 모습보다는 사진으로 익숙해진 우리였다. 그건 어머니도 마찬가지였다. 한 번도 본 적이 없는 어머니. 어머니에 대한 기억이 전무하다 보니 애정도 그리움도 모두 먹먹한 통증으로 남아 있을 뿐이었다.

새벽녘 설핏 잠이 들었을 때였다. 성구야, 일어나. 형이 나를 흔들어 깨웠다. 10분만 더 자자구. 잠을 설쳤다니까. 나는 신경질적으로 돌아누웠다.

TO. 어머님께

성구와 필구가 많이 자랐지요? 뛰어다니며 놀 나이인데 둘이 싸우지는 않는지 모르겠네요. 어머니에게 큰 짐을 떠넘기고 살다 보니 하루하루가 죄스러울 뿐입니다. 저는 별일 없이 잘 지내고 있습니다. 여기 오슬로에서 태어난 진구는 벌써 *3살*입니

우리는 이렇게 흘러가는 거야

다. 어머니에게 귀여운 손주를 안겨 드리지 못해 죄송하게 생각하고 있습니다. 언젠가 약속을 지키는 그런 날이 오겠지요.

여기 오슬로의 11월은 쌀쌀한 편입니다. 한국의 11월보다는 추운 날씨이지요. 그렇지만 난방 시설이 잘 되어 있어 추운 겨울을 견디는 데는 어려움이 없습니다. 건물 벽에 첨단 단열재를 사용하여 건축하였기 때문에 여름에는 시원하고 겨울에는 따뜻합니다. 방음 시설도 잘 되어 있어 이웃 간에 소음 문제로 다툴 일이 없습니다. 오슬로는 습윤 대륙성 기후로 여름 날씨는 온난하고 겨울은 우리나라 정도의 겨울 날씨입니다. 특히 겨울에는 눈이 많이 내려 빼어난 설경을 자랑합니다. 제설차가 지나가면 도로는 금세 제 기능을 회복하여 자동차들이 설경 속에서 경쾌한 질주를 벌입니다.

노르웨이는 정말 살 만한 곳입니다. 이런 나라에서 시민권을 얻어 살게 되었다는 것이 저에게는 꿈만 같습니다. 아내가 진구를 낳자 매달 우유 값으로 약 45만 원 가량을 꼬박꼬박 아내 통장에 넣어주더군요. 그렇게 만 3살 될 때까지 넣어준다고 하니 노르웨이에서 아이 키우는 데 경제적 어려움은 없을 것 같습니다. 준구가 3살 이후 18세 될 때까지 매월 20만 원 정도를 넣어준다고 하니 아이 셋만 낳으면 기본적인 생활비는 해결이 되는 것입니다.

또한 모든 아이들의 교육비는 무료입니다. 대학교까지 수업

료를 한 푼도 받지 않습니다. 이건 사실입니다. 대학생이 원하면 무이자로 매년 1,500만 원 정도를 대출해 줍니다. 나중에 취직을 하면 갚는다는 조건으로.

아내가 진구를 낳고 정부로부터 돈만 받은 게 아닙니다. 1년의 산후 휴가를 받아 푹 쉬었습니다. 봉급의 80% 정도를 받으면서 말입니다. 집에서 쉬면서 봉급의 80%를 받는다는 것을 대한민국에서는 상상이나 할 수 있겠습니까. 만약 산후 휴가 기간을 10개월로 단축해서 쉬면 그 기간 동안 100%의 봉급이 지급되는 나라입니다. 아내가 진구를 낳자 남자인 저에게도 15일 동안의 육아 휴가를 주더군요. 그때 저는 힘들어 하는 아내의 가사 일을 돕고 진구를 직접 돌보며 보람찬 시간을 보내었습니다.

저희 회사에는 노조가 있지만 한번도 파업을 한 적이 없습니다. 7시간 근무를 철저히 이행하고 일이 있어 더 근무하면 시간 외 수당을 지급합니다. 적게 일하고 임금은 미국과 일본의 두 배 수준입니다. 주 5일 근무하고 금요일 오후에는 가족들이 여행을 떠납니다. 교통비, 특별 휴가비, 간식비, 체력 단련비 등 사원 복지를 위해 돈을 아끼지 않는 회사입니다. 또한 회사는 세입 세출을 공개하여 투명 경영을 하기 때문에 파업할 일이 없습니다. 1년에 한 번씩 회사 부담으로 종합 건강 검진을 실시하여 사원들의 건강관리에도 신경을 쓰고 있습니다.

우리는 이렇게 흘러가는 거야

어머니, 이곳 노인들은 거의 100세를 넘겨서까지 정정하게 생활합니다. 정부 예산의 15% 정도를 노인 복지를 위해 쓰며 소득에 관계없이 노인 누구에게나 똑같은 혜택을 줍니다. 양로원에서 노인끼리 모여 살면 건강에 좋지 않다고 해서 집이 없는 노인에게는 주택도 마련해 줍니다. 요양보호사가 노인의 집을 방문하여 청소도 해주고, 설거지도 해주고, 운동도 시켜 주고, 병원도 모시고 가서 매일 도우미 역할을 해주는데 그러한 것이 모두 무료입니다. 노인 가정마다 방문하는 요양보호사가 있는 셈입니다. 그러한 요양보호사에게는 만족스러운 봉사료가 지급되기 때문에 서비스의 질이 매우 높습니다. 그러한 요양보호사는 물론 인기도 높습니다. 67세 이상 모든 노인에게 넉넉한 노인연금이 지급되기 때문에 돈 걱정은 없습니다. 정말 살기 좋은 나라. 노후의 천국, 꿈의 나라 노르웨이. 이곳으로 가능한 빨리 어머니를 모셔오겠습니다. 조금만 참고 기다리시면 반드시 좋은 날이 오고야 말 것입니다.

차가워진 날씨 건강 유의하시고 안녕히 계세요.

○○○○년 ○월 ○○일

복길 올림

나와 형은 출발하기 전 꼼꼼하게 준비를 했었다. 인터넷을 샅

샅이 뒤져 여러 가지 오슬로에 대한 정보를 수집했다. 러시아항
공 편으로 인천국제공항에서 모스크바를 경유해 오슬로로 가는
방법을 택했다. 그리고 외환은행에 가서 노르웨이 화폐 크로네
(1크로네=200원 정도)로 환전하는 일도 잊지 않았다. 시장에 가서
캐리어도 두 개 구입했다. 항공권도 1인당 편도 70만 원 정도이
므로 적은 돈이 아니었다. 할머니가 우리에게 통장을 건네준 이
유를 알 것 같았다. 성구야, 양복도 한 벌 새 걸로 구입해야 되지
않을까? 형, 그럴 필요 없어. 돈 아껴 쓰자구. 할머니가 하숙을
쳐서 어렵게 번 돈이니까 아끼자구. 가볍게 스마트한 복장으로
가자구. 그럼 그러자. 형은 나의 요구를 순순히 들어주었다. 형
이 고마웠다. 캐리어에 수건과 면도기, 팬티, 러닝셔츠, 세면도
구, 여벌옷을 넣자 금세 캐리어가 통통하게 차올랐다.

　나와 형은 캐리어를 끌고 마을 밖으로 나와 버스 정류소로 향
한다. 배고프면 가면서 비행기 속에서 먹거라. 할머니는 손수 준
비한 김밥을 비닐주머니에 넣어 내 손에 쥐어준다. 알았어요. 잘
먹을게요. 할머니는 이런 식으로 우리를 늘 챙겨왔다. 나는 그런
할머니가 고마웠다. 나와 형은 지금껏 할머니의 사랑을 먹고 자
란 셈이다. 모스크바를 향해 인천국제공항을 이륙할 러시아항공
은 밤 10시에 어둠을 박차고 날아오를 것이다. 아직 시간이 많이
남아 있는 셈이다. 할머니는 마을 앞 정류소에까지 나와 우리가
버스에 오르자 손을 흔든다. 나와 형도 손을 흔들어 답례한다.

　　　　　　　　　우리는 이렇게 흘러가는 거야

버스는 굉음을 내지르며 앞으로 질주한다. 손을 흔들고 계시는 할머니를 매정하게 외면한 채. 푸르른 가로수가 뒤로 달리기를 하기 시작한다. 버스 속에는 얼룩무늬 군복을 입은 미군 댓 명이 앉아 껌을 씹고 있다.

아버지는 자리가 잡히면 우리를 노르웨이로 데려가겠다, 그리고 할머니를 모셔가겠다, 고 하였지만 모두 말뿐인 사탕발림이었다. 말은 그럴 듯하게 하지만 실천은 미약하기 짝이 없었으니. 나는 아버지의 말을 믿지 않은 지 오래다. 아버지의 존재를 인정하지 않은 지 오래다. 어머니는 20년 동안 감감무소식이고, 아버지는 편지로 데려갈 듯 데려갈 듯하다 끝내 우리를 배신하였으니. 원망스럽고 낯선 아버지를 찾아나설 필요가 있을까? 그래도 어떡하겠니. 너희 아버지인 것을. 할머니의 말씀이 귓가에 쟁쟁하다. 핏줄은 그 어떤 쇠줄보다 질기고 강해 자를 수 없느니라. 그렇게 말씀하시는 할머니의 눈가에는 이슬이 맺혀 있었다. 우리에게는 매정한 아버지이지만 할머니에게는 애정 많은 아들일 수 있다는 것을 왜 일찍 몰랐던가.

처음 아버지를 찾아보아야 한다고 했을 때 형은 소극적인 태도를 취했다. 그 이유 중의 하나가 재수생이어서 바쁘다는 거였다. 성구는 대학에 갔는데 형인 내가 올해도 대학에 못 가면 안 되지요. 네가 그렇게 말하니 할미로서도 할 말이 없구나. 말썽만 피우던 네가 이제 마음을 잡고 공부를 하려고 하니 기특하지. 다른 방도를 찾아보자꾸나. 그렇게 말하고 며칠이 지나서였다. 할머니, 며칠 쉰다고 큰 문제가 되겠어요. 일류 못 가면 이류, 이류 못 가면 삼류로 가면 되지요. 성구랑 함께 아버지를 찾아볼게요. 이번에 빠지면 크게 후회할 것 같아서요. 형이 며칠 사이 달라진 태도를 취했다.

인천국제공항에 도착하자 어스름이 내려 네온사인이 명멸하고 있다. 나와 형은 우선 식당으로 가서 비빔밥으로 저녁을 시킨다. 식당에서 밥을 먹는 사람들은 우리와 같은 처지인지 의자 옆에는 캐리어가 서 있다. 노랑머리인 유럽인도 몇 명 눈에 띈다. 저녁을 먹고 커피숍에서 차를 한 잔 마시자 시간은 빠르게 지나간다. 나와 형은 커피숍에서 나와 탑승 수속을 하기 위해 서두른다. 검표소 앞에는 사람들이 길게 줄을 서 있다.

시간이 되자 러시아 Aeroflot A-310 여객기가 활주로 쪽으로 가기 위해 서서히 오른쪽으로 방향을 바꾸기 시작한다. 기내에는 딱딱한 침묵이 흐르고 긴장감이 감돈다. 비행기가 속력을 내기 시작한다. 사자가 으르렁거리듯 거친 소음이 들리며 덜컹거리더니 갑자기 비행기가 떠오르기 시작한다. 대형 풍선을 타고 붕 떠오르는 기분이다. 처음 비행기를 타보는 나로서는 무섭고 겁이 나는 것도 사실이다. 형은 의자 뒤로 몸을 누인 채 눈을 감고 말이 없다.

우리는 이렇게 흘러가는 거야

TO. 어머님께

  어머니, 자주 편지를 드리지 못해 죄송합니다. 어머니께서 자식을 걱정해주시는 덕분으로 우리 가족은 별 탈 없이 잘 지내고 있습니다.

  오슬로는 *10*월인데도 날씨가 쌀쌀합니다. 겨울이 일찍 찾아와 *4*월까지도 쌀쌀한 날씨가 계속됩니다. 겨울이 길고 여름이 짧은 게 오슬로 날씨의 특징이라고 할 수 있습니다. 강추위와 무더위가 없고 습도가 낮아 인간이 살아가기에는 쾌적한 곳입니다. 자연이 오염되지 않아 물과 공기가 청정한 천국입니다.

  퇴근해서 돌아오면 빨랫줄에 널린 옷가지들이 보송보송 말라 있어 옷감을 만지는 손끝에서 아내의 사랑이 느껴집니다. 아내는 늘 식탁을 정갈하게 차려놓고 퇴근해서 돌아오는 남편을 포옹으로 맞이합니다. 칼처럼 퇴근하여 집으로 귀가하는 길은 설렘과 흥분의 연속입니다. *6*살인 진구의 재롱을 상상하면 귀가하는 발걸음은 빨라지고 입가에는 흥겨운 콧노래가 걸리기 십상입니다. 풍족하고, 쾌적하고, 즐거운 오슬로의 생활이 나에게는 꿈만 같아요. 행복해요. 여보, 너무 행복해서 그런지 조금 불안해요. 이 행복이 깨질까 두렵다니까요. 마음을 넓게 먹자고. 모든 것을 순리에 맡기고 속을 텅 비우면 되는 거야. 그렇게 말하며 아내를 꼬옥 안아주면 아내의 가슴에서 콩닥거리는 생명의 숨결이 전해져요. 살아 있다는 고마움. 그게 눈물이 나도록 감동으로 다가옵니다.

그때 문득 멀리 고국에 있는 어머니와 성구·필구를 생각하면 눈물이 핑 돌아 앞을 가립니다. 따뜻한 부모의 사랑을 받아보지 못한 성구와 필구가 불쌍하여 가슴이 절절해집니다. 가능한 빨리 성구와 필구를 행복의 나라, 지상의 천국, 노르웨이로 데려가겠습니다. 어머니, 조금만 기다리시면 그날이 꼭 다가올 것입니다.

여기는 몸이 아파도 걱정이 없습니다. 의료비가 약값을 포함하여 1년에 30만 원을 초과하면 그 이상 드는 모든 비용을 나라에서 부담합니다. 수술을 받아야 하는 고액의 병원비 걱정은 할 것이 없습니다. 일체 의료보험료는 내지 않습니다. 그만큼 정부의 자금이 풍요롭다는 이야기입니다.

아내가 지난 달 맹장 수술을 하였지만 고액의 비용을 나라에서 부담하여 별 걱정 없이 무사히 퇴원했습니다. 큰 병에 걸려 돈이 없으면 혼자 죽어가는 한국과는 많이 다르다고 하겠습니다. 또한 회사에 다니다가 개인 사정으로 실업자가 되면 나라에서 취업이 될 때까지 일정액의 생활 급여를 줍니다. 정부에서는 합리적인 방법으로 절차에 따라 책임지고 일자리를 찾아줍니다. 모든 문제를 해결해주는 형님 같고 어버이 같은 지상의 천국, 노르웨이! 노르웨이 오슬로의 거리는 사람으로 넘치

우리는 이렇게 흘러가는 거야

고 길가의 가로수는 햇볕을 받아 반짝입니다.

여기 도장 공장은 오랜 기간 동안 녹이나 부식으로부터 소재를 보호하고 아름다운 색채를 유지하기 위해 높은 수준의 품질과 기술력을 확보하고 있습니다. 방청을 목적으로 하는 전 처리 공정, 차체의 부식을 방지하는 전착 공정, 보디와 패널이 겹치는 부분에 실러를 도포하는 실러 공정, 소음과 진동을 감소시키는 언더코팅 공정, 중간 칠 작업인 중도 공정, 차체 표면의 미관과 색채감의 외관 품질을 결정하는 상도 공정 등으로 작업을 세분화하여 세계적인 기술력을 자랑하고 있기 때문에 장래가 탄탄한 회사라고 할 수 있습니다. 그런 회사에 잘 적응하며 건강하게 생활하고 있습니다. 지난달에는 근무하는 태도가 우수하다 하여 엔지니어 부문 성실상을 수상하였습니다.

어머니, 저에 대한 걱정은 그만 하시고 오랫동안 장수하여 꼭 100세를 넘기셔야 합니다. 그래야 제가 어머니를 모시고 효도하며 살아가는 그런 날이 다가오지 않겠습니까. 몸을 무리하지 마시고 꾸준히 운동하세요. 멀리 이국땅에서 불효자가 올립니다. 그럼 안녕히 계세요.

○○○○년 ○월 ○○일

복길 올림

모스크바를 경유하여 오슬로 가르데르모엔 공항에 내린 것은 출발한 다음 날 오정 무렵이다. 긴 비행에 지친 나와 형은 검색대를 통과하여 밖으로 나오자마자 공항 휴게실 벤치에 털썩 앉는다. 캄캄한 암흑 속에 내린 기분이야. 기분도 별로 좋지 않고. 너는 어때? 주소지는 있다고 하지만 낯선 땅이라 막막한 건 나도 마찬가지야. 휴식을 취한 뒤에 우리는 공항 밖으로 나와 우선 식당으로 가서 식사를 주문했다. 기내 음식은 어디까지나 간식 수준이지 만족스럽게 허기를 채워주지는 못했다. 주문한 스테이크가 나오자 나와 형은 오랜만에 칼질을 해대었다. 식당에 앉아 있던 사람들이 피부색이 다른 우리를 동물원의 원숭이처럼 흘깃흘깃 쳐다본다. 우리는 허기가 나자 칼로 자른 스테이크를 입에 넣고 우직우직 빠르게 씹는다. 성구야, 꼭 아버지를 찾아야 하니? 나는 포기하고 싶어. 우리를 버리고 새어머니와 깨가 쏟아지게 살고 있다는데 말이야. 찾아야 할 까닭을 찾지 못했어. 그분은 엄밀하게 말하면 우리를 버린 배신자야. 형이 밥을 먹다 갑자기 이렇게 나오자 나로서는 난감하다. 형의 마음을 이해는 할 수 있다. 그러나 우리가 오슬로까지 오게 된 것은 부모나 다름없는 할머니의 간곡한 부탁 때문이 아니었던가. 처음 몇 년 할머니에게 양육비를 보내다 특별한 이유도 없이 중단한 아버지의 무책임한 행동을 우리는 이해하지 못한다. 형, 형의 마음을 나는 이해해. 나도 그러고 싶은 심정이니까. 낯선 땅에서 낯선 아버지를 찾으

우리는 이렇게 흘러가는 거야

려고 하니까 별 생각이 다 들 거야. 그렇지만 간곡한 할머니의 부탁도 있잖아. 우리에게는 피를 나눈 아버지이고. 어쩌면 잘못되어 이 세상 사람이 아닐 수도 있을 테니까 마지막이라고 생각하고 찾아보자구. 밥을 먹고 심각한 표정으로 한참을 앉아 있던 형이 손수건으로 입을 닦으며 말한다. 그래 그렇게 하자꾸나. 우리에게는 자식 된 도리가 있을 테니까 말이야. 형 고마워. 형이 심각한 표정을 풀자 나는 형의 손을 꼭 잡는다. 형의 손에서 따뜻한 온기가 전해져온다. 이국에 와서 그런 것일까. 나는 그렇게 형의 손이 따뜻한 줄을 몰랐다.

　평소 나와 형은 성격이 많이 달랐으므로 물 위의 기름처럼 따로따로 놀았다. 나는 할머니 말씀에 순종하며 학업에 전념한 모범생이었지만 형은 할머니의 말씀을 거역하며 학업을 포기한 말썽꾸러기였다. 형은 무던히 할머니의 속을 썩였다. 형은 슬리퍼를 질질 끌며 빈 가방을 메고 학교에 갔고 수업이 끝나면 pc방을 전전했다. 수시로 할머니에게 용돈을 요구했으며 이를 거절하면 장독을 때려 부수는 등 난동을 피웠다. 그때마다 할머니는 눈물을 훔치며 가슴을 쳤다. 내가 무슨 죄를 지었길래 이 고통을 당한단 말이냐. 호래자식 소리 듣지 않게 하려고 노력했건만 다 허사였어. 가슴이 폭폭하다 폭폭해. 손주고 뭐고 이제는 지긋지긋하다.

　가까스로 학교를 졸업한 형이 대학 진학을 할 수 없었던 것은 당연한 귀결이었다. 내가 대학에 들어가고 형은 집에서 빈둥빈 둥 놀게 되자 자극을 받았던지 하루는 이렇게 말했다. 성구야, 기초부터 시작해야 되겠어. 건달로 지낼 수는 없잖아. 나에게도 미래가 있는데 말이야. 재수 학원에 등록한 형은 진지한 자세로 밤늦게까지 스탠드 불빛을 끌어안고 끙끙대었다.

TO. 어머님께

어머니, 말로만 달콤하게 모신다고 해놓고 매번 실천하지 못 하니 죄송합니다. 어머니도 건강하시고 성구와 필구도 잘 있는 지요. 고국에서 멀리 떨어져 있는 저는 매일 어머니와 성구와 필구의 안녕과 행복을 빌고 있습니다.

어머니께서 걱정하시는 우리 회사 도장 공장의 안전에 대해 서는 신경 안 쓰셔도 됩니다. 우리 자동차 회사 도장 공장은 5 만㎥로 규모가 큰 편이어서 환기가 잘 되며 제반 안전시설을 완 벽하게 갖추고 있습니다. 산업안전보건 기준 제231조에 따라 폭발 위험도가 인화 한계치 25%를 넘지 않도록 하고 있습니다. 우리 회사는 그 점을 고려하여 현대식 자동 환풍기를 설치하여 항상 쾌적한 환경 속에서 스프레이 작업을 하도록 하고 있습니 다. 인화 한계치가 올라가면 자동으로 환풍이 시작되는 것입니 다. 조명등은 고무나 실리콘 등의 패킹 재료를 사용하여 완전

우리는 이렇게 흘러가는 거야

히 밀봉해놓고 있습니다. 가연성 전기 기계는 도장용 스프레이 건과 동시에 작동하지 않도록 연동 장치 등의 조치를 해놓고 있습니다. 또한 스위치나 콘센트 등의 전기 기기는 밀폐 공간 외부에 설치되어 있습니다. 작은 것 하나도 세밀하게 신경을 쓴 결과 지금까지 사고 제로를 기록하고 있습니다. 그러니 어머니, 마음 푹 놓으시기 바랍니다. 이 불효자는 어머니의 염려 덕분으로 오늘도 무사히 잘 지내고 있습니다.

노르웨이는 모든 분야에서 세계 1위입니다. 살 만한 곳이지요. 노동자의 평균 임금이 4만~4만 5천 nok(크로네)(6백~7백만 원) 정도이니 풍요로운 곳이라고 할 수 있지요. 우리나라의 회사 임원이나 고급 공무원 수준에 해당된다고 하겠습니다. 그러다 보니까 우리나라에서 노르웨이로 이민 가서 무임승차하려는 사람들이 많은 것으로 알고 있습니다. 노르웨이 당국은 이 점을 읽어내고 이민 문호를 닫으며 최대한 억제 정책을 쓰고 있습니다.

고등학교를 졸업하면 85%는 취업을 하고 나머지 15%는 대학에 진학합니다. 대학 입시는 없습니다. 고등학교 내신 성적만으로 대학에 들어갑니다. 사교육이 필요 없습니다. 그래서 노르웨이에는 학원이 없습니다. 직장생활을 하면서 얼마든지 승인을 받고 공부를 할 수 있는 제도가 정착되어 있습니다. 공부보다는 능력을 중시하여 사회적 귀천 없이 충분한 돈을 벌 수 있습니다. 같은 학교에 근무하는 교사나 경비의 월급 차이가 없습니다. 그러다 보니 자신의 직업에 만족하고 최선을 다하며 전문성을 신장시키기 위해 직장에 다니면서 학업을 계속하는 것이지요. 노르웨이는 취업률 100%이고 소득 수준도 거의 비슷합니다. 그래서 모두가 잘 살 수 있는 것이지요. 환상적인 꿈의 나라 노르웨이!

노르웨이는 환경 문제와 식품 문제에 대해서도 매우 엄격한 잣대를 사용합니다. 폐수나 공해를 배출하는 공장은 바로 영업 허가를 취소해 버립니다. 농산물에도 일체 농약을 사용하지 않고 유기농으로 재배합니다. 항생제나 성장촉진제 등도 사용하지 못하게 법으로 엄격하게 규제하고 있습니다. 소에게 동물 사료를 쓰지 않아 세계 7대 쇠고기 청정국입니다. 맑은 강물이 흐르고 맑은 공기가 스카프 자락처럼 부드럽게 피부에 와 닿는 곳이 오슬로입니다.

노르웨이의 여성들은 거의 대부분이 직장생활을 하고 있고 전업주부는 많지 않습니다. 어린이집, 유치원, 학교 등에서 어린 자녀들을 책임지고 맡아주기 때문에 여자들이 마음 놓고 직장에 다닐 수 있는 것이지요. 남성과 여성의 평등권이 보장됩니다. 기업 이사의 40%가 여성이고, 정당 지도자의 반이 여성입니다. 또한 장관의 40%가 여성으로서 여성 파워를 자랑하는 곳이 노르웨이입니다. 아내도 지금까지 꾸준히 직장에 다

우리는 이렇게 흘러가는 거야

니고 있으며 저보다 보수가 더 많습니다. 어린이, 여성, 장애인, 노인에게는 아주 살 만한 곳입니다. 약자에게는 지상의 낙원입니다. 요람에서 무덤까지 평생 복지 혜택이 주어지는 노르웨이는 지상의 낙원입니다.

　어머니, 조금만 참고 기다리시면 됩니다. 어머니와 성구와 필구와 함께 여기 오슬로에서 군고구마처럼 따끈따끈한 행복을 맛보며 알콩달콩 살아갈 날이 머지않았습니다. 그때까지 건강하시고 오래오래 사셔야 합니다. 그럼 이만 줄이겠습니다. 안녕히 계세요.

○○○○년 ○월 ○○일

복길 올림

　Citizens Apartments 122 503 East……. 0767 Oslo, Norway. 주소지를 들고 아버지가 살고 계신 것으로 추정되는 오슬로 시내 아파트를 물어물어 어렵게 찾아갈 수 있었다. 벨을 누르고 조금 기다리자 안에서 반응이 나온다. Hvem er du?(누구세요?) Hallo?(안녕하세요?) I'm from the south Korea.(저는 대한민국에서 왔습니다.) Mr. Choebokgil Need a living here?(최복길 씨가 여기 살고 계신가요?) Those who do not live here.(그런 사람 여기 살고 있지 않습니다.) Go home.(돌아가세요.) 내가 영어로 말하자 상대도 영어로 대꾸한다. 그러자 의사소통이 이루어진다. 문 좀 열어주세요. 드릴 말씀이 있습니다. 아파트 철문을 두드리자 안에서 신경질적인 반응을 보인다. 그런 사람 여기 살고 있지 않다니까요. 어서 돌아가세요. 나와 형이 번갈아 가며 문을 두드려도 안에서는 문을 열어주지 않는다. 나중에는 아예 반응조차 없다. 계속 두드려도 반응이 없자 나와 형은 바닥에 주저앉는다. 아버지를 찾으러 와서 없다는 말을 듣고 그냥 돌아갈 수는 없지 않은가. 나는 가지고 온 아버지의 명함판 사진을 꺼내 왼쪽 손에 들고 문을 두드리며 소리친다. 죄송하지만 이런 사람 보신 적 있나요? 안에서 계속 아무 반응이 없자 성질이 난 형이 거칠게 문을 두드린다. 그때 계단 아래에서 인기척이 들리더니 제복을 입은 2명의 경찰이 나타난다. Ta vann!(손들엇!) 그들은 권총을 뽑아들고 숨을 헐떡거린다. 나와 형이 못 알아듣고 머뭇거리자 영어로 고쳐 말한다. Put your hands up! 나와 형은 갑작스런 상황에 겁을 먹고 슬그머니 손을 든다. The report has been dispatched.(신고를 받고 출동했습니다.) Let me to go to the police station.(경찰서까지 좀 가야 되겠습니다.)

경찰서로 끌려온 나와 형은 경찰의 취조에 순순히 응한다. 우리는 컴퓨터를 가운데 놓고 경찰과 서로 마주 보고 앉아 있다. 경찰은 날카로운 시선으로 우리를 응시하며 죄인 취급을 한다.

Why do you kick the door?(왜 문을 발로 찼나요?) I didn't kick.(발로 차지 않았는데요.) Knock with my hands.(손으로 노크했습니

우리는 이렇게 흘러가는 거야

다.) We received a report so.(신고가 그렇게 들어왔습니다.) 그는 컴퓨터 앞에 앉아 우리를 심문하며 컴퓨터 자판을 열심히 두드려댄다. 서로 언어가 통하지 않을 때는 손과 발 등 몸짓 언어로 묻고 답하기도 한다. 국적, 이름, 나이, 직업, 방문 목적 등을 묻자 우리는 영어로 대답한다. What is the name of your Father?(아버지 이름이 뭐라고 했지요?) Mr. Choebokgil.(최복길 씨라고 합니다.) 내가 영어로 또박또박 대답한다. Do you find your father?(아버지를 찾으러 왔다고 했나요?) He lives in Oslo, lost touch.(오슬로에 살고 계시는데 연락이 끊겼습니다.) 형은 멍청하니 앉아 있고 주로 내가 대답한다. Your father was a nameplate that do not live in the apartment.(아버지는 아까 그 아파트에는 살고 있지 않는 것으로 나와 있습니다.) What did your father in Norway?(아버지는 노르웨이에서 무슨 일을 하셨나요?) He was working as an engineer in the paint factory of the Shink automaker.(Shink 자동차 회사 도장 공장에서 엔지니어로 일하고 계셨습니다.) Please find my father.(저희 아버지를 찾아주십시오.) Is already six months he lost touch.(연락이 끊긴 지가 벌써 6개월째입니다.) Please find him.(꼭 찾아주십시오.) 나는 고개를 숙여 굽실거린다. Do you know your father's resident registration numbers?(아버지의 주민번호는?) 나는 미리 준비한 가족관계증명서를 내놓는다. No no. 노르웨이 주민번호가 필요합니다. I don't know it.(그건 모릅니다.) 경찰은 고개를 갸웃거리며 난감하다는 표정이다. There is the picture of my dad.(아버지의 사진은 있습니다.) 나는 주머니에서 준비한 아버지의 명함판 사진 1장을 꺼내놓는다. This is your father, right?(이게 댁의 아버지 맞아요?) That's right.(맞습니다.) Good evidence.(좋은 자료입니다.) 경찰은 고개를 끄덕거린다. I will do my best anyway.(하여튼 최선을 다 해보겠습니다.)

우리는 미리 준비한 가족관계증명서를 제출하고 경찰의 안내로 10평 크기의 취조 대기실로 옮겨진다. Just wait for a while here.(여기서 조금만 기다리세요.) Looking for yourfather's information in every way.(다각도로 아버지의 정보를 알아보고 있으니까요.) 우리는 소파에 앉아 젖버듬히 몸을 누인다. 그러자 피로와 공복감이 밀려온다. 형이 배를 움켜잡고 고통을 호소한다. 성구야, 배고파 미치겠다. 점심때가 한참 지났어. 너는 배 안 고프니? 나도 고파. 가방 속에 있는 빵이나 먹자. 나는 가방 속에서 간식용으로 미리 준비한 빵과 물을 꺼내놓는다. 그걸 들고 우리는 며칠 굶은 사람처럼 허겁지겁 먹기 시작한다. 옆에 앉은 사람들이 동양인인 우리를 힐끗힐끗 쳐다본다. 대기실에 모인 사람들의 표정이 한결같이 딱딱하게 굳은 표정들이다. 빵을 먹고 나자 누적된 피로가 몰려온다. 형은 소파에 기대 꾸벅꾸벅 존다.

Choeseonggu and Choepilgu from South Korea, come to our Major Crime unit quickly.(대한민국에서 오신 최성구 씨와 최필구 씨

우리는 이렇게 흘러가는 거야

는 속히 강력반으로 오시기 바랍니다.)

구내방송도 듣지 못하고 형은 계속 존다. 형, 일어나! 내가 형의 어깨를 잡고 흔들어 깨운다. 무슨 일이야! 영어로 방송이 나왔어. 강력반으로 오래. 그래 가자구. 형이 기지개를 켜더니 벌떡 일어난다.

강력반으로 다가가자 아까 우리를 심문한 형사가 자리에 앉으라는 신호를 보낸다. 컴퓨터를 가운데 놓고 아까처럼 형사와 마주 앉는다.

Mr. Choebokgil is your father?(최복길 씨가 아버지라고 했지요?) Yes.(맞습니다.) We contacted with Korean Embassy in Norway, according to the latest information of your father.(주 노르웨이 한국 대사관에 연락해 당신 아버지에 대해 알아본 최신 정보에 의하면,) he is now in Happy Rehabilitation Hospital.(당신 아버지는 지금 해피 재활 병원에 입원해 계십니다.)

형사는 병원 약도가 그려진 주소지를 나에게 건넨다. Why did my father at the hospital?(왜 아버지가 병원에 계신가요?), We guess he was in an accident on working.(일을 하시다 사고를 당하신 것 같습니다.) Was he in an accident at the factory?(공장에서 사고를 당했다는 말인가요?) We don't know, in detail.(자세히는 저희도 모릅니다.) At once go and ask him.(일단 찾아가서 물어보세요.) Thank you for your good information anyway.(하여튼 좋은 정보를 주셔서

고맙습니다.)

나와 형은 고맙다는 인사를 건네고 경찰서를 나온다. 아버지의 소재를 파악해서 다행이지만 아버지가 병원에 계신다고 하니까 앞이 캄캄해진다. 밖으로 나온 우리는 어디로 가야 되는지 방향 감각을 잃고 잠시 당황한다. 성구야, 오늘은 너무 늦은 것 같다. 병원을 찾아간다고 해도 면회가 될지 몰라. 일단 식당으로 가서 배를 먼저 채우자고. 형은 배가 고프다고 투정이다. 점심을 빵으로 때웠으니 배가 고플 만도 하다. 사실은 나도 허기가 나는 것을 참고 있었으니까. 그래 그럼. 경찰서 정문 앞 은행나무 그림자가 동쪽으로 길게 누워 있다. 우리는 한참을 방황하다 노르마 스파게티, 라고 쓰인 간판을 발견한다. 저리 가서 스파게티를 먹자고. 그래. 나는 형의 뒤를 따라 걸음을 옮겨놓기 시작한다.

모텔에서 1박을 한 후 식당에서 아침 식사를 하고 아버지가 계신다는 병원으로 가기 위해 우리는 택시를 기다린다. 거리는 하루를 시작하는 활기로 가득하다. 4차선 도로는 차량들이 꼬리를 물고 인도는 가방을 든 사람들이 빠르게 걷는다. 가로수 은행잎이 햇빛을 받아 반짝반짝 눈부시다.

하이 택시! 지나가는 택시를 세워 승차한다.

Happy Rehabilitation Hospital!(해피 재활 병원!) Ok! 내가 행선지를 밝히자 운전기사가 알아듣고 활짝 웃으며 대꾸한다. Are you from Japan?(일본에서 왔나요?) No, South Korea.(아니요, 남한에서 왔습니다.) Seoul? Yes.

택시에서 내려 병원 건물 안으로 들어선다. 높은 빌딩을 상상하고 출발했었는데 와서 보니 4층 규모의 아담한 건물이다. 정원의 나무가 곱게 다듬어져 있고 여기저기 심어 놓은 꽃들이 정감을 자아낸다. 건물 주위는 야산으로 둘러싸여 있어 분위기가 조용하고 아늑하다.

우리는 입구 매점에서 음료수를 사서 한 박스씩 손에 들고 안내 데스크로 다가간다. I want to meet Mr. Choebokgil.(최복길 씨를 찾아왔습니다.) Mr. Choebokgil?(최복길 씨요?) Yes.(네.) What's your relationship with him?(그와는 무슨 관계인가요?) Our Father.(우리의 아버지입니다.) Go to room 302.(302호실로 가보세요.)

이번에 아버지를 만나면 처음 상면하는 셈이다. 갓난아기를 할머니에게 맡기고 훌쩍 고향을 떠나 고국을 등졌던 아버지. 때로 그리울 때도 있었지만 그것은 막연한 동경이었을 뿐 백지 상태의 기억 속 아버지는 우리에게 목석처럼 다가왔다. 그렇게 느끼며 살아왔다. 외롭게 살아가던 우리에게 있어 우리의 아버지와 어머니는 바로 할머니였다. 그런 우리에게 있어 아버지와의 만남이 감흥을 가져다주지 못할 것은 뻔했다. 무덤덤하다고 할까. 혈연으로 맺어진 사이이기 때문에 아들 된 도리로 찾아 나선 것일 뿐 그 이상도 그 이하도 아니다. 형은 시종 말이 없다. 우리를 방

치한 아버지에 대해 원망하며 비판을 일삼던 형이 침묵을 유지하
는 것은 좀 의외였다.

302호 병실로 들어서자 4명의 환자가 침대에 누워 있다. 입구
쪽에 누워 있는 동양인 환자가 언뜻 눈에 띈다. 인상착의가 사진
상으로 보아온 아버지임에 틀림없다. 가까이 다가간다. 시선이
마주치자 내가 묻는다. 최복길 씨인가요? 누워 있던 환자가 부스
스 자리에 일어나 앉는다. 내가 최복길이야. 저는 성구이고 이쪽
은 형 필구입니다. 환자가 눈을 크게 뜬다. 니들이 한국에서 온
성구와 필구라고? 그렇습니다. 아버지, 인사 받으세요. 나와 형
은 바닥에 넙죽 엎드려 절을 올린다. 고개를 들자 아버지의 눈에
서는 눈물이 뚝뚝 떨어진다. 몸이 불편한지 상체의 움직임이 둔
하다. 아버지는 나와 형의 손을 잡고 엉엉 소리 내어 울기 시작
한다. 미안하구나. 나 때문에 니들이 고생을 많이 했으니. 못난
애비를 용서하거라. 아버지의 얼굴이 눈물과 콧물로 범벅이 된
다. 형이 주머니에서 손수건을 꺼내 닦아준다. 다른 침대의 환자
들이 매우 우울한 표정으로 우리를 바라보고 있다. 아버지가 슬
피 울자 순간 나의 감정이 울컥해 온다. 아버지의 손끝에서 전해
져오는 온기. 그것은 태어나서 처음 느껴보는 뜨거움이다. 아버
지의 손끝에서만 느낄 수 있는 감동이다. 격렬하게 떨던 아버지
의 어깨가 진정 기미를 보이자 내가 말을 건넨다. 그동안 고생
많으셨지요? 아니다. 니들이 고생했지. 어디가 아프세요? 형이

우리는 이렇게 흘러가는 거야

묻는다. 사고를 당해 다리와 허리를 다쳤어. 지금은 많이 좋아졌다. 할머니는 잘 계시니? 네. 건강하셔요. 내가 대답한다. 아버지의 침대 옆에는 휠체어가 한 대 놓여 있다. 병실 밖으로 좀 나가자. 주위 분들에게 피해가 되니까. 나와 형이 아버지를 부축하여 휠체어에 앉힌다. 아버지가 마른 나뭇등걸처럼 가볍다. 형이 휠체어를 밀고 병실 밖으로 나온다. 휴게실로 가자. 복도를 따라 쭉 가면 돼. 거기 가서 커피를 한 잔씩 하자구.

휴게실은 한산하다. 빙 둘러 소파가 놓여 있고 벽에는 대형 TV가 설치되어 있다. 구석에는 음료와 커피 자판기가 나란히 서서 손님을 기다리고 있다. 내가 지폐를 넣고 커피를 세 잔 뽑는다. 우리는 커피를 들고 마주 앉는다. 나와 형은 소파에 나란히 앉고 아버지는 휠체어에 앉아 있다. 너희들 많이 컸구나. 그동안 참 많이 보고 싶었다. 아버지는 가슴 속에서 사진 한 장을 꺼내 보인다. 이게 너희들 백일 때 사진이야. 항상 가슴에 품고 다니며 수시로 쳐다보았지. 그런 너희들이 이렇게 장성했으니 아빠는 자랑스럽구나. 지금 대학생이지? 저는 대학교 1학년이고 형은 재수하고 있어요. 필구는 내년에 들어가면 되겠군. 할머니는 지금도 하숙집을 하고? 네. 하숙생이 많아요. 미군 부대 군무원들이 대부분이에요. 너희들을 맡겨놓고 양육비도 제대로 보내지 못한 내가 죄인이구나. 미안하다. 이렇게 건장하게 자랐는걸요. 다 지나간 이야기예요. 이제는 괜찮아요. 아버지는 어쩌다 다치신 거예요? 차를 고치다 리프트에 깔렸어. 리프트 밑에서 차를 고치는데 갑자기 폭삭 주저앉은 거야. 리프트가 차의 하중을 견디지 못한 것이지. 죽을 뻔 했어. 다리와 허리를 크게 다쳐 치료를 받고 지금은 재활 훈련을 받고 있지. 나의 등에는 철심이 다섯 개나 들어 있어. Shink 자동차 회사 도장 공장에서 일하신다고 알고 있는데 차를 고치다 다쳤다고 하시니까 조금 이해가 안 가네요. 주로 내가 묻거나 대꾸하고 형은 듣고만 있다. 도장 공장에서 일한다고 하는 것은 거짓말이었어. 그래요? 듣고만 있던 형이 고개를 갸웃거리며 의아스럽다는 반응을 보인다. 카센터를 하다 실패했지. 다시 도전하다 다친 거야. 여기 와서 결혼했다는 것도 거짓말이었어. 지금껏 혼자 살고 있으니까 말이야. 왜 그런 거짓말을 하셨어요? 할머니와 너희들을 실망시키지 않기 위해서였지. 국내에서 결혼에 실패한 탓으로 할머니에게 실망과 무거운 짐만 남기고 노르웨이로 떠나온 나로서는 무거운 죄책감에 사로잡혀 있었거든. 늘 우울해 있을 할머니를 생각해 고심 끝에 내린 결단이었어. 결혼도 하고 돈도 벌면 너희들과 할머니를 노르웨이로 이민시켜 사실을 털어놓을 생각이었지. 고국으로 돌아가도 할머니에게 이러한 사실을 숨겨야 한다. 할머니의 기대를 꺾으면 안 돼. 도장 공장에 다니면서 잘살고 있다고 전해. 카센터를 다시 개업해서 성공하면 할머니와 너희들을 노르웨이로 이민시킬 테니까. 내가 제일 자신 있는 분야야. 난 아직 젊어. 힘이

우리는 이렇게 흘러가는 거야

있고 꿈도 있으니까. 나를 믿으라구. 알았지? 아버지는 커피 잔을 내려놓고 나와 형의 어깨를 토닥토닥 두드려준다. 그렇게 말씀하시는 아버지의 눈가에 그렁그렁 물방울이 맺혀 있다. 나와 형은 고개를 끄덕거린다. 등에 철심이 다섯 개나 들어 있다는데 재도전이 가능한 것인지. 아버지, 고국으로 돌아가시지요. 저희들의 도움이 필요할 것 같은데요. 나의 제안에 아버지는 고개를 살래살래 젓는다. 여기는 나라에서 치료도 해주고 밥도 주어. 모두 공짜야. 복지 천국이야. 나는 걱정 말아. 내가 많이 다쳐 편지를 써서 부칠 수 없을 때 걱정하실 할머니를 생각하니까 무척 가슴이 아프더구나. 그렇게 말씀하시면서 아버지는 손등으로 연신 눈가를 훔친다.

비행기 창밖 하얀 뭉게구름이 비누 거품처럼 부글거린다. 뭉게구름이 부글부글 부풀어 오르더니 그 구름 위에서 아버지가 휠체어를 타고 나를 향해 손짓한다. 성구야, 같이 가자. 여기서는 외로워서 못살아. 아버지의 말씀이 들린다. 손을 흔들던 아버지가 서서히 멀어지더니 구름 뒤로 사라진다. 아버지를 설득해서 고국으로 모시고 갔어야 했던 것일까. 아버지는 막무가내로 고국행을 거부했었다. 아버지가 건강을 회복해서 사업이 잘되면 너희들을 초청할 테니까 그때 노르웨이로 오거라. 완강한 아버지의 고집을 꺾을 수는 없었다. 나의 대학 일정도 있고 형의 재수 학원 수업도 있고 해서 무작정 오슬로에 머물러 있을 수 없었다. 짧은 2박 3일의 노르웨이 방문은 아버지의 근황을 확인하고 떠나가는 선에서 반짝하고 끝이 났다. 형은 피곤한 탓인지 내 옆자리에서 코를 골며 단잠에 빠져 있다. 처음 아버지에 대한 감정이 무덤덤했던 것과 달리 2박 3일이 지나면서 동정, 안타까움, 걱정이 교차하면서 나의 감정이 꿈틀거렸던 것이 사실이다. 몸이 불편한 아버지를 타국 멀리 혼자 놓아두고 떠나가는 것이 온당한 것인지. 불구의 어린 아들을 혼자 놓아두고 멀리 떠나가는 기분이라고 할까. 고국에 돌아가면 할머니에게는 무어라고 말씀드려야 할지. 몇 번 덜컹거리던 기체가 이제는 안정을 유지하고 뭉게구름을 빠르게 헤친다. 휠체어를 탄 사내가 창밖 뭉게구름 위에서 손을 흔든다.

우리는 이렇게 흘러가는 거야